宽 《溪山行旅图》

北宋　赵佶　《摹张萱捣练图》

南宋　佚名　《歌乐图》

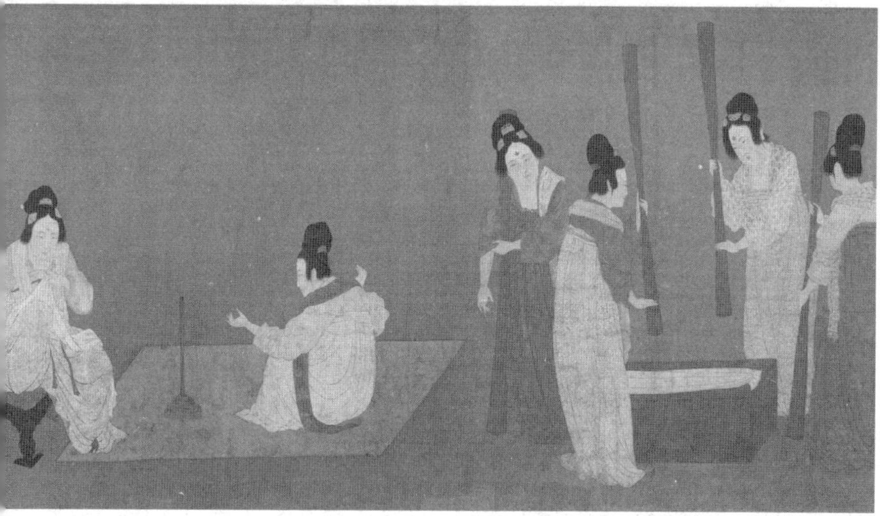

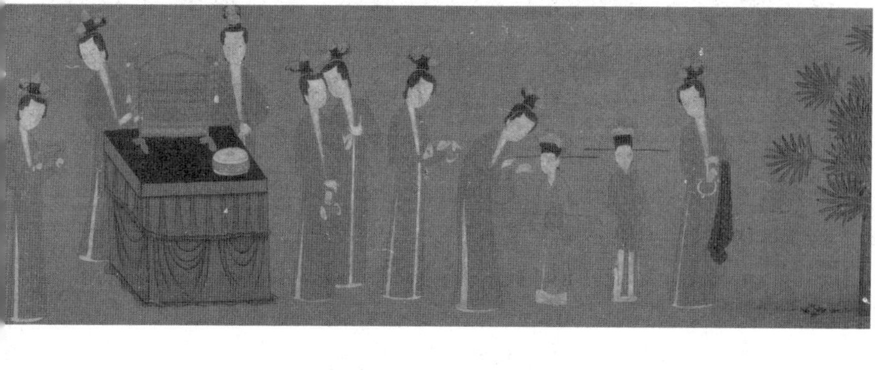

明　陈洪绶　《校书图》

五代十国　黄筌　《写生珍禽图》

南宋　牧溪　《六柿图》

明　戴进　《春酣图》

北宋 苏汉臣 《婴戏图》

元　任仁发　《五王醉归图》

元　赵孟頫　《鹊华秋色图》

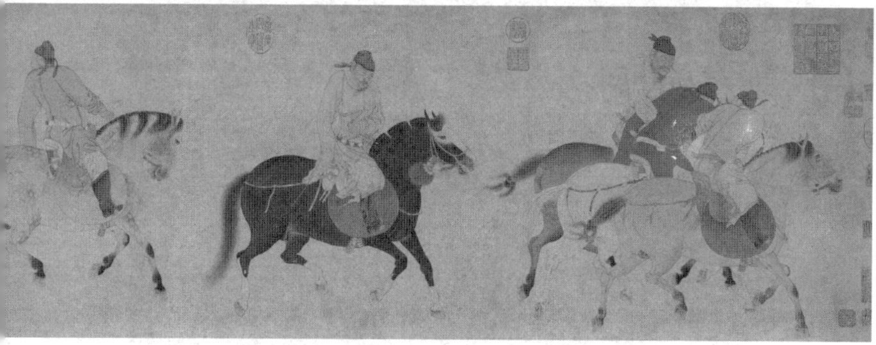

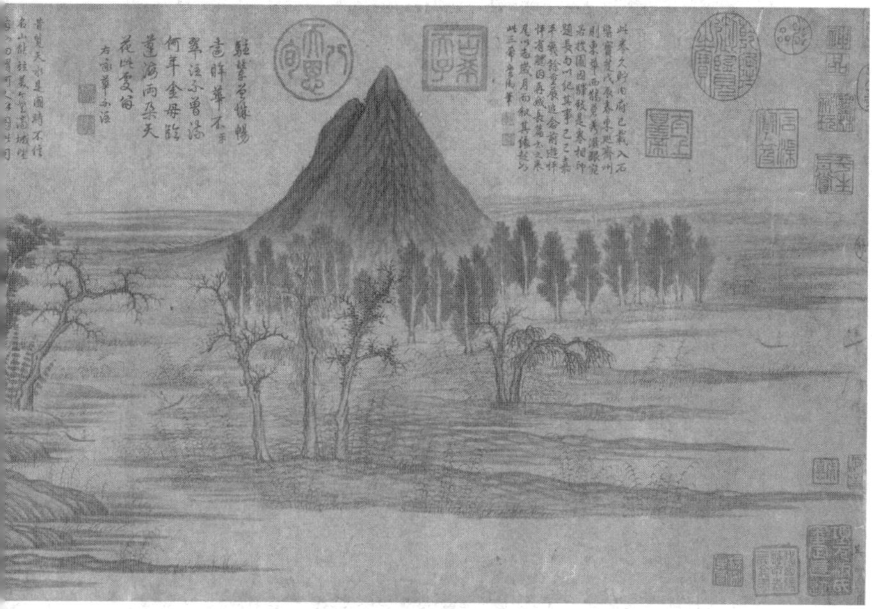

清　恽寿平　《燕喜鱼乐轴》

明　仇英　《春游晚归图》

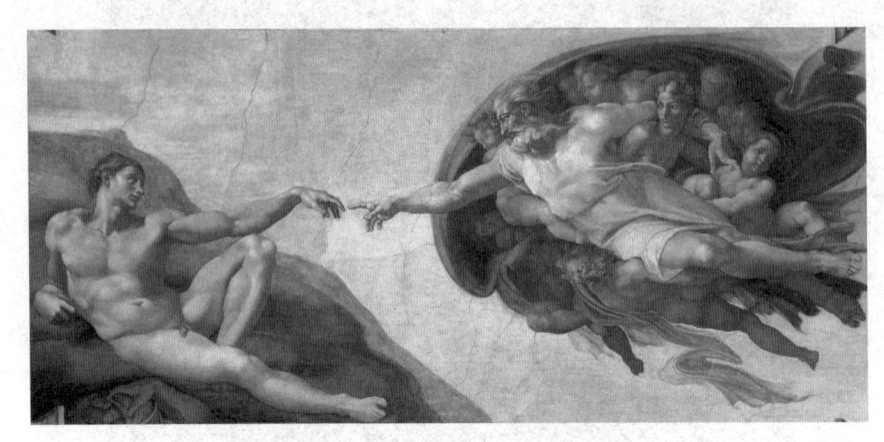

意大利 米开朗琪罗 《创造亚当》

意大利 波提切利 《春》

尼德兰 博斯 《愚人船》

法国　巴尔蒂斯　《窗边的少女》

荷兰　梵高　《咖啡桌上的苦艾酒》

法国 亨利·卢梭 《狂欢节的夜晚》

法国　巴尔蒂斯　《街道》

尼德兰　彼得·勃鲁盖尔　《伊卡洛斯的坠落》

意大利 达·芬奇 《抱银鼠的女子》

意大利　阿美迪欧·莫蒂里安尼　《德迪的肖像》

法国 马蒂斯 《傍晚圣母院的一瞥》

法国 卡耶博特 《窗边的年轻男子》

日本　歌川广重　《骤雨中的箸桥》

意大利　拉斐尔　《前往加略山的队伍》

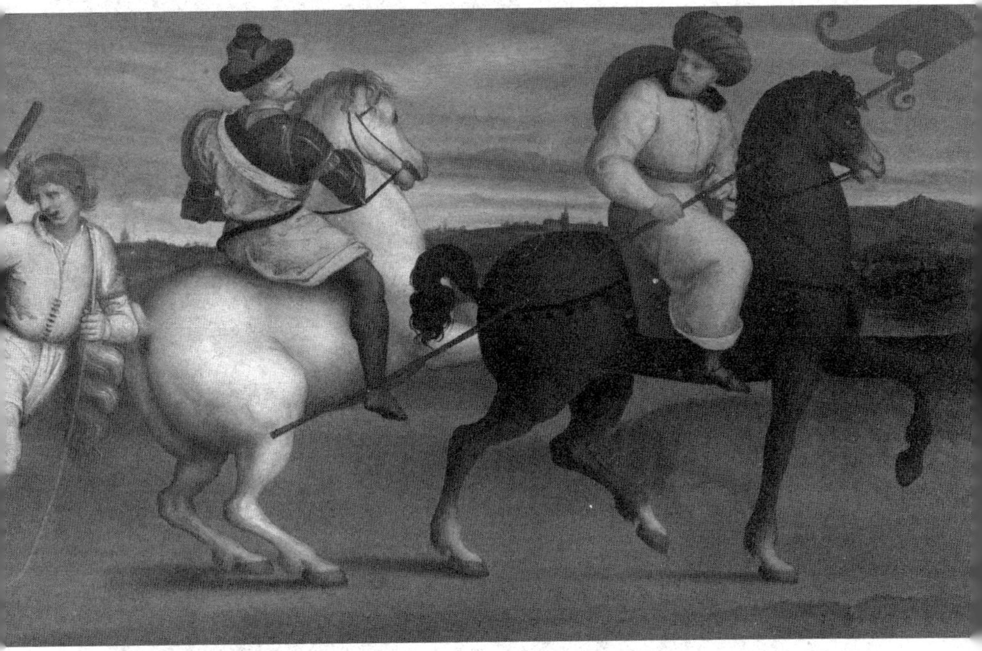

法国 夏尔丹 《吹肥皂泡的少年》

ZHISHI
XIHUAN

只是喜欢

张新彬 著

中国民族文化出版社
北 京

图书在版编目（CIP）数据

只是喜欢 / 张新彬著. -- 北京：中国民族文化出版社有限公司，2024.6. (2025.6重印)
-- ISBN 978-7-5122-1923-6

Ⅰ．I267

中国国家版本馆CIP数据核字第2024KV9499号

只是喜欢
ZHISHI XIHUAN

作　　者	张新彬
责任编辑	赵　天
责任校对	杨　仙
出 版 者	中国民族义化出版社　地址：北京市东城区和平里北街14号 邮编：100013　联系电话：010-84250639　64211754（传真）
印　　装	三河市同力彩印有限公司
开　　本	145mm×210mm　32开
印　　张	11.75
字　　数	326千
版　　次	2024年6月第1版
印　　次	2025年6月第2次印刷
标准书号	ISBN 978-7-5122-1923-6
定　　价	78.00元

版权所有　侵权必究

目 录

001　厨　房
005　窗　户
009　阳　台
012　田　园
015　菜　场

018　金水河
022　岗坡路的夕阳
026　颍河路
030　平　甸
033　故　乡

036　小酒馆
040　馄　饨
044　吃　鱼
048　秋　白
052　吃　肉
056　瓜　子

060　玉　米
064　吃　面
068　凉　粉
072　银　杏
075　鸡　蛋

078　食　堂
082　胡辣汤
086　咸大米
091　丸子汤
095　三厂的味道

099　西郊的味道
105　春天的味道
109　愚人船
113　捕　猎
117　烧　火
121　放　炮
125　下　棋
129　斗地主

132	手　工
137	网　球
141	足　球
145	洗　澡
149	看　书

154	赶　集
158	看电影（1）
162	看电影（2）
166	睡　觉
170	痛　苦

174	告　别
178	想　念
183	马
187	鸟
191	梦
196	香　味
199	骗　局
203	白日梦
208	摇滚乐
213	一幅画
217	八音盒
221	一首音乐

225　甜甜圈
229　男和女
233　兄　弟
237　夏　天
242　房　子

246　月　光
250　理　发
254　访　谈
258　散　步
262　灯　火

266　流水账
271　报纸往事
275　十七岁的单车
279　父亲的汽车
283　八月的火车
288　爱情前奏曲（两则）
292　一个春天
297　郊　游
301　郑州的花
315　郑州的树
321　郑州的人
331　养蚕日记（38天全记录）

厨房

有的人，可以一辈子不进厨房；有的人，厨房就是一辈子。

对我来说，如果此生没有这样一个厨房，就不算圆满。

这个厨房要大，除了连接餐厅，在右手斜对角还要有一扇通往户外的绿色的木门。

门口有一个铁炉子，炉子上永远有一只铁皮的水壶在冒着蒸汽，水壶旁边烤着花生、红薯、大枣、核桃之类。

如果这时有人从寒风中推门进来，就可以先在铁炉边坐下，烤烤火，补充点能量。

厨房的最里面应该有一个足够大的土炕和中式的格子窗户。

与炕一墙之隔的灶上有一个火头，火上要坐着一口铝锅，锅里永远滚着金黄的小米粥或微红的大米花生汤。

格子窗纸上，要映着枣树的枝干，轻轻晃动。如果是黄昏，就有两只斑鸠跳来跳去。

厨房中间的那面墙，要有一个带玻璃门的碗柜。要有盛不同食物的碗，不同心情的碗，不同喜好的碗，不同时间的碗，不同节日的碗。

总之呢，既要足够多，又要有内容。每一只都是有滋有味的，拿着就会心生欢喜的。

要有一个酒柜，要有不同的酒。白酒、红酒、洋酒、黄酒、清酒、啤酒，品种要齐全。

白酒各种香型要齐全，要师出有名，要名正言顺，要洌。黄酒不要加糖、加蜜，清酒要纯米酿造，要有米香，啤酒要苦，红酒要浓，香槟要清爽。

酒杯同碗，要每个人都有不同的杯子。每个人喝不同的酒都有不同的杯子，每个人都能找到自己喜欢的杯子。

厨房中间的另一面墙，是一扇大的透亮的玻璃窗，透过窗户里面是案板和足够多的灶头，称手的各式各样的刀具，宁滥勿缺的调味料。

窗外是一片空地，紧接着就是树林。高大的、洁白的、笔直的杨树，树叶哗啦啦地响，林间的土地洁净清爽。如果是深秋，金黄的树叶铺满地，就美得不像话。

靠近屋子还要有枣树、石榴树、花椒树、梨树和柚子树。

不远处有一条河，河不必大，但水要清澈，要流出声响，河上要有桥。

总之，厨房里的所有物品都要保持着丰足的状态，一旦消耗应尽快补足。

厨房的墙壁用细细的黄泥涂抹即可，要保持干燥、粗糙、有序、明亮，类似彼得·勃鲁盖尔《农民的婚礼》中那样的质感。

厨房的灯光应该是黄色的，夜里也要一直亮着，以方便走夜路的人。

以上，都是我看了俄罗斯画家日林斯基的《厨房里的老人》想到的。

他的画有一种疏离感，让我想起故去的姥姥。姥姥仿佛一辈子都在厨房里,那个黑乎乎的贫乏的小屋子,还有一个手拉的风箱。每次放假回去,姥姥都从那里捧出各式各样的美味。

在我们老家,大米是珍贵的食物,结婚都叫"吃大米饭"。工作后,姥姥经常念叨:"啥时候吃你的大米饭呀?"

我结婚时,姥姥满脸红光,竟喝了两大杯白酒。

再见她,已是病危。我从郑州赶回老家,一屋人,姥姥见我即探起身,拉着我的手说:"姥姥给你做不了饭啦……"

转眼,快二十年了。

我总想着,如果有这样一个厨房,每天下班回家,姥姥就坐在那个炕上,该多好啊。

推荐欣赏:

董邦达《绘御笔范成大分岁词轴》,清,台北故宫博物院收藏。

陈洪绶《蕉林酌酒图》,明,天津博物馆收藏。

彼得·勃鲁盖尔《农民的婚礼》,1568年,奥地利维也纳艺术史博物馆收藏。

日林斯基《厨房里的老人》。

维米尔《倒牛奶的女仆》,1658年,荷兰阿姆斯特丹国家博物馆收藏。

安娜·安切尔《厨房里的女孩》,1883年,丹麦哥本哈根赫希施普龙收藏。

塞尚《埃斯塔克的红屋顶》,1885年。

高更《树下的小木屋》,1892年。

马蒂斯《红色餐桌》,1908年,俄罗斯圣彼得堡艾尔米塔什博物馆收藏。

巴尔蒂斯《点心》,1940年,法国,私人收藏。

梵高《橄榄树和柏树间的木屋》，1889年。

夏尔丹《削芜菁的厨娘》，1740年，德国慕尼黑老绘画陈列馆收藏。

马丹·德罗林《厨房里》，18世纪后期，法国巴黎卢浮宫博物馆收藏。

胡安·德·弗兰德斯《迦拿的婚宴》，约1500年，美国纽约大都会艺术博物馆收藏。

苏丹《萨达的盛宴》，约1525年，萨非王朝，美国纽约大都会艺术博物馆收藏。

威廉·卡尔夫《厨房一角》，17世纪，德国柏林国家博物馆收藏。

毕加索《厨房》，1948年，法国巴黎毕加索博物馆收藏。

乔凡尼·贝利尼《诸神的盛宴》，1514年，美国华盛顿国家美术馆收藏。

鲁本斯《希律王之宴》，1638年，英国苏格兰国立美术馆收藏。

约翰·马丁《伯沙撒的盛宴》，1821年，美国耶鲁大学英国艺术中心收藏。

恩索尔《饥饿者的宴会》，1915年，比利时。

达·芬奇《最后的晚餐》，意大利米兰圣玛利亚感恩教堂收藏。

委拉斯凯兹《玛丽和玛莎在一起的厨房一景》，1618年，英国国家美术馆收藏。

皮耶特·埃特森《薄饼面包店》，1560年，荷兰博伊曼斯·范伯宁恩美术馆收藏。

布鲁克纳《d小调第九交响曲》，第三乐章。

西贝柳斯《d小调小提琴协奏曲》，第二乐章。

何勇《钟鼓楼》。

窗户

我长久地迷恋着迪本科恩《房间的一角》。描绘的客厅的一角，除了窗外的风景。

窗外，至少要有一丛翠绿的竹子吧，在微风中来回地摇曳，翩翩起舞；要有一片不大的湖，在细雨中荡起层层涟漪；湖岸边是范宽笔下巍峨的山，山坡上是茂密的山楂树，枝头挂满了鲜红的果实……

这时，我们应该相遇，在窗边煮茶，促膝相谈，看湖看山。

细雨落在窗户上，风景就成了印象派。如果是暴雨，风景就成了野兽派。如果天色将晚飘起了雪花，那就烧起炭炉喝酒吧，难得一个好夜晚，把盏言欢，忘掉时间。

忘掉，是快乐的基本源泉。"问今是何世，乃不知有汉，无论魏晋。"所以设酒杀鸡，怡然自乐。

可惜，我们总是忘不掉。一阵秋风，一段旋律，一丝油炸的香气，刚割过青草的甜……突然仿佛发生过的场景，都能触动记忆，不可思议地清晰。

像巴尔蒂斯《窗边的少女》，亦让我想起新乡市西郊的代号工厂，三楼的房间，有纱窗的窗户。

纱窗和玻璃窗之间可以养蜻蜓、壁虎、蝴蝶和螳螂。我曾经目睹了母螳螂用左臂夹着公螳螂一点点吃掉并产下一枚卵。来年初夏，纱窗上突然爬满了蚂蚁大小的嫩绿色的小螳螂。

我们经常趴在窗口吹肥皂泡。泡泡在空中飘荡，飞向对面的水泥操场、绿色格子窗户的小学、红砖厂墙、河堤、杨树、田野、北河，还有远处桥上的火车……

我还想起郑州的耿河村。

窗外一到傍晚就成了《清明上河图》。炒凉粉、炸鹌鹑、鸡蛋饼、馅饼、馄饨、米线、杏仁茶、卤肉、烧饼、烤羊腿、丸子汤、豆沫、炸串儿、炒米、凉皮、五香毛蛋、垛子牛肉、灌汤包、烧鸡、桶子鸡、麻辣羊蹄儿、卖菜的、理发的、修电脑的、租书的、卖光盘的、修车的、卖五金的、卖百货的、卖家具的、按摩的、修脚的……整条街摩肩接踵，灯火通明，如东京梦华。

而两边密密麻麻的窗户里，租住着五湖四海的年轻人。那么多鲜活生动的年轻人啊，全村都弥漫着荷尔蒙的味道。

2007年夏天，我开车送姥爷去车站。他看着窗外突然问："这是耿河吗？"

我说是。

他小声地问我："下去看看？"

我说快拆了，有啥看的。

就过去了。

那是姥爷最后一次出门来郑州，没想到，也是我见他的最后一面。

后来，不经意地和家人说起，才知道他在耿河参加过解放郑州的战斗……

这个戎马半生、二等伤残的战斗英雄，晚年还在漫天大雪里追赶并击毙了一只跳圈的猪。

他的耿河记忆又是什么样的呢？过去了的故事，谁又会关心呢?

耿河村拆的时候,我下了班专门过去看。走过金水河上一座锈迹斑斑的铁桥,弥漫的浮尘之上,举目皆是密密麻麻黑洞洞的窗口。

那些窗户里,曾经是一代人的青春和梦想啊。有多少人曾经和我一样,站在夜晚的窗边,看烟火红尘,叹孑然一身。

如今,走在空荡的小街上,我想着亚当·赫斯特应该坐在十字街口,戴着礼帽,拉一曲《哀叹》,痛惜往事岂能如烟。

好的音乐,对的环境,伤过的心,一击即中。

街角小酒馆的玻璃窗里,我们就是爱德华·霍普《夜莺》中的男女,终于活得衣冠楚楚,千疮百孔,心平似水,一言不发,所有的强颜欢笑,终要独自寂寞偿还。

推荐欣赏:

吕文英《江村风雨图》,明,美国克利夫兰艺术博物馆收藏。
夏圭《雪堂客话图》,南宋,北京故宫博物院收藏。
高简《秋窗话雨图》,清,英国伦敦大英博物馆收藏。
吴镇《山窗听雨图》,元,私人收藏。
刘松年《秋窗读易图》,南宋,辽宁省博物馆收藏。
王蒙《松窗高士图》,元,台北故宫博物院收藏。
夏昶《半窗晴翠图》,明,台北故宫博物院收藏。
陆广《竹窗清隐图》,元,私人收藏。
迪本科恩《房间的一角》,美国。
爱德华·霍普《夜莺》,1942年。
巴尔蒂斯《窗边的少女》,1955年,美国纽约大都会艺术博物馆收藏。

达利《站在窗边的女孩》，1925年，西班牙马德里当代艺术博物馆收藏。

霍赫《坐在窗前读信的女人》，1664年。

大卫·霍克尼《窗户和台灯》。

莱昂·斯皮里亚特《渔人码头的工作室窗户》，1908—1909年，私人收藏。

马蒂斯《打开的窗户》，1905年，法国，私人收藏。

毕加索《坐在窗边的女子（玛丽·特雷斯）》，1932年。

康斯坦丁·马科夫斯基《窗边的一个小男孩》，俄罗斯下诺夫哥罗德艺术博物馆收藏。

皮埃尔·波纳尔《窗边的女人》，1895年，法国。

维米尔《窗边弹鲁特琴的女子》，1662年，美国纽约大都会艺术博物馆收藏。

爱德华·霍普《夜窗》，1928年，美国纽约现代艺术博物馆收藏。

亚当·赫斯特《哀叹》，大提琴曲。

瓦格纳《特里斯坦与伊索尔德》前奏曲。

枪花乐队 *Don't cry*。

阳台

19世纪70年代的巴黎，是梦幻的、浮夸的。咖啡馆和剧院如雨后春笋般地冒出来，没落的贵族阶级，新兴的中产阶级，一个一个的大师，野心勃勃的年轻人。

还有，廉价的爱情。

这个穿黑衣的年轻男子，站在阳台上，无奈地注视着渐行渐远的女友。他不知道，为什么一个人突然成了谜。

卡耶博特画了很多巴黎的中产阶级生活，这样的场景每天都在上演，眼花缭乱的年代，悲伤不会持续太久。

不像几十年后的第一次世界大战期间，《永别了，武器》里亨利和凯瑟琳在火车站的分别。

那一别，世界就永远不是原来的世界了。

那一刻，应该有小号或者京胡的旋律响起。这两种乐器，最能把人一下子拉入那种宏大历史中的悲欢离合，回眸的瞬间，此去经年……

马奈也画过一幅《在阳台上》，但是他应该无意关注红尘烟火，他追求的是捕捉光线的变化，艺术的探索、变革、突破。

阳台，是对建筑的突破，是写实中的写意，是沉闷生活中的短暂放松，是成人世界里的青春回望。

20世纪末，新乡市小北街。

同学D家的二楼有个挺大的平台。有时候我们逃课出来，就在他家的二楼平台上玩耍。

绷不住的青春，需要一点儿释放。

到郑州上大学后，宿舍虽然条件一般，但是有个阳台。四川的室友站在阳台的栏杆上晾衣服，如履平地，我从来不敢。

2000年，公司老板派我去上海成立上海办事处。临走前塞给我两千块钱，握着我的手说："只许成功，不许失败。"

那一年我刚毕业，在闸北区租了一套房子，两室一厅，还有一个小阳台。

南方潮湿，刚刷的地板漆怎么也干不了，走路都粘鞋。

白天骑着自行车几乎跑遍了上海！上海啊，那么大，那么多高架！转过高楼大厦就是里弄小巷，一个人在魔幻光影里穿梭。

晚上无事可做，也没有钱消费，就坐在阳台上看天空，看星星，看对面楼里的电视。唯一看不见的，是自己的未来。

事到如今，一切皆是偶然。

推荐欣赏：

李白《上阳台帖》，唐，北京故宫博物院收藏。
李昭道（传）《洛阳楼图》，唐，台北故宫博物院收藏。
钱选《王羲之观鹅图》，元，美国纽约大都会艺术博物馆收藏。
盛懋《山居纳凉图》，元，美国纳尔逊-阿特金斯艺术博物馆收藏。
佚名《乞巧图》，北宋，美国纽约大都会艺术博物馆收藏。
赵伯驹（传）《汉宫图》，南宋，台北故宫博物院收藏。
夏永《黄楼赋图》，元，美国纽约大都会艺术博物馆收藏。
夏永《岳阳楼图》，元，北京故宫博物院收藏。

佚名《望海楼图》，明，台北故宫博物院收藏。

佚名《宫女游园图》，元，美国克利夫兰艺术博物馆收藏。

佚名《长松楼阁图》，南宋，美国费城美术馆收藏。

马远《雕台望云图》，南宋，美国波士顿美术馆收藏。

马蒂斯《撑红伞的女人》，1919年。

卡耶博特《窗边的年轻男子》，1876年。

马奈《在阳台上》，1868年，法国巴黎印象派美术馆收藏。

卡尔·古斯塔夫·卡鲁斯《阳台上的女人》。

莫奈《圣阿德列斯的阳台》，1867年，美国纽约大都会艺术博物馆收藏。

戈雅《阳台上的少女》，1810年，美国纽约大都会艺术博物馆收藏。

阿道夫·门采尔《有阳台的房间》，1845年，德国柏林国立美术馆收藏。

梵高《阳台上的两位女子》，1885年，荷兰阿姆斯特丹梵高美术馆收藏。

贝尔特·莫里索《露台上》，1874年，日本东京富士美术馆收藏。

贝尔特·莫里索《阳台上的女人和小孩》，1871年，私人收藏。

巴赫《G弦上的咏叹调》。

海莉·薇思特拉《夏日的最后一朵玫瑰》。

阿沃·帕特《镜中之镜》。

万能青年旅店乐队《十万嬉皮》。

田园

秋天的田野，生动，喜悦。

士兵一样整齐排列的芝麻刚收下来，呈"人"字形搭在路边晾晒。

枣树上挂着收音机，树下干完活儿的老大爷闭着眼听戏喝茶，脚下点着一盘蚊香。

三个女人坐在马扎上拉着家常，两个小童追逐嬉戏。

核桃和花椒已经摘完了，石榴和大枣开始泛红。地里还有花生和红薯、芋头、南瓜、丝瓜，扁豆也绕着篱笆开出了紫色的花。

当此场景，应该搭个戏台，唱一出《刘墉下河南》。豫剧红脸唱腔是摇滚乐的前身吗？突然就不管不顾、恣意酣畅！

地里干活儿的大爷说，一亩地可以打50多斤芝麻，出20斤香油。这一季辛劳，不过20斤香油啊！

在太行山区，香油是金贵的，做汤拌菜点几滴就可以了。后来我见南阳的朋友在家烙饼居然用香油，大吃一惊！

芝麻收完就该种油菜了。为什么种油菜呢？因为不用浇水，看天收。

这是一片已经拆迁的土地，冯湾、道李、常庙，位于郑州常庄水库和贾鲁河、南水北调干渠之间。

房子都已经没有了，平时荒无人烟。

人类一旦退出,野生动物就冒出来。草丛里的野鸡,高大树冠上的白鹭,水库里的黑鸭子……

但一到播种和收获的季节,勤劳的农民就出现,重新主宰大地,热火朝天。

和农民一起出现的,是成群的鸟。

以前总觉得田地里的稻草人不过是个摆设,或者是风景。但当你见过数百只鸟黑压压一片落在田地里时,就知道赶鸟对即将收获的庄稼是一件多么重要的事!

五月中旬的时候,这里有几片成熟的麦田。我见过几个农妇,在麦田里敲着铁盆呼喊。还有一个大爷,手里不知拿着什么黑科技,手一扬空中就啪啪炸响,好不神奇!

他的田园篱笆上,此时开满了牵牛花。牵牛花在日本有个很诗意的名字——朝颜。

日本人的审美,是微小的、孱弱的、哀伤的、安静的、局部的、稍纵即逝的。

美好只是一瞬间,生命无常,珍惜当下,浮生偷欢。

2021年的7月,郑州遭遇了罕见的降雨和水灾,但一切都会过去,阳光依然照耀所有的生命。

芝麻收了,油菜已经播种。今年春天,很快,这里又会是醉人的金黄花海!

我们日新月异的城市,是否可以保留一块田园呢?

推荐欣赏:

杨威《耕获图》,北宋,北京故宫博物院收藏。

陈枚《耕织图册》,清,台北故宫博物院收藏。

沈士充《山楼观稼图》，明，北京故宫博物院收藏。

梁楷《蚕织图卷》，南宋。

毛益（传）《牧牛图》，南宋，北京故宫博物院收藏。

佚名《田垄牧牛图》，南宋，美国明尼亚波利斯艺术馆收藏。

李迪（传）《春郊牧羊图》，南宋，美国纽约大都会艺术博物馆收藏。

萧晨《江田种秫图》，清，北京故宫博物院收藏。

彼得·勃鲁盖尔《收割者》，1565年，美国纽约大都会艺术博物馆收藏。

米勒《晚钟》，1859年，法国巴黎卢浮宫博物院收藏。

梵高《乌鸦群飞的麦田》，1890年，荷兰阿姆斯特丹梵高美术馆收藏。

庚斯博罗《安德鲁斯夫妇》，1750年，英国国家美术馆收藏。

约翰·康斯太勃尔《干草车》，1821年，英国国家美术馆收藏。

毕沙罗《两个年轻农妇》，1892年，美国纽约大都会艺术博物馆收藏。

杜米埃《带孩子的洗衣妇》，1850年。

特罗容《去耕作的牛群》，1855年，法国巴黎奥赛博物馆收藏。

朱利安·杜普雷《搂集干草的女人》，19世纪末，私人收藏。

梵高《荷兰的花圃》，1883年，美国国家美术馆收藏。

格兰特·伍德《美国哥特式》，1930年，美国芝加哥艺术学院收藏。

杜比尼《收获的季节》，1851年，法国巴黎奥赛博物馆收藏。

柴可夫斯基《如歌的行板》。

阿尔比诺尼《d小调双簧管协奏曲》。

唐朝乐队《传说》。

菜场

对我来说,房子附近一定要有一个菜市场。否则,再好的房子也是索然无味的。

伊河路菜市场在秦岭路打通后,缩小了约三分之二,但仍是郑州较大的菜场之一。没有秦岭路时可想有多大!

为了这个菜场,住在隔壁的我可是二十年没有搬家啊。

几乎每一个周末,我都是从逛菜场开始的。说来也怪,平时怎么也睡不醒,周末却怎么也睡不着。

拖着缺觉的身体走进菜场的一瞬间,幸福感就像充电一样,从脚底一格一格溢到头顶。

水灵灵、脆生生的小青菜,紫黑油亮的茄子,圆圆胖胖的南瓜,白生生的莲藕,红通通的西红柿;信阳铁锅豆腐,铁记瓜子,眼镜炒鸡,小董活鱼,刁沟羊肉,开海的第一拨梭子蟹……

梭子蟹那带着海水味道的鲜美让人迷醉,而湖蟹那无敌的浓香,要等到十月初了。

现在好吃的菜是南瓜。嫩南瓜清炒即可,老南瓜炒成糊状拌手擀面,加一勺蒜汁,几片荆芥——要什么梭子蟹?

人到中年,才知滋味,应季的、新鲜的蔬菜,是甜的!强扭的瓜,就是不甜!

青壮年的时候,只是一味贪多,什么都要。物质积累的年代，多就是好，多是一代人的底色。

人到中年，才知时间流转、四季变换，才知该来的不一定来，不来也没有关系，逛逛菜场，日日是好日。

卖菜的老两口儿，我结账时，他们总会多抓一把小葱和香菜放进我的袋子里。

卖豆腐的妹子，老远看见我就必定切好了我中意的角上那块，有时候甚至摆摆手说："今天不用买了，你家老太太已经买过了。"

有次在大街上老远有人打招呼，我答应着想了半天才想起来——是小董活鱼的老板娘啊！人家攒了好多鱼泡给我呢，分文不取！

打烧饼的夫妻，小伙儿上身和大力水手一样，一天揉出来三袋面啊！实实在在挣的是辛苦钱。

谁家的女儿，摆一张小桌子在水果摊边写作业。

眼镜炒鸡，已经从眼镜哥炒成眼镜叔了，几只小猫在他的摊前转悠。

铁记瓜子的老掌柜有几天不见了，我忍不住问了下才知道他已经故去。

唉，不敢想，这个笑眯眯的老先生，他炒的五香瓜子，我吃了二十年啦。

推荐欣赏：

张择端《清明上河图》，北宋，北京故宫博物院收藏。
钱选《秋瓜图》，元，台北故宫博物院收藏。
齐白石《虾》，1954年，上海博物馆收藏。

丁辅之《果品12开册》，1944年。

莫奈《红鲻鱼》，1869年，美国哈佛艺术博物馆收藏。

夏尔丹《鳐鱼》，1728年，法国巴黎卢浮宫博物馆收藏。

塞尚《苹果与橘子》，1899年，法国巴黎奥赛博物馆收藏。

卡拉瓦乔《水果篮》，1599年，意大利米兰安布罗画廊收藏。

奥斯塔德《海鲜市场》《卖鱼的人》，荷兰17世纪风俗画。

保罗·古斯塔夫·费舍尔《路边的水果摊》《小女孩的收获》《露天菜场》《买红玫瑰的女士》，丹麦。

吉拉德《科西嘉岛》，1875年。

威廉·洛格斯代尔《哈利法之门》，1887年，英国，私人收藏。

亚历山大·吉尔姆斯基《卖橘子的犹太老人》，1880年，波兰华沙国家博物馆收藏。

彼得鲁斯·范·申德尔《烛光下的夜市》，1857年，英国福林斯艺术画廊收藏。

让·莱昂·杰罗姆《地毯商人》，1887年，美国明尼阿波利斯艺术学院收藏。

维克多·加布里埃尔·吉尔伯特《莫夫塔德街的市场》，1889年，私人收藏。

库尔贝《集市归来》，1855年，法国贝桑松考古和艺术博物馆收藏。

毕沙罗《蓬图瓦兹的家禽市场》，1882年，美国诺顿·西蒙博物馆收藏。

贝多芬《降B大调第十三弦乐四重奏》，第五乐章。

莫扎特《G大调第十三弦乐小夜曲》，第四乐章，回旋曲。

麻园诗人乐队《现在现在》。

金水河

我是和文君分手后走上金水河的。

那天我们在纬一路喝了最后一次酒,由于都已准备好结局,所以也没有特别伤感。

从酒馆里出来才看见漫天雪花,天地苍茫,郑州终于迎来了2005年的第一场雪。

经常有一些重大的事情,在我们全无知觉的时候已然发生。

上车前,她回身看了我一会儿,那一刻我突然想到,可能再也见不到她了。

我在雪中看她离去,在路边站了约一分钟,就顺着经八路离开了。

那时还没有叫车软件。

我一直走到金水河边,也没有出租车停下来,就沿着一小段阶梯上了河岸,开始了漫长的、无知觉的行走。

好大的雪啊!

城市变得安静,只有脚下"噗噗"的声音和雪花在脸颊上融化后的清凉。

人民公园的摩天轮在雪中缓慢地转动。

沿河路的跳蚤市场已经收摊。

两个戴毛线帽子的女生夹着课本匆匆跑过河医的简易桥。

大学路的外文书店还在营业。

眉湖上的鸭子挤在一起缩着脖子御寒。

郑大连接桥头的高大杨树已经伫立成雪白的巨人。

沿着这座桥穿过郑大南校区就是桃源路,那是我和文君初次遇见的地方。

想起那个夏天我感到平静而又温暖,仿佛生命中不期而遇的礼物。

一个小孩儿欢呼着从我身边跑过,被赶上来的女士一把拉住。

"看你身上快湿透了!赶快回家,明天还有雪。"

"明天雪就化了。"我下意识地脱口而出。

小孩儿听我说完,像条泥鳅一样从女士手中挣脱,又跑进雪地里了。

女士叉着腰哭笑不得地看着我。

我羞愧难当,只能抱歉地尴笑,继续走路。

过了宽阔的嵩山路是粮食学院,这几所高校皆是沿河而建。

从粮食学院的南门进去就是图书馆,过去穿过教学楼是食堂和水房。

从南门出来顺着河过陇海路,再走过一座简易桥是耿河村。

耿河村、图书馆、食堂和水房。

我背着书包、提着暖壶在这三点一线走过了两年的时光。

直到遇见文君。

一转眼我们在这个城市、这条河畔,已逗留十年。

她决定离开,我决定留下。

我们没有劝说对方,每个自以为正确的选择,其实都是莫名所以。

还好,我们都还有时间骄傲。

但是，当我已经在雪中走了一个多小时，当我看到那座通向耿河村的简易桥，当大雪再一次覆盖郑州，疲惫不堪的我终于开始感到一阵阵控制不住的悲伤。

我不知道，为什么情感的表达要如此迟缓，每一次都在我们失去之后。

我那倔强的要为我在郑州买房子的父亲，在重症监护室的十八个日夜，到最后离去，我没有流一滴泪。

爷爷在医院走廊里对我说："你没有爸了。"

我没有流一滴泪。

但是，一个月后在金水河边，我正走着，突然听到父亲叫我的名字。

我知道那是幻觉，但是又那么真切！

那一声呼唤让我瞬间失控，快步走到路边的海棠树后，无声地痛哭。

生命，就是一场漫长的告别。

我们无法选择相遇，也还没有学会珍惜。

雪一年一年地下，花一年一年地开，人和事，一年一年地重复。

没事的时候，我就喜欢在金水河边行走。

什么也不为，就是一直走，一直走。

推荐欣赏：

李唐《关山行旅图》，南宋，台北故宫博物院收藏。

马永忠《水榭荷香图》，南宋，台北故宫博物院收藏。

盛懋《袁安卧雪图》，元，台北故宫博物院收藏。

马元忠《山水图（苏堤春晓）》，南宋，台北故宫博物院收藏。

赵伯骕《风檐展卷图》，南宋，台北故宫博物院收藏。

唐寅《山水图（春游）》，明，美国印第安纳波利斯艺术博物馆收藏。

曹知白《群峰雪霁图》，元，台北故宫博物院收藏。

佚名《雪麓早行图》，北宋，上海博物馆收藏。

王渊《秋山行旅图轴》，元，台北故宫博物院收藏。

袁耀《蜀栈行旅图》，清，美国克利夫兰艺术博物馆收藏。

弗里茨·索罗《维罗纳石桥》，挪威，19世纪后期。

玛丽安·冯·韦雷夫金《立陶宛城市》，1913年，瑞士阿斯科纳市立现代艺术博物馆收藏。

马蒂斯《交谈》，1912年，俄罗斯圣彼得堡艾尔米塔什博物馆收藏。

雷东《两位数的船》，1912年，私人收藏。

尼凯福罗斯·莱特拉斯《等待》，1895年。

藤原隆能《源氏物语绘卷·蓬生》，平安时代（约12世纪），日本德川美术馆收藏。

毕沙罗《蓬图瓦兹的阴天》，1876年，荷兰鹿特丹布宁根博物馆收藏。

朱塞佩·德·尼蒂斯《冬天的风景》，1875年，私人收藏。

莫奈《阿让特伊的长廊》，1872年，美国国家美术馆收藏。

理查德·瓦格纳《漂泊的荷兰人》序曲。

肖斯塔科维奇《牛虻组曲》中的《浪漫曲》和《夜曲》。

宋冬野《空港曲》。

岗坡路的夕阳

岗坡路的尽头是芝麻街，郑州西郊的新晋网红。

芝麻街的由来是郑煤机的拼音缩写——ZMJ，如此，1958年建设的老工厂摇身一变，成了年轻人追捧的时尚地标。

看，创意多么重要！

一排排的厂房如今已经遍布酒吧、音乐餐厅、便利店、饮品店、网络公司、设计公司、艺术品店和羽毛球馆、舞蹈班。

我常常看着那些巨大的厂房想，为什么不请《乐队的夏天》节目组来这里拍摄呢？

那该是何等景况呢？城市的文艺气息、时尚气息一下就起来了吧？年轻人需要这样的精神生活吧？新时代需要年轻人拿起吉他唱起歌吧？

包括二砂那些厂房，有的甚至可以去掉圆顶做成露天的星空演艺广场。

唱戏也可以啊，我总觉得豫剧红脸唱腔就是摇滚乐的前身。你听吧，那个敢作敢当、大干一场的劲儿！

中国人的自信，需要表达！我们那么多孩子学弹琴学舞蹈，给他们舞台去表达啊！

从芝麻街出来，一路下坡。

如果你骑着单车，不用踩就可以滑行到岗坡路的东头——前进路。

这是一个丁字形的区域,是西郊的美食天堂。

大名鼎鼎的穆彦华胡辣汤,就在岗坡路菜市场门口。

我曾经排了半个小时的队才到汤锅前,不要一碗加牛排的胡辣汤都对不起这个时间。

旁边拐角有一家上海生煎小店,汁水很足、鲜甜。

他家的素馅小笼包也很不错,小小的八个,走累了坐下来慢慢地吃一笼,很轻松舒服。

岗坡路的两边是郑煤机的家属院,人行道上悬空架设着暖气管道。

临街有一家真味餐馆,做的都是菜单上已经消失的老菜。

一位中年男人坐在餐桌旁,对面是一位五十岁左右的高挑女士。

看起来这位女士有事相求。

中年男人把右腿搭在左腿上,手里夹着烟,不疾不徐地喝一口酒,脸上风平浪静,眼里写满了过往。

这种人只要看一眼,你就知道,他可以让所有人都过得去。

不时有人过来递一支烟,敬一杯酒,添一碟菜……中年男人只是摆摆手,不拒绝,也不反对。

邻桌有两位正烫着头的女士。

刚从旁边的理发店里出来,还戴着大大的头罩。

她们买了一只切得整整齐齐的桶子鸡,各持一瓶红星小二,边聊边吃,欢欢喜喜。

街上的冯记馄饨、豫蓉源担担面、溢香苑瓦罐、刘记羊肉汤、麻辣森林……都已开始陆陆续续上人。

人们忙碌一天后坐在自己喜欢的小馆子里,或同家人,或同朋友，或一人，享受着这平凡的一天。

喝醉酒的大叔已经坐在家属院儿门口，和门卫聊着天儿。

几只燕子飞回屋檐下的巢旁，进进出出地准备迎接夜晚。

两只花猫从暖气管道上悄无声息地跳下来，钻进一丛蔷薇花里。

一轮红日挂在岗坡路的尽头，彩霞满天，夕阳的余晖透过法桐树冠映照在红色的家属楼上，满满工业时代的怀旧感。

还有，一份稳稳的踏实感，让人在暖风中微微沉醉。

推荐欣赏：

巴尔蒂斯《街道》，1933年，美国纽约现代艺术博物馆收藏。

莫奈《翁弗勒街道》，1864年，美国波士顿美术馆收藏。

卡耶博特《巴黎的街道·雨天》，1877年，美国芝加哥艺术博物馆收藏。

费宁格《白人》，1907年。

毕沙罗《蒙马特大街》，1897，俄罗斯圣彼得堡艾尔米塔什博物馆收藏。

安托万·布兰查德《香榭丽舍大道》，20世纪中期。

霍贝玛《树下的乡村街道》，1663年，德国柏林画廊收藏。

莫里斯·郁特里多《马里斯·圣·珍尼夫街道》，1910年，美国国家美术馆收藏。

梵高《老街》，1882年；《奥维尔河畔的街道》，1890年。

波尔蒂尼《过马路》，1875年，美国克拉克艺术中心收藏。

阿德里亚努斯《集市上阳光明媚的街道》《繁忙街道上的人物》《荷兰小镇街道上的人物》等，19世纪中期。

乔治·德·基里科《一条街的神秘与忧郁》，1914年，私人收藏。

蒙克"克拉格勒的街道"系列，1910年左右，德国比勒费尔德美术馆等收藏。

高更《塔希提岛的街道》，1891年。

约翰·辛格·萨金特《威尼斯的街道》，1882年，美国国家美术馆收藏。

恩斯特·路德维格·基尔希纳《德累斯顿街道》《柏林街景》，1913年；《波茨坦广场》，1914年；《街道》等。

佚名《往古风俗画绘卷》，日本。

萧云从《秋山行旅图》，明，日本东京国立博物馆收藏。

蔡尔德·哈萨姆《冬季第五大道》，1890年，美国宾夕法尼亚州卡内基美术馆收藏；《雨中波士顿的哥伦布大街》，1885年；《1917年4月清晨的第五大道》，1917年。

肖邦《降E大调华丽大圆舞曲》。

勃拉姆斯《匈牙利舞曲第一号》。

痛仰乐队《公路之歌》。

颍河路

一座城，只有用脚走过，感受她的起伏，闻着空气中的味道，看着路边闲坐或忙碌的人们，才会和她亲近起来。

郑州西城的路，名字很有意思：南北方向的路与山有关，东西方向的路与水有关。

嵩山路、秦岭路、华山路；洛河路、伊河路、颍河路、淮河路、陇海路。

华山路和西环之间的这一段颍河路，是我常走的路，不长，十五分钟即可走完。

如果向西走，右手是二砂的红砖厂墙。

春天的墙头伸手可以够到榆钱，可以看到绿色窗框的砖房和高高耸立的烟囱。

二砂的全称是中国第二砂轮厂，曾是亚洲最大的砂轮厂，21世纪初还在维持着最后的生产。

每天上下班的时间，厂门口还有大批骑着自行车的工人，从门口浩浩荡荡地出来，像20世纪80年代的电视剧中的情节。

终于有一天，一切彻底静止，那些巨大的厂房空无一人，墙上的黑板还保留着粉笔写的生产注意事项。

人工建筑，只要足够大，就有无与伦比的震撼力。

当你站在二砂的车间里，火电厂冷却塔内的吊桥上，山谷里的水坝前，就能感受到这种神秘的震撼。

厂区里的法桐、塔松、玉兰树都极硕大。人退去,纺织娘娘几乎占领了工厂。

有一处地道的入口还开着,沿着斜长狭窄的步梯下去,还可以看到"深挖洞,广积粮"的斑驳标语。

二砂的对面是洛达庙村。

那些挤挤挨挨的房子、弯弯曲曲的巷道、密密麻麻的摊贩和数不清的大学生,在网络和游戏中成长的一代人。

他们和城市里的村庄,一起经历着目不暇接的21世纪。

二砂正在变身成为文化创意园区,洛达庙也已经变成高档楼盘,窄窄的颍河路上停满了汽车,唯一没有改变的是道路两边的楝树。

每年四月,楝树依然开满紫色的小花,整条街依然充满幽幽的奇香。

如果你开车路过,一定要打开车窗。如果你夜晚散步,一定会为空气中浮动的暗香所倾倒。

循着香气往前走,很快就到了石羊寺村。

石羊寺也拆迁了,不过回迁小区的门口还立着两只石羊的雕塑,默默地守望着文明的渊源。

如果能刻一方石碑,记载村庄的来历变迁,就更好了。

石羊寺大锅菜非常有名。我本以为煮肉这件事,技术上差别不大,但吃过石羊寺大锅菜,才知道大错特错啦!

他们这里煮的肉,肥而不腻,瘦而不柴,妥妥的香!再加上莲夹、丸子、酥肉、豆腐、海带、白菜、粉条,满满的一大锅,浓浓的中原味道啊!

石羊寺人开朗幽默。

有次打车,开车师傅是石羊寺的。

我开玩笑说:"你们不都是分十套以上的房子,整天收收租、打打麻将吗?"

师傅说:"日子不错是真的,但哪有那么邪乎,再说总得找个事儿做啊。"

他还说:"你别看我没文化,我闺女争气,读博士了!俺家也出个博士!"

我说:"嫂子真是好福气。"

他说:"那是,出租车收款码都是她的,天天在家手机一会儿'叮'一声,又进钱了,直接嘴笑歪!"

石羊寺村中间是西三环,环路再往西一条新路已经铺好,一直通到南水北调渠边。

那里有一座白云观。

白云观的旁边是大片的草坪,走累了坐在这里眺望,视野极为开阔。

清澈的丹江水上,斜阳晚照,杨柳堆烟,蝶绕花间,几点飞鸿。

相隔不远是贾鲁河,河上横着一座老桥,走过去是一座火神庙,庙的西边有一棵两百年的老槐树。

每天早上,都有一位老人来到庙前,整天地坐在那里,默默看着家乡的巨变。

推荐欣赏:

张宏《石屑山图》,明,台北故宫博物院收藏。

燕文贵《送粮图》,北宋,美国纽约大都会艺术博物馆收藏。

宋旭《辋川图》(仿王维),明,美国华盛顿弗利尔美术馆收藏。

王翚《一径至桥去图》，清，南京博物院收藏。

唐寅《山路松声图》，明，台北故宫博物院收藏。

佚名《丝路山水地图》，明，北京故宫博物院收藏。

赵孟頫《蜀道难》，元，北京故宫博物院收藏。

马麟《溪山行旅图》，南宋，台北故宫博物院收藏。

盛懋《春山游骑图》，元，私人收藏。

莫奈《吉维尼莫奈花园里的小路》。

梵高《普罗旺斯夜晚的乡间小路》，1890年，荷兰奥特洛·克勒勒·米勒博物馆收藏。

列维坦《弗拉基米尔之路》，1892年，俄罗斯莫斯科特列恰科夫美术博物馆收藏。

叶芝《道路》，1951年，爱尔兰国家美术馆收藏。

霍贝玛《林荫大道》，约1670年，美国纽约大都会艺术博物馆收藏。

毕沙罗《路维希安的道路》，1872年。

库尔贝《路遇》，1854年，法国蒙彼利埃法布尔博物馆收藏。

西斯莱《塞夫勒道路一景》，1880年，法国巴黎奥赛博物馆收藏。

阿历克塞·贡德拉特维奇·萨伏拉索夫《乡间道路》。

俵屋宗达《宇津山》，约1634年，日本江户时代，美国纽约大都会艺术博物馆收藏。

费宁格《在巴黎附近的一个村庄里》，1909年。

毕莎罗《圣欧诺下午的雨后街道》，1897年，西班牙马德里提森波那米萨美术馆收藏。

肖邦《幻想即兴曲》。

勃拉姆斯《G大调大提琴五重奏》。

李志《关于郑州的记忆》。

平甸

平甸是河南、山西交界的一个村子,位于南太行深处。

虽处深山,沿着河谷却有一大块平地,盛产优质的小米。所以抗战时期还是八路军的后方基地,有医院、供销社、工厂,陈赓大将的指挥部也曾设在这里。

北方一般山多缺水,但这里长年河水丰盈。河水在山谷中潺潺流过,在村口形成一个不大不小的湖,湖水清澈见底。

水继续往下流,就在峭壁处形成瀑布,即现在的宝泉景区。

举目皆是峭壁。这里的路,都是在90度垂直的悬崖峭壁上凿出来的挂壁公路。

这里的山,和范宽笔下的《溪山行旅图》一样,雄伟、险峻、壮美。人行其间,方能感到自然的伟力和人类的渺小。

河岸两边依山散落着石头房子、石头院墙、石头猪圈。

房子后面是漫山遍野的山楂树,春天"白花开满枝头",秋天挂满红果。此时整个山村就成了美术学校的写生基地,石头房子里都住满了背着画夹的学生。

到了晚上,因四周皆山空气清新,所以抬头看吧,繁星满天,亮得晃眼。

星光下的夜,除了溪水叮咚、几声狗吠,真是静啊！而且有一种令人神清气爽极度舒适的凉！可能是一方水土养一方人吧，相较于南方的潮、北方的干，我就是离不开这里的四季分明，这里的清澈冷冽。

还有，这里的地锅咸大米。

那是一种将肉、菜、粉条、大米混合在一起，用小火在地锅里慢慢焖熟的山村美食，灵魂是干豆角，而且只能是山里晒干的红豆角，那个干香！这样的饭，在连筷子都没有的年代，砍几枝荆条当筷子，用农村的大海碗，我能连吃三碗！绝对的干饭人！

村子中间还保留着计划经济时期的供销社，墙上刻着"发展经济，保障供给"的红色大字。里面的柜台也保留原来的模样，柜台后面的墙上贴着百泉春酒的广告贴画。

百泉春，多么好的名字啊。苏轼说："唐人名酒，多以春名。"《诗经》曰："八月剥枣，十月获稻。为此春酒，以介眉寿。"

我曾经得到一坛百泉春酒，又存之十年，开坛时满室芬芳，像平甸的夜，清冽甘甜，饮之丰美，却不张扬。

大约十年前，我偶然开车来到平甸。站在供销社门前，突然隐隐约约地触动记忆，我的童年，竟有一段时间是在这里度过的！

那时候，我的爷爷是平甸公社书记。新中国成立前他在这里打过游击，新中国成立后为了保护庄稼带着村民上山打猴子，猴子在山上用石头打他们。

他修了很多桥，种了很多树，能打枪，能种田，会盖房子和木工活，焖地锅咸大米也是一把好手。他养育了五个儿女，过年每天早上给小孩儿分炮：男孩一个大炮、五个小炮，女孩五个小炮……

后来他进城到水利局做了书记，我们的平甸记忆就此中断。

值得一说的是：从郑州到平甸，只要一个半小时啊！

推荐欣赏：

范宽《溪山行旅图》，北宋，台北故宫博物院收藏。

范宽《携琴访友图》，北宋，英国伦敦大英博物馆收藏。

李成《晴峦萧寺图》，北宋，美国纳尔逊-阿特金斯艺术博物馆收藏。

关仝《关山行旅图》，台北故宫博物院收藏。

郭熙《早春图》，北宋，台北故宫博物院收藏。

樊圻《秋山听瀑图》，清，旅顺博物馆收藏。

马远《雕台望云图》，南宋，美国波士顿美术馆收藏。

马远《举杯玩月轴》，南宋，台北故宫博物院收藏。

展子虔《游春图》，隋，北京故宫博物院收藏。

李思训《江帆楼阁图》，唐，台北故宫博物院收藏。

李昭道《明皇幸蜀图》，唐，台北故宫博物院收藏。

燕文贵《扬鞭催马送粮忙图全卷》，北宋，美国纽约大都会艺术博物馆收藏。

高克明《溪山积雪图》，北宋，台北故宫博物院收藏。

屈鼎《夏山图》，北宋，美国纽约大都会艺术博物馆收藏。

王希孟《千里江山图》，北宋，北京故宫博物院收藏。

荆浩《匡庐图》，五代十国，台北故宫博物院收藏。

巨然《万壑松风图》，五代十国，上海博物馆收藏。

贝多芬《月光》，钢琴曲。

唐朝乐队《演义》。

故乡

我也曾梦见蓝色的马,梦见穿黄色连衣裙的姑娘,梦见夜空悄悄潜行的月亮。

我们在月光中飞过亮闪闪的河流、黑色的田野、白色的河堤、红砖墙的代号工厂,梦见那里——金色的童年。

不过,和夏加尔不同,我至今不能确定——那是我的故乡吗?

那个位于新乡西郊的工厂,不算很大,却一应俱全。

小卖部、医务室、食堂、理发室、澡堂、职工俱乐部、托儿所、小学、操场、有巨大银杏树的草坪和蝴蝶翩翩飞舞的花园。

我的同伴来自五湖四海,他们的父母说着不同口音的普通话,在工厂里上班、下班、吃饭、睡觉、打牌。

他们都很健康,牙齿洁白,四肢修长。

周末大家爬上绿色的卡车,兴高采烈地去百货大楼购物、人民公园游玩、春风包子铺吃饭。

晚上工厂中间的马路上放露天电影,银幕两边都坐满了人。

作为中国第一代独生子女,我们在那个代号工厂里度过了中学前的全部时光。

我曾经以为这里就是我的故乡,离开那里时痛苦万分,久久不能释怀。

我讨厌搬家,之前奶奶家从农村搬到城里,别人都兴高采烈,唯独我黯然神伤。

很久以后,我在郑州经历了更多的搬家:从耿河到关虎屯、保全街、市场南街、周新庄……

物质积累的年代,我们一路奔跑,来不及伤感。不经意间发现鬓角已添白发,不经意间发现曾经租住过的那些村庄都消失了,从市中心到三环、四环、五环……

石羊寺村还不错,在安置小区的门口雕刻了两只石羊。

最好再刻一块碑,写明村庄的来由、变迁,这是我们的基因,文化的脉络。

我们不能现代化得没有来由,那不叫真正的现代化。

我们的文明是从历史的长河中走来的,是细枝末梢血脉相连的,气血贯通才能和谐、充盈、蓬勃、不息……

500多年前,明代唐寅绘制《震泽烟树图》,流露出归隐愿望,"相期与君老湖上,香饭鱼羹首同白"。

700多年前,元代画家赵孟頫为好友周密疏解乡愁绘制了《鹊华秋色图》,济南秋色美不胜收。

900多年前,南宋李唐绘制《归去来兮图》,描绘了陶渊明返乡的动人情景:"僮仆欢迎,稚子候门。三径就荒,松菊犹存。携幼入室,有酒盈樽。"

柯罗笔下的枫丹白露,西斯莱笔下的路维希安街……都是令人向往的故乡。

中国的乡村,不需要学谁,我们就是最美。

…………

今年春天,我在路上和别人撞车。交谈中才知道是老乡,问起那个西郊的代号工厂,他突然抱歉地对我说:

"已经不存在了。"

"被我们收购了……"

那些曾经的伙伴呢？都已不知漂泊何处。

希望时间不会抹平一切，希望他们和我都能找到一个可以回去的故乡。

推荐欣赏：

赵孟頫《鹊华秋色图》，元，台北故宫博物院收藏。

王希孟《千里江山图》，北宋，北京故宫博物院收藏。

李唐《归去来兮图》，南宋，美国克利夫兰艺术博物馆收藏。

唐寅《震泽烟树图》，明，台北故宫博物院收藏。

曹夔音《范成大卖痴呆词图》，清，台北故宫博物院收藏。

徐扬《日月合璧五星联珠图》，清，台北故宫博物院收藏。

李士达《元日新年图》，明，美国克利夫兰艺术博物馆收藏。

佚名《溪桥风雨图》，元，北京故宫博物院收藏。

徐扬《姑苏繁华图》，清，辽宁省博物馆收藏。

王翚《太行山色图》，清，美国纽约大都会艺术博物馆收藏。

夏加尔《我和村庄》《空中的恋人》，俄罗斯。

柯罗"枫丹白露"系列，法国。

西斯莱《路维希安的雪景》，法国。

莫奈《日出·印象》，1872年，法国巴黎马尔莫丹艺术馆收藏。

玛丽安·凡·威若肯《回家》，1909年，瑞士阿斯科纳现代艺术博物馆收藏。

德沃夏克《e小调第九交响曲》（自新世界）第二乐章。

库尔迪斯《重归苏莲托》，意大利民歌（帕瓦罗蒂演唱）。

西贝柳斯《d小调小提琴协奏曲》。

许巍《故乡》。

小酒馆

梵高的这杯苦艾酒散发着幽香,安静地待在小酒馆的桌子上,仿佛在等着,正走来的两个人。

就像此刻,我坐在北街的小酒馆里,透过玻璃窗,看着W穿过一排巨大的法桐,东张西望着向酒馆走来。

W身材高挑,自带光芒。

我总觉得她应该戴一顶宽大的帽子,但她的人生从来都不需要遮掩和束缚,她习惯于把那些东西都踩在脚下。

尽管已经过去了二十多年,她看起来仍然是这样。

冰桶里的清酒已经冻好,酒馆里播放着披头士的《挪威的森林》,我们开始饮第一杯酒。

这是高山纯净的雪融化后低温冷酿的酒,清冽、纯洁,仿若初见。

那一丝若即若离的米香稍纵即逝,怅然若失,复而又至,神魂颠倒。

一杯酒下去,就把我们带回原点——还没有为情困、为钱忙的年纪。

此时窗外树冠抖动,湖面秋水回波,一只野鸭低飞拉出一条白色的水线,我们饮第二杯酒。

来自南美的红酒,圆润、浓郁、饱满,层次丰富,艳而不妖。

像成熟的蜜桃,甘之如饴。像《秋天的童话》

里的十三妹,《过把瘾》里的杜梅,就是不像W。

W像清香型的白酒,结构清晰,层次分明,目标明确,直奔主题。

一杯酒下去,整个人都通透了。这时候再吃一口爆汁的牛肉,就飘飘欲仙。

有些时候需要一杯更直接的酒,不要年份,不要柔顺,不要香醇,最好是刚从冷凝管里流出来的,干净利落,简单粗暴,辛辣刺激,这才是酒!

此时窗外风雨大作,归巢的燕子在屋檐下叽叽喳喳,遮天蔽日的树冠上白鹭在跳舞,洒水车缓缓驶过,湖面上的水鸭忽而沉入水底,忽而浮上水面。

陌生的城市啊,熟悉的角落里,再饮一杯浓香型的白酒,不疾不徐,不左不右,淡妆浓抹总相宜,没有毛病。

像灯火辉煌的火车无声驶过夜色中的都市,锦衣夜行,心生灿烂。

对面靠墙的桌旁并排坐着一对中年男女,像德加1876年画的《苦艾酒》。

每个人都会陷入这种无解的时刻,他们看我是否也是这样?

天色将晚,温一壶黄酒。这温润,竟和法棍很搭,啜饮,咀嚼,服帖。

此时若有一曲京胡《夜深沉》,过去的一切,就都抹平了。

最后,来一杯苏格兰威士忌吧,这瓶父亲留给我的酒,三十年了。

酒液已呈琥珀色,在漫长的时间里柔化、成长、中和、包容,已臻化境,入口竟有一种金灿灿的视觉,从口腔迅速弥漫开来，像萨拉萨蒂的《流浪者之歌》，尾声闪电般的高潮，直入云霄，久久不去。

窗外雨还在密密地下着，W除了饮酒，什么都没有提起。

然后，她拿起帽子，坐上一辆不知何时停在门口的黑色轿车。我们挥手作别，相忘于江湖，尘缘如梦。

推荐欣赏：

顾闳中《韩熙载夜宴图》，五代十国，北京故宫博物院收藏。
任仁发《五王醉归图》，元，苏宁艺术馆收藏。
戴进《春酣图》，明，台北故宫博物院收藏。
陈洪绶《蕉林酌酒图》，明，天津博物馆收藏。
杨子华《北齐校书图》，南北朝，美国波士顿艺术博物馆收藏。
刘松年《西园雅集图》，南宋，台北故宫博物院收藏。
钱选《扶醉图》，元，美国纽约大都会艺术博物馆收藏。
仇英《春夜宴桃李园图》，明，北京故宫博物院收藏。
梵高《咖啡桌上的苦艾酒》，1887年，荷兰阿姆斯特丹梵高美术馆收藏。
梵高《饮酒者》，1890年，美国芝加哥艺术美术馆收藏。
雷诺阿《游船上的午餐》，1881年，美国华盛顿菲利浦收藏馆收藏。
德加《苦艾酒》，1876年，法国巴黎奥赛博物馆收藏。
马奈《喝苦艾酒的人》，1859年，丹麦哥本哈根新嘉士伯美术馆收藏。
卡拉瓦乔《年轻的酒神》，1593年，意大利佛罗伦萨乌菲齐美术馆收藏。
彼得·勃鲁盖尔《圣马丁节酒会》，1568年，比利时皇家美术博物馆收藏。

让-马克·纳蒂埃《爱情与葡萄酒的结合》。

妮可·艾森曼《邂逅的酒吧之吻》，2011年。

维米尔《一杯酒》，1661年，德国柏林国家博物馆收藏。

迭戈·里维拉《戴阔边帽的自画像》，1907年。

莒德玛《阿姆菲斯镇的女人们》，1887年，美国克拉克艺术中心收藏。

沃特豪斯《崔斯特瑞姆与依佐尔德》，1916年。

莫迪里阿尼《喝酒的男人》。

威廉·西德尼·芒特《苹果酒制造》，1841年，美国纽约大都会艺术博物馆收藏。

拉蒙·卡萨斯《红磨坊内》，1890年，西班牙巴塞罗那加泰罗尼亚国家艺术美术馆收藏。

贝多芬《暴风雨奏鸣曲》。

萨拉萨蒂《流浪者之歌》，小提琴。

京胡独奏《夜深沉》。

五条人乐队《像将军那样喝酒》。

馄饨

汴梁人苏汉臣是北宋宣和年间的画院待诏。待诏就是技能达到一定段位，朝廷养着，随时听候诏令。

他画了很多市井风俗画，鼎鼎大名的是《婴戏图》，至今仍可从年画中看到那些胖娃娃的影子。

今天说的这幅画叫《卖浆图》，卖的什么浆水不考证了。单说图中的挑子，设计之精巧，做工之精细，让人叹为观止，里面小泥炉、小铜壶、杯盏瓶罐，那叫一个讲究。

大约一千年过去了，就比比这卖浆的挑子，我们谈品位、谈审美有点儿羞愧呢！

这样一副挑子，让人看见就想坐过去，喊一声："老板，来碗馄饨。"

老板一般并不应声，只是将刚包好的白生生的馄饨分出一拨来，投入煮开的锅中。

然后取一只瓷碗，加盐、胡椒粉、虾皮儿、榨菜丁、紫菜、香菜，一勺热汤冲进去，馄饨抄起放进去，一碗热气腾腾、香气扑鼻的馄饨就上桌啦。

桌上有辣椒和水醋。馄饨怎么能放辣椒呢，那是蘸包子吃的。挑子的另一头总是蒸着几笼小包子，辣椒醋是吃包子的标配。

醋是水醋，虽然廉价，竟然也令人想念，可如今去哪儿找这个味道呢？

馄饨是没什么馅儿的，皮薄如纸，在碗中胀开像白色的花。胡椒一定要多放，舍得放胡椒，才叫吃馄饨。

勺子要用小铁勺，不是钢勺，是那种廉价的一掰就弯的薄铁勺。

这个勺子是馄饨、胡辣汤、豆沫、丸子汤的标配，换别的勺子，味道就全不对了！

以上场景，仿佛是在河南师范大学门口，总有一位中年人挑着挑子卖馄饨。

从前这样的挑子在新乡的街头随处可见，劳动桥、北街、黄岗……天一黑，就都出来了。

为什么总在天黑呢？可能是夜晚的路人更需要这一碗慰藉吧。

即便简陋，这样的挑子也很快就消失了。那种深夜归家前坐在街头吃一碗馄饨的快乐再也没有了。

大学毕业后去上海，我安顿好住处就出门吃饭。

在闻喜路上一家小店点了份馄饨，老板娘问我要几只，一下把我问住了，我还从来没有按"只"吃过馄饨呢。

等馄饨端上来更吃惊了，盛在盘子里，果然是一只一只啊，竟然没有汤！

第二天早上在路边摊上又要了份馄饨，这次是有汤的。馄饨很小，汤里有香菇丁，意外地鲜美。

后来在郑州，伏牛路上的裴家双龙烧鸡店、岗坡路上的李记，馄饨都做得很好，保留着老味道。购物中心里那些馄饨，就不提了吧。

做一碗馄饨，是很简单的事。但往往看起来简单的事，最难做。

桐柏路和陇海路交叉口，有个小吃摊，手推的很长的车，

馄饨：041

卖凉皮、米线之类，也有馄饨。怎么说呢，器具和手艺的退化让人有一种想迅速逃离这里的心慌和悲伤。

但小吃摊总还是有啊。手推车的后面是歌厅，歌厅的东边是报馆。

每天凌晨，和我们一起下班，一起坐在路灯下吃馄饨的，是那些满足或者失落，又和我们同样憧憬着未来的姑娘。

再后来，这种推车也没有啦，那些姑娘也不见啦。

生活，从来没有简单过啊。

推荐欣赏：

苏汉臣《卖浆图》，北宋，日本出光美术馆收藏。
张择端《清明上河图》，北宋，北京故宫博物院收藏。
姚文瀚《卖浆图》，清，台北故宫博物院收藏。
仇英《清明上河图》，明，台北故宫博物院收藏。
徐扬《姑苏繁华图》，清，辽宁省博物馆收藏。
《备宴图》，北宋，河南登封黑山沟墓出土壁画。
《厨娘砖刻》，北宋，河南偃师酒流沟宋墓，拓片。
马蒂斯《早餐》，1920年，美国费城艺术博物馆收藏。
梵高《吃土豆的人》，1885年，荷兰阿姆斯特丹梵高美术馆收藏。
马奈《草地上的午餐》，1863年，法国巴黎奥赛博物馆收藏。
水安德里斯·贝内德蒂《水果，牡蛎和龙虾静物画》，1640年，匈牙利布达佩斯美术馆收藏。
迭戈·维拉兹奎兹《早餐》，1599年，俄罗斯圣彼得堡艾尔米塔什博物馆收藏。
达·芬奇《最后的晚餐》，意大利米兰圣玛利亚感恩教堂收藏。
弗拉·安杰利科《最后的晚餐》，佛罗伦萨圣马可修道院收藏。
丁托列托《面包和鱼的奇迹》，美国纽约大都会艺术博物馆收藏。

马奈《奥林匹亚》,1863年,法国巴黎奥赛博物馆收藏。

戈雅《喝汤的两个老人》,1820—1823年,西班牙马德里普拉多博物馆收藏。

戴维·特尼尔斯《吃贻贝的农民》,1685年,英国杜尔维治美术馆收藏。

胡安·格里斯《碗和勺子》,1923年,西班牙。

欧仁·布丹《鹿特丹鱼市》,1876年,法国。

毕加索《盲人的晚餐》,1903年,美国纽约大都会艺术博物馆收藏。

马克西姆《克罗地亚狂想曲》。

理查德·克莱德曼《秋日私语》。

麻园诗人乐队《晚安》。

吃鱼

冬日，雪后，暮色苍茫。

一条打鱼的小船停在水榭边，高士正推窗探身，从渔翁手里接过几条鲜鱼。

将夜，狂朋怪侣，架锅煮鱼，对酒流连，暮宴朝欢，抱影无眠。

这山中一夜，也算令人向往的生活吧。

这场景出自南宋画家李东描绘的《雪江卖鱼图》。

有个问题我一直不解，为什么古代高士都在深山老林里？

看中国山水画，那亭台楼榭，小桥梨花，携琴访友，煮茶候客，松下观瀑，夕夜归庄，羡煞人也。

如今，山里可还有高人？

说到鱼，并不是北方菜的强项，但宴席上鱼仍是一道必不可少的主菜。

记得小时候去农村吃酒席，红烧鲤鱼端上桌即用筷子去夹，却夹不动，再用力，还是夹不动，心里大吃一惊。

这时表哥拉住我低声说，这是木头鱼，看样子的，别乱动，丢人。

至今仍记忆深刻。

小时候最羡慕唐老鸭吃鱼。唐老鸭捏着鱼尾巴，把整条鱼放进嘴里，然后抿着嘴拉出一副完整的鱼刺。

邻居鲁阿姨是杭州人,隔三岔五端一碗白米饭,米饭上放几条小鱼,跑来我家吃饭聊天。

鲁阿姨体胖,嘴巧。不仅能说会道,还会吃鱼。她碗里的小鱼总是吃得干干净净,只剩一副完整的鱼刺,堪比唐老鸭吃鱼!

有一次在太行山里突遇大雨,只好停下来在路边一个小店吃饭。

等饭时拿了店家的鱼竿,在门口的小溪边钓鱼。没想到下钩就咬,不一时竟钓了十几条一拃长的鲫鱼。

拿回店里下锅微煎,浇开水煮了一大锅鱼汤,撒了胡椒和山韭菜。

那出人意料的鲜美啊,竟把一个糟糕的下午变得鲜活起来。

我们坐在深山陋店里,透过亮晶晶的雨帘,看着窗外山坡上开满娇弱白花的山楂树,一人捧着一碗鲜美的鲫鱼汤,喝得津津有味!

吃完饭又去钓鱼,Z看着绿幽幽的溪水说,鱼竟然能在水里生活,游来游去,真是不可思议。

我一时无语。

他接着说,鱼看人在空气里跑来跑去也很惊讶吧?

Z是我大学的室友,他那天在太行山里淋了雨后,似乎动了慧根。

他说,相濡以沫多可怜啊,不如挥手再见,相忘于江湖,那是何等广阔自由的境界!

原来如此啊,那一刻我们忍不住在河边弹冠踏歌,芸芸众生吧,滚滚红尘吧,不过如此吧,放下执念吧,到彼岸去吧。

…………

后来，我们各奔前程。绿水东流去，人面何处呢？沉恨细思过，不如桃杏吗？

罢了，放不下执念，去不了彼岸，晚花弄影，落红满径。互相依偎吧，强颜欢笑吧，游来游去吧，浅斟低唱吧。

偷得浮生半日闲，烧一条好鱼，坐在对面默默地看着喜欢的人吃，就很满足。

推荐欣赏：
刘宋《群鱼戏瓣图卷》，北宋，美国圣路易斯艺术博物馆收藏。
周东卿《鱼乐图》，南宋，美国纽约大都会艺术博物馆收藏。
赵孟頫《江村渔乐图》，元，美国克利夫兰艺术博物馆收藏。
恽寿平《鱼藻图》，清，吉林省博物院收藏。
李东《雪江卖鱼图》，南宋，北京故宫博物院收藏。
八大山人《安晚册·小鱼》《安晚册·鳜鱼》《鱼石图卷》，美国克利夫兰艺术博物馆收藏。
周臣《渔乐图》，明，北京故宫博物院收藏。
朱邦《溪谷渔父图》，明，英国伦敦大英博物馆收藏。
齐白石《小鱼都来》。
唐寅《溪山渔隐图》，明，台北故宫博物院收藏。
马远《寒江独钓图》，南宋，日本东京国立博物馆收藏。
唐棣《烟波渔乐图》，元，台北故宫博物院收藏。
佚名《渔庄秋色图》，元，台北故宫博物院收藏。
史忠《忆别图》，明，上海博物馆收藏。
马蒂斯《金鱼》，1911年。
夏尔丹《鳐鱼》，1728年，法国巴黎卢浮宫博物馆收藏。
戈雅《鱼》，18世纪末，西班牙。
梵高《克利希桥边的春季垂钓》，1887年，美国芝加哥艺术博物馆收藏。

霍加斯《钓鱼派对》，1730年，英国伦敦杜维琪画廊收藏。

蒙克《来自尼斯的钓鱼男孩》，1891年，挪威，私人收藏。

莫奈《两个钓鱼者》，1882年。

佩罗夫《渔夫》，1871年，俄罗斯莫斯科特列恰科夫美术博物馆收藏。

让·路易·福兰《艺术家的妻子钓鱼》，法国。

乔治·莫兰《钓鱼者的晚餐》，1789年，美国耶鲁大学英国艺术中心收藏。

康拉德·维茨《捕鱼的奇迹》，1444年，瑞士日内瓦艺术与历史博物馆收藏。

勃拉姆斯《第五号匈牙利舞曲》。

古琴曲《渔翁调》。

莫扎特《安魂曲》。

五条人乐队《地球仪》。

秋白

霜降一过，冰糖红梨的甜味儿就飘了出来。

汝河路和淮南街附近有一个小摊，卖砂锅烤梨。

店家将整颗红梨去皮去核，和银耳、莲子、冰糖、红枣、枸杞一起投入小砂锅，加水后放进特制的烤箱，一直烤到梨肉软糯、汤汁柔滑，喝起来香甜无比。

站在深秋的北方，供暖还没有开始，金黄的法桐树叶随风飘落，捧着一碗这样的梨水喝，会非常满足吧。

一夜之间，白色系的食物涌上餐桌。

芋头，蒸熟蘸白糖吃，爽歪歪。

但是芋头不能生吃，曾在山里拔过芋头，小溪里洗净吃了几口嘴当即麻了，心下大骇，方知有毒。

南方的那种大芋头粉粉的也很好吃，夹着咸肉蒸就又粉又香。

莲藕，切厚片烫火锅，脆甜；莲藕还可以和鲜肉拌馅儿氽丸子，做桂花糖藕……

白菜，加干虾和姜煮汤，鲜甜，寒夜里喝一大碗能不舒服吗？

芥菜，切丝和花生米腌成咸菜，用小磨香油一拌，佐粥上品，辛香。

公蟹到此时才算长成，蟹膏黏香，蟹肉丰甜。细细地吃上两只，暗赞此生来过。

萝卜也闻风而动。

下过霜的萝卜擦成细丝,用花椒炝锅后炒软即可,清甜,配着馒头、稀饭吃是这个季节的王炸。

炸成丸子也很好啊,外焦里嫩,香气扑鼻,睡前还可以做个丸子汤喝。

唉,又是睡前。所以减肥这个事基本是无解的。

这辈子唯一执行不了的计划,就是减肥;唯一管不住的,就是嘴!

不过小时候为什么那么讨厌萝卜、白菜呢?时间缓慢但坚决地改变着我的很多认知,包括古典音乐、戏曲、咖啡、萝卜、软桃、复杂的色彩、单纯的爱……

从绝不接受,竟然渐渐痴迷。

开封的甘蔗也上市了,黑脸的汉子开着拖拉机沿街叫卖。这种甘蔗比较纤细,没么甜,妙在新鲜。

如果榨成汁,那一口甘凉,实在是过瘾。

甘蔗和瓜子这两种零食,最适合的场景是——逛街、赶集、看戏(电影)。

兜里装一把五香瓜子,手里拿一节甘蔗,边吃边吐,那种愉悦感是令人想念的。

可惜现在不能这样做啦,要讲文明、爱护环境。不过有时候下楼,还会下意识地往兜里装一把瓜子,可是往哪吐皮儿呢?

现在郑州的街道,扫得比家干净,谁忍心乱丢垃圾呢?城市发展到今天这个样子,早已超出了我的想象啦。

不管萝卜还是城市,一切问题都是时间的问题,都在时间里孕育、变化、去伪存真。

火候一到,就变得超凡脱俗,像《陶潜赏菊图》里那一棵红树，惊艳了岁月。

所以，徘徊着的，在路上的，不要慌张。四季流转，安守本分，潜心修为，都有机会。

暂时接受不了的事，不要急于否定。天地万物并作，等一等我们的认知。

比如没有提到的山药，这个大地馈赠、滋补佳品，可惜我还没有领悟到那个无味至味的状态。

那就留给时间吧，耐心等待那个神奇的时刻到来。

推荐欣赏：

倪瓒《雨后空林图》，元，台北故宫博物院收藏。

赵伯驹《江山秋色图》，南宋，北京故宫博物院收藏。

萧云从《秋山图》，清，英国伦敦大英博物馆收藏。

赵令穰《陶潜赏菊图》，北宋，台北故宫博物院收藏。

卞文瑜《溪山秋霁图》，明，美国纽约大都会艺术博物馆收藏。

马远《秋江待渡图》，南宋，美国弗利尔美术馆收藏。

恽寿平《艳秋图》，清。

王蒙《秋山草堂图》，元，台北故宫博物院收藏。

管道昇《秋深帖》（行书），元，北京故宫博物院收藏。

梵高《秋天的白杨树》，1884年，荷兰阿姆斯特丹梵高美术馆收藏。

梵高《阿里斯康》，1888年，私人收藏。

安德鲁·怀斯《克利斯蒂娜的世界》，1948年，美国纽约现代艺术博物馆收藏。

西斯莱《秋天的塞纳河边》，1873年，加拿大蒙特娄美术馆收藏。

莫奈《秋天的塞纳河》，1876年。

列维坦《金色的秋天》，1895年，俄罗斯莫斯科特列季亚科夫美术博物馆收藏。

约翰·康斯太勃尔《干草车》，1821年，英国国家美术馆收藏。

康定斯基《船舶秋水习作》，1908年。

蒙克《秋天的雨》，1897—1898年，挪威奥斯陆蒙克博物馆收藏。

米勒《秋天的干草堆》，1874年，美国纽约大都会艺术博物馆收藏。

约翰·阿特金森·格里姆肖《金色的秋天》，1880年，英国。

俵屋宗雪《平安时代秋草图屏风纸本金底》，日本。

海顿《C大调第一号大提琴协奏曲》。

巴赫《G大调第一大提琴组曲》。

理查德·克莱德曼《秋日私语》。

旅行团乐队《逝去的歌》。

吃肉

如果有一天我病入膏肓,不要哭泣,请干切一盘牛肉,放到我的床前。

1

1987年家里买冰箱,绿色的,西泠牌,还买了一块牛肉放在里面。母亲看我馋不过切了一小碟,为此她和父亲在里屋低声吵架。我在饭桌旁听着,知道那是摆着让人看的,还是忍不住默默地吃了。

2

父亲出差从四川带回来一只熏丝兔,正赶上我换牙,每咬一口都疼得掉泪,但是我仍然流着泪把这只兔子吃了。

3

小时候"下饭店"是很奢侈的事啊。有一个周末,父亲突然提议去解放路的春风包了铺吃饭,到饭店里还让我点一个凉菜。我指着玻璃柜说:"这个不吃,这个不吃……"最后只剩一盘烧鸡。那是我一眼就看上的,但是不敢说啊!

4

小姨结婚吃流水席。上鸡的时候离桌子还有一米远,三姑的筷子已经卡住鸡腿,盘子还没上桌,大鸡腿已经横在我碗里了!

5

有个同学家里是卖兔肉的,大家去他家玩,要求尝尝兔肉。他说兔排是最有味道的,大家说还是兔腿吧。他说前腿比较嫩,结果大家都选了后腿。谁看不出来后腿肉多!

6

父亲和同事晚上去饺子馆,顺路接上我。热腾腾的纯羊肉饺子!很快盘子里剩下最后两个,我一下都夹住,父亲的同事笑着说再要一盘吧。我至今想来仍觉惭愧。

7

回老家办白事,我看见火炉上炖的一锅纯肉,香得没道理,忍不住舀了一碗。父亲黑脸走过来大怒道:"那是给忙工吃的!"印象中,这是父亲唯一一次吵我。

8

过年煮了一副下水,每天切一盆,用醋和葱拌,又凉又香!一堆小孩儿围着桌子吃。这就是过年的味道。

9

冷风寒夜,胡同里传来卖碎牛肉的吆喝声,我急忙披上棉袄跑出去买,回屋坐在火炉前边吃边看《杜里特航海记》,母亲在右边缝被套,父亲在左边泡脚。

10

食堂的卤面,只吃面,把肉丝挑到一边。最后攒一小勺,一口吃完。

11

河师大门口有个烤羊肉串儿的,有同学一次烤四个大羊腰,夹两个大烧饼,真恨人啊!一直到毕业我也没敢这么吃过。

12

郑州以前有家自助餐馆"花正烤肉",每人25块钱,肥牛、凹腰随便整啊!

13

刚参加工作,老板请大家吃饭,兴奋地说:"点,拣贵寐以求的点!"我点了一条大王蛇,结果往后一个月老板都黑着脸。后来有人提醒我,那句话不是对我说的。

14

第一次去海边,山东朋友太热情了,整筐的梭子蟹,刚捞上来的海蜇,巴掌大的鲍鱼,虾都顾不上吃啦!

15

第一次去上海,业务没谈成,一筹莫展。买了半只烧鹅、一瓶石库门,在苏州河边一个人竟然吃嗨了。

16

开车从濮阳回郑州,路过滑县服务区,买了一只道口烧鸡。一路到郑州正好吃完,心满意足。

17

如今不用出写字楼,就有陕菜葫芦鸡肉夹馍,川菜豆瓣鱼回锅肉,粤菜烧鹅白切鸡,海南椰子汁炖鸡,日本料理金枪鱼,韩国烤肉炸鸡,北京烤鸭、涮羊肉、砂锅鱼……不过二十年,恍如隔世。

18

周末睡醒,躺在床上用手机点外卖。不过二十分钟,一只切得整整齐齐的桶子鸡就送到家,吃了半只方才起床。家人说:"你真应该把你的胃供起来拜一拜,实在太强了!"

…………

锣鼓喧天,明月松间。

万物枯荣,认真吃肉。

推荐欣赏：

佚名《春宴图》，南宋，北京故宫博物院收藏。

马远《华灯侍宴图》，南宋，台北故宫博物院收藏。

谢时臣《鹿鸣嘉宴图轴》，明，台北故宫博物院收藏。

顾闳中《韩熙载夜宴图》，五代十国，北京故宫博物院收藏。

魏晋彩墨砖画《烤肉煮肉图》，嘉峪关新城出土一号墓。

卡拉瓦乔《以马忤斯的晚餐》，1601年，英国国家美术馆收藏。

保罗·委罗内塞《加纳的婚礼》，1563年，法国巴黎卢浮宫博物馆收藏。

特洛伊《牡蛎午宴》，1735年，法国孔德博物馆收藏。

彼得·埃尔森《肉铺和出埃及记》，1551年，瑞典乌普萨拉大学收藏。

保罗·克利《鱼的循环》，1922年。

高更《火腿》，1889年，私人收藏。

马蒂斯《静物：牡蛎》，1940年，瑞士巴塞尔美术馆收藏。

提奥·凡·里斯尔伯格《摩洛哥肉店》，1882年，比利时根特美术馆收藏。

夏尔丹《午餐前的祈祷》，1740年，法国巴黎卢浮宫博物馆收藏。

林堡兄弟《福星高照的贝里公爵》，1413年，法国尚蒂依孔代美术博物馆收藏。

阿尼巴尔·卡拉齐《肉铺》，1582—1583年，英国牛津基督教堂绘画艺术馆收藏（还有一幅同名画收藏在美国金贝尔艺术博物馆）。

杰拉德·沃伦堡《王子进餐图》，1520年，意大利威尼斯马昂西纳图书馆收藏。

皮埃松卡《塔兰泰拉舞曲》。

西贝柳斯《小回旋曲》。

何勇《头上的包》。

瓜子

人至中年,事多心累。忙碌一天后,瘫倒在沙发里,把自己放空。

这时候,听一段相声,吃一把瓜子,哎呀,舒服死了。

这个瓜子,于我而言,就是炒的、五香的葵花子。

不是西瓜子、南瓜子,不是奶油味、玫瑰味,就是干炒的、五香的葵花子。

个头要大,要饱满,最好零星粘有粗盐的颗粒,拿着手指间有乡野的质感。

要干,要酥,要有盐香,要食之不能停。

如此则幸福感荡漾,沮丧感被治愈,就一切没有想象得那么糟。

我的爷爷,会炒这样的瓜子,炒好后放在铁皮罐子里。

过年时,早上,小孩儿排好队,每人一把瓜子、五个小炮,男孩儿加一个大炮。

我虽是家里单传,但因为不会取巧,每次分到的瓜子就会少一些。

爷爷有时候会提醒我手指不要并拢得那么紧,但从不额外关照我。

我在新乡上学时,校门口有一家名头响亮的"黑老婆瓜子"。

她家的瓜子,加了孜然,有羊肉串儿的味儿。

烦闷时,我就买一包瓜子,去校外渭河边,找个没人的地方坐在草地上吃。

看着河水不停流过,看着对面的牧村,什么也不想,只是吃……

有一天下午,我碰到一位姑娘,居然和我一样,一个人坐在河边吃瓜子。

她穿着牛仔裤,长发披肩,戴着随身听,边吃边吐,很潇洒。

我问她为什么不把头发扎起来,她说了一句让我至今印象深刻的话:"拘束。"

那是中国摇滚乐和王朔小说风靡的年代。

我们相约每周从20块生活费里省下3块钱,然后凑钱买了一套《王朔文集》。

其中两卷,现在还在我的书架上。

另外两卷,在哪里呢?

大学来到郑州,军训间隙辅导员给我们讲"星期天焦虑症"。

很快我就体会到了。

那种首次离家、独自面对、方向未明、心里大面积空空荡荡的感觉。

好在,学校里居然有一座电影院。

那种像大礼堂一样的,门口有着高高台阶的电影院。

台阶上,有蛋筒冰激凌一样用报纸包好的瓜子卖。

瓜子还是老味儿,咸香,在变幻的屏幕前一颗一颗填补着心里的空荡。

屏幕上,没有一个男主角是嗑着瓜子的,没有一个男主角是忙着挣钱的。

但是这两样，都是我需要的。

最好，还有一位从我手里拿瓜子吃的女同学。

…………

毕业后，我在郑州不停地租房、搬家。

2002年，我从大学路搬到秦岭路，小区紧挨着一个很大的菜市场。

市场里有一家铁记瓜子，我居然又吃到了熟悉的味道！

卖瓜子的老先生，每天笑眯眯地坐在店里。

后来秦岭路打通，菜市场变小了，又过了几年，菜市场改造，改成中原老集市，他都一直笑眯眯地坐在店里。

一直到2019年，卖瓜子的换成了一个小伙子，他说老先生是他爷爷，三天前走了……

随着时间的流逝，一些人渐渐地离开了，留下的，只有味道。

瓜子还是那个味道。

推荐欣赏：

钱选《鼠图》，元，日本东京国立博物馆收藏。

陈洪绶《抚琴图》，明，台北故宫博物院收藏。

金农《墨戏图册》，清，美国纽约大都会艺术博物馆收藏。

苏汉臣《灌佛戏婴图》，宋，台北故宫博物院收藏。

沈颢《闭户著书图》，明，北京故宫博物院收藏。

夏叔文《柳塘聚禽图》，元，辽宁省博物馆收藏。

张翀《东阁观梅图》，明，台北故宫博物院收藏。

恽寿平《乔柯修竹图》，清，台北故宫博物院收藏。

佚名《雪山行旅图》，宋，台北故宫博物院收藏。

管道升《画茄图》，元，台北故宫博物院收藏。

李昭道《曲江图》，唐，台北故宫博物院收藏。

文徵明《书画卷（老子像常清静经）》，明，旅顺博物馆收藏。

张宗苍《江潮图》，清，台北故宫博物院收藏。

西奥·范里斯尔伯格《自画像》，1880年，比利时根特美术馆收藏。

西奥多·卢梭《诺曼底市场》，1830年，俄罗斯圣彼得堡艾尔米塔什博物馆收藏。

库尔贝《塞纳河畔的年轻女子》，1856—1857年，法国巴黎小皇宫美术馆收藏。

布格罗《集市归来》，1869年，法国。

尼古拉·阿斯特罗普《檀香》，1927年，挪威卑尔根艺术博物馆收藏。

斯丹纳《黄昏中的小桌子》，1921年，日本大原美术馆收藏。

高更《茶壶与水果》，1896年，美国纽约大都会艺术博物馆收藏。

爱德华·霍普《自助餐馆的阳光》，1958年，美国耶鲁大学美术馆收藏。

比才《卡门进行曲》。

亨德尔《降B大调竖琴协奏曲》。

门德尔松《e小调小提琴协奏曲》。

反光镜乐队《嚎叫》。

玉米

国庆节回老家，一推开门就是满院金灿灿的玉米。

瘦小的姥姥坐在玉米堆上，开心地剥着玉米粒，也把玉米扎成一串，挂在屋檐下、窗户旁。

窗台上还有黄色的南瓜，墙上有火红的辣椒，上面是黑瓦片的屋顶，再上面是蓝色的天空和白色的云。

一切都在秋日的艳阳下，熠熠生辉。

每次看到金黄的玉米堆，我都忍不住想要躺上去，那是什么体验呢？

就是硬、硌，但又难以抗拒，仿佛有一种原始的引力，吸引你躺在上面，闻着种子的芬芳，感受生命萌发的力量。

而厚厚的玉米秆，躺上去就舒服多了。

在日月星辰下，山河阡陌间，鸡犬相闻里，街坊亲朋中，安然一觉，满血复活，元气冲天。

这时候，用山泉水煮一穗玉米，那是多么清甜啊！

而我最喜欢的吃法，是烤。

用柴火烤熟的玉米，带着一点儿黑色的焦香和满满的烟火气，以及靠近玉米芯的甜，让人神魂颠倒。

不仅仅是好吃，它在唇齿间传递着一些原始的、野生的信息，让我想起久远的人们，洪荒的年代,我们从哪里来,一切是如何开始的……

于是我用力啃咬,顾不上满嘴的焦黑,吃到忘我。

直到——身边的孩子们欢呼着奔跑——炸爆米花的大叔来了。

他风尘仆仆,手脚麻利,用三五根细小的木枝,很快就把一炉烟煤烧得通红。

我是多么期待那"嘭"的一声巨响啊!

那一声巨响,炸出玉米的升华,炸出满街的年味儿,炸出鼓鼓的裤兜,炸出炕头的欢乐……

温度和压力,让玉米得到了完美的释放。

这种释放,仍然带着农耕文明的稳定、知足、安乐,不像那种影院里的爆米花,带着工业文明的急促、功利、诱惑和短暂。

我们不该排斥文明的进阶吧,但我们不满足效率带来的那些泡沫、那些风一样转瞬即逝的索然无味。

还不如一碗,再平常不过的玉米粥。

在我们老家,用大米熬的稀饭叫大米粥,用小米熬的稀饭叫小米粥,用玉米糁熬的稀饭,却叫"糊涂",也叫"甜饭"。

"糊涂"的升级版,是加入泡好的花生、黄豆、手擀面、新鲜的红薯叶、干芝麻叶,调入蒜汁、麻油、酱油,撒上芝麻盐和芹菜丁,就是一碗香喷喷的糊涂面条了。

这平凡人间的美味,关键是熬。小火慢熬,耐得住性子,慢慢等待。

我有一个朋友,大学毕业分配回老家教书,教的还不是他所学的专业。

他要备课,还要备考注册会计师,每天一直忙到深夜。

他的宿舍里只有一袋玉米糁和一袋红薯。早上赶课,玉米糁在锅里滚开就火急火燎地喝了，哪里顾得上滋味！

他就这样拿到了注册会计师证，在郑州开了公司，买了写字楼，硬生生闯出一片天地。

没有一种力量，比一个人想要改变命运的那种力量更加强大！

只有玉米什么都不想，它一生只做两件事情：自然成长，等你来吃。

如是，我闻。

推荐欣赏：

戴进《春耕图》，明，浙江省博物馆收藏。
韩滉《农迁图》，唐，美国耶鲁大学艺术博物馆收藏。
萧晨《江田种秫图》，清，北京故宫博物院收藏。
沈周《山居读书图》，明，南京博物院收藏。
仇英《园林清课图》，明，台北故宫博物院收藏。
梁亯《观榜图》，清，台北故宫博物院收藏。
保罗·塞鲁西埃《有玉米和西红柿的静物画》，1921年，法国。
亨利·马丁《农夫和牧羊女》，1903年，法国。
柯罗《吉扎诺的骑手和农夫》，1843年，美国纽约大都会艺术博物馆收藏。
约翰·康斯太勃尔《玉米田》，1826年，英国国家美术馆收藏。
梵高《普罗旺斯的玉米收获》。
梵高《年轻农夫的肖像》，1889年，美国所罗门古根海姆博物馆收藏。
格兰特·伍德《美国哥特式》，1930年，美国芝加哥艺术学院收藏。
米勒《扶锄的男人》，1862年。
毕加索《熟睡的农民》。

勒南兄弟《农民一家》，1642年，法国巴黎卢浮宫博物馆收藏。

约翰·奥蒂斯·亚当斯《休息的农妇》，1886年，美国鲍尔州立大学艺术博物馆收藏。

柯罗《戴花冠读书的女子》，1845年。

乔尔乔内《带箭的年轻人》，1505年，奥地利维也纳艺术史博物馆收藏。

丁托列托《大卫的肖像》，1555年，意大利。

伦勃朗《穿着奇幻服装的年轻人》，1633年，美国北卡罗来纳艺术博物馆收藏。

拉斐尔《拿着苹果的年轻人》，1505年。

路德维希·梅德纳《戴帽子的年轻人》。

拉威尔《波莱罗舞曲》。

肯耐·约翰·奥尔福德《波基上校进行曲》。

张楚《蚂蚁蚂蚁》。

吃面

小时候最烦吃面条。

放学回家一闻味儿脸就往下沉,又是面条!拿着筷子扒拉来扒拉去,戳来戳去,就是不吃啊。

谁知某年某月某天,反转了。人总是会变的。

从吃面开始。

北方人说吃面,就是捞面条。甭管什么菜,一律切丁,甭管什么肉,一律切丁,下锅炒,加水炖,五花八门整出一盆来。

手擀的面既要软和,又要筋道,拿捏到这个分寸的,都是高手。

白生生的面煮熟,可过水,亦可不过水,全看个人喜好。

菜要多,碗要大,抓上一把黄瓜丝,浇上两勺蒜汁儿,再夹几片荆芥,搅和匀了——埋头大干一场!

人间最美的事,就是搅和。

能搅和到一块儿,就成了,搅和不到一块儿,就坏了。

吃完面就着菜汁儿,添勺面汤溜溜缝,完美一餐,睡午觉去也。

秋分一过,捞面条的神仙伴侣来了。

发黄的老南瓜,小火慢慢炒成糊状,趁热和面条拌匀。这裏满的浓郁,是又一个冬季来临前,平淡无奇的生活中,充满抚慰、渐成仪式的人间至味。

可惜,今年事赶事,整个秋天都在南方奔忙,每天坐在一个又一个陌生的餐厅里黯然神伤。

那些网络上的活色生香，等来到面前，多是意兴阑珊。

直到，无意间走进了潘大大长鱼面馆。

这碗干拌面啊！一口入魂！怎么会有这样的事情呢？什么菜也没有，就是面，也不知加了何等神仙调料，硬是伴着这素朴的面条冲上云霄！

再来一碗长鱼原汤，又是惊艳得如在云端漫步，软、滑、糯，人间真有这等美味啊！

食毕出门，回头看这间街头小店，门口幽幽流淌的小河，河上古老的石桥，桥上卖菱角的姑娘，暗自惊觉——这就是扬州啊！

"十年一觉扬州梦"，似乎懂了。

懂了，就不必流连。于是一路辗转，夜泊乌镇。

气温骤降，热心的出租车师傅载着我驶入烟火小巷。

巷子里飘满煤炉的味道，渐渐看见一口沸腾的油锅，架在通红的火炉上。

师傅说："到了。"

油锅里翻滚着吱吱作响的排骨，这是乌镇早晨的神物——排骨面。

排骨炸透，酥脆焦香，浸入汤碗，添上纤细却劲道的碱面，硬核的香，元气注入般满足。

这份硬气，让我想起故乡的卤面，特别是母亲用挂面做的卤面。

细细的干香，里面藏着炒焦的五花肉丝，还有黄豆芽——又一个少年讨厌、中年反转的食物。

我一直不敢面对这样一盆卤面，因为，总是要吃多啊！

不知道为什么，即便到了无面不欢的年纪，我仍然不太感兴趣大名鼎鼎的烩面。

郑州的街头烩面馆林立，南派、北派、老号、新馆各怀绝技，很多人到饭点儿不吃碗烩面就坐立难安，可我，为什么不来电呢？

直到，哪个天才竟然发明了把烩面扔到火锅里。

于是一切就都不一样了！对于郑州人来说，火锅的结束就是烩面啊。

换句话说，如果没有一片烩面收尾，那还叫火锅吗？

天才的吃法还有，唐老鸭躺在沙发上，把面条织成袜子，举在头顶，用嘴噙住一根，吸溜不断，一根到底。

似乎日本和韩国人吃面也是一根到底。只要挑上来一筷子，就绝不会再放回去。嘴里吸不动了，还要用筷子帮着往上传送。

中国人不这样，一口吃不下，就断开，适可而止，徐徐再来。

扯远了，相比烩面，我还是更喜欢拉面。

榆林北路有一家双榆牛肉面，身困乏力的时候，我去吃；工作不顺的时候，我去吃；心情大好的时候，我去吃；生活无解的时候，我去吃。

这碗面，治我的病。

有时候，我会想起爷爷做的炝锅面。

深秋寒凉的夜，爷爷烧起地锅，煮上一锅面条。

面熟时，他把油倒进一个长柄勺里，在柴火上烧热，迅速插入一锅沸腾的面条里，随即盖上锅盖——"啪"的一声巨响。

这叫炝锅面。

那时候，我还什么都不用想。

那时候，人也都在。

推荐欣赏：

马远《踏歌图》，南宋，北京故宫博物院收藏。

韩滉《丰稔图》，唐，北京故宫博物院收藏。

李迪（传）《谷丰安乐图》，南宋，台北故宫博物院收藏。

汉画像砖《弋射收获图》，四川省博物馆收藏。

希什金《麦田》，俄罗斯特列季亚科夫画廊收藏。

莫里斯·德·弗拉芒克《麦田》。

梵高《柏木绿麦田》，1889年，捷克布拉格国立美术馆收藏。

梵高《雨中的麦田》，1889年，美国费城艺术博物馆收藏。

夏加尔《夏日午后的麦田》，1942年，美国费城艺术博物馆收藏。

埃德加·德加《麦田和树木》，1890年。

保罗·塞律西埃《海藻采集者》，约1890年，美国印第安纳波利斯艺术博物馆收藏。

康斯特勃《麦田》，1826年，英国国家美术馆收藏。

莫奈《麦田》，1881年，美国俄亥俄州克利夫兰艺术博物馆收藏。

毕沙罗《黑麦田》，1888年，法国。

亨利·马丁《收获》，1885年，法国。

戈雅《收获》，1786年，西班牙马德里普拉多博物馆收藏。

查尔斯·弗朗索瓦·道比尼《收获季节》，1851年，法国巴黎奥赛博物馆收藏。

库尔贝《收获季节的小憩》，1867年，法国巴黎小皇宫美术馆收藏。

保罗·塞鲁西埃《萨拉赞收获》，1900年，法国。

毕沙罗《收获》，日本国立西洋美术馆收藏。

莫奈《干草堆》，1890年。

杜普荷《第二次收获》，1879年，墨西哥西蒙基金会收藏。

比才《阿莱城姑娘·法兰多拉舞曲》。

李斯特《A大调第二钢琴协奏曲》。

五条人乐队《石牌桥》。

凉粉

商鼎路上有一家宛城特色菜馆，卤羊肉一绝，炝锅烩面也地道，但最令人赞不绝口的是煎唐河凉粉。

发黄透绿的凉粉切大块，煎得两面微微焦酥，沾着些许蒜末葱花，油香中裹着绿豆的清香，香到可以下饭。

吃一口你就知道，那一定是经历了时间的筛选，在漫长岁月中，多少手艺人求索、修正出来的神品。

珍贵之处，即在于此。

遇到，不可错过。

据南阳的朋友说，这个凉粉，在当地是可以当礼送的。

对于凉粉来说，这是对它最高的敬意吧。

我是一看到凉粉摊就走不动的人。

这是比较谦虚的说法，事实是，我是看到街上冒烟就走不动的人。

尤其是在门口放个火炉蒸包子的。唉，为什么要冒这么多烟呢？

害我总是成为不了一个自律的人。

有一次去焦作看姑妈，回来的路上看见路边一个凉粉摊正冒着热气腾腾的烟。

旋即停车坐等炒凉粉。

那个凉粉是黄色的，切得很薄，炒出来却不碎，满满一大碗，我烫着嘴火急火燎地吃完，实在是香啊!

坐我对面的小情侣,男生撕开一个热烧饼,把炒凉粉扒进去塞得满满当当,捧着递给女生。

女生一边接着一边轻声说了一句:"鳖样儿!"

河南话表示感谢和爱就是这么奇特,一句骂人的话,让你爱得牙痒。

连我都麻了一下,当即又要了一碗凉粉,也夹在烧饼里,酥脆软糯,面香粉香,相当满足。

民间美味,一定要尝试当地人的吃法。

有一次我去西安,当地朋友领着吃凉粉。

他把馍掰碎了放在碗底,再掰上一个溏心皮蛋,码上切成条的凉粉。

然后添卤汁、盐、蒜汁、黄芥末、香醋、芝麻酱、辣椒油、香油。

他说这个顺序是很讲究的,馍、皮蛋、凉粉、调料,一层一层码上去,不能乱,也不能搅和。

吃的时候顺着碗沿儿拿筷子往嘴里扒,吃哪儿搅和哪儿,没吃到的地方,不动。

我试了一下,直接香傻。

相比之下,郑州的凉粉就温和多了。一定要炒成糊状,像喝粥一样。惊喜之处在于,会给你一大张凉粉锅巴,那才是重点。

汝河小区付记杏仁茶旁边、互助路上的品品味凉粉店,每天都是在煎锅里切凉粉的叮叮当当声,切碎、切碎、切碎……

老食客来品品味凉粉店有一种诡异的吃法:凉粉、凉皮、米皮掺在一起炒,叫"三掺儿"。

在郑州的大小馆子里，你如果听到"掺儿"这两个字，一定不要奇怪，这里一切都是可以掺的。

需要吐槽的是，餐具太简陋啦！都是那种极薄的透明的塑料器物，让人非常沮丧。

人生不易，即便是一份小吃，能不这么简陋吗？

说了半天，还没有说到调凉粉，为什么呢？因为越来越少了。

以前一到夏天，凉粉摊上都有一盆倒扣着的凉粉，用一块湿布搭着。

吃时用刮子刮一圈，抓起来是洁白的、细长的、晶莹的，刚好一碗。

然后从各种罐子里浇上各种料汁儿，堪称无敌消暑神物！

为什么越来越少了呢？

有一年在荆紫关，豫鄂陕交界之地，几度繁华之地，人杰地灵之地。

那山里有一种树叶，当地人叫作"凉粉树叶"。

拿这个树叶居然可以做出凉粉来，绿油油的，浇上石臼里捣出来的辣子蒜，味道微苦清奇，食之难忘。

什么是山珍？这就是。所谓珍贵，不能只用一个标准。

这么费时费力的美食，没有朋友提前准备，我是吃不上的。

我总想着，有一天老了，最好住在街市的老桥边。

桥上有个凉粉摊，我没事就坐在小凳子上，看着圆圆的煎锅里冒着热气，看着桥上人来人往，看着燕子归巢喂食……

推荐欣赏：

木版年画《姑苏万年桥》，1740年，日本神户市立博物馆收藏。

范长寿《风俗图》，唐。

韩滉《田家风俗图》，唐。

左建《农家迎妇图》，南宋。

朱光普《村田乐事图》，南宋。

王素《风俗图》，清。

李嵩《货郎图》，南宋，美国克利夫兰艺术博物馆收藏。

仇英《南都繁会景物图卷》，明，中国国家博物馆收藏。

郎世宁《羊城夜市图》，清，美国斯坦福大学博物馆收藏。

乔治·德·基里科《一条街上的神秘与忧郁》，1914年，意大利，私人收藏。

雅各布斯·瑞尔《人们交谈的街景》，17世纪，荷兰。

巴尔蒂斯《街道》，1933年，美国纽约现代艺术博物馆收藏。

阿道夫·门采尔《贝希特斯加登市的街市》，1884年，德国。

葛饰北斋《骏州江尻》，日本江户时代。

铃木春信《两少女》，日本江户时代。

狩野山乐《彦根屏风》，17世纪，日本彦根城博物馆收藏。

法眼圆伊《一遍圣绘》，日本镰仓时代，日本东京国立博物馆收藏。

林堡兄弟《贝里公爵的豪华祈祷书》，中世纪，法国。

荷加斯《卖虾女》，1759年，英国国家美术馆收藏。

奥斯塔德《在酒馆里喝酒吹箫》，17世纪，奥地利主教宫画廊收藏。

霍赫《主妇和女仆》，1660年，俄罗斯圣彼得堡艾尔米塔什博物馆收藏。

亨德尔《所罗门》第三幕《希巴女王的到来》。

肖邦《第一号钢琴协奏曲》。

崔健《时代的晚上》。

银杏

2022年,被封在单位已经十天。

公司办公楼的对面是常庄水库,水没了,库底成为夕阳下美丽的草原,还有一条亮晶晶的小河。

我突然想起楼下有一片银杏树,忙拉着同事说:"别做梦了,走,跟我去捡银杏果。"

"哪有银杏果?"

"树下面啊。"

"能吃吗?"

"不是能吃,是好吃,很好吃,非常好吃,特别好吃,比肉还香,而且免费,唾手可得。"

吃了十天盒饭的同事们眼睛放出光来,纷纷拿起塑料袋,冲下楼去。

十月的郑州,满城的银杏树神采奕奕。

顺着树一棵棵寻找,突然看到草丛里散落的银杏果时,大家像在森林里发现了蘑菇一样惊喜。

真有啊!这么多啊!

刚落下不久的银杏果是成双成对的,金黄的,表皮微微皱着的。

同事找来一根长木棍对着银杏一阵乱打,树上的银杏像打枣一样噼噼啪啪落下来,砸到地上和我们的头上、背上。

众人大呼小叫,更加兴奋了。

很快,满载而归。

这帮同事嘛,平时工作也是不错的,但捡银杏果的状态,可比上班好得太多啦。

他们知道接下来要受点小罪吗?

什么罪？把果核从果肉里掰出来或挤出来，手不辛苦，但鼻子却遭殃！

酸爽啊，比仨月没洗的球鞋还刺激，味道绵绵不绝！

"你确定是这样吗？"

"这玩意儿能吃吗？"

"这稀黄稀黄的实在受不了啊！"

"这都可以当化学武器用了！"

"杏干是不是这样做的？"

"哦，不是吃皮儿啊。"

大家怀疑着、分析着、好奇着、苦笑着，挤出一大盆来。

清洗干净，在铺好的报纸上摊开，用风扇吹着，不久，就变得白生生了。

有的大，有的小，有的饱满，有的瘦长，还有的连体，好像黄河边大河村出土的彩陶双连壶。

传说那是炎黄二帝共饮盟誓，化干戈为玉帛的酒壶，是国宝级酒器啊。

我们没有什么干戈，那就化酸爽为芬芳吧。

我们用锤子把银杏果一颗一颗敲出裂缝，放进盒子里，倒上一包盐，搅拌均匀，置微波炉中，烤三分钟。

叮！大功告成。

此时的银杏，果实晶莹、幽绿，沾着些许的盐粒，像一枚精致的糖果。

大家围在桌子旁边，充满期待地品尝。

清香，是秋天的味道，是大自然的味道，是纯真的味道；是经过自己双手劳动后，快乐的味道；是复杂的都市中，简单的味道；是平凡的生活中，高贵的味道。

大家陶醉在这个味道里，连日来的阴霾一扫而光。

原来，美好如此简单。

一粒银杏酒一杯,独立小楼风满袖。
斜阳深秋黄叶落,围炉夜深话烟火。

推荐欣赏:

马世昌《银杏翠鸟图》,南宋,台北故宫博物院收藏。
李公麟《洛神赋图》,北宋,美国费城艺术博物馆收藏。
宣和《银杏白头翁图》。
恽寿平《写生册 银杏栗房》,清,台北故宫博物院收藏。
李唐《采薇图》,南宋,北京故宫博物院收藏。
沈周《采菱图卷》,明,上海博物馆收藏。
张翀《采芝仙图》,明,台北故宫博物院收藏。
禹秉舜《采芝图》,清,英国伦敦大英博物馆收藏。
陈洪绶《餐芝图》,明,天津博物馆收藏。
梵高《采橄榄的妇女》,1889年,美国纽约大都会艺术博物馆收藏。
查尔斯·爱德华·佩鲁吉尼《采摘啤酒花》,1875年,英国。
丹尼尔《采摘罂粟花的女孩》,1880年,美国,私人收藏。
伊士曼·约翰逊《蔓越莓采摘者》,约1879年,美国费城艺术博物馆收藏。
米勒《摘苹果》,法国。
毕沙罗《摘苹果》,1886年,法国。
布歇《采樱桃的人》,1768年,英国肯伍德府收藏。
亨利·马丁《采摘》,法国。
柯罗《枫丹白露的回忆》,1864年,法国巴黎卢浮宫博物馆收藏。
梵高《红色的葡萄园》,1888年,俄罗斯莫斯科普希金博物馆收藏。
佚名《商山采芝图轴》,日本室町时代,日本东京国立博物馆收藏。
亨德尔《g小调帕萨卡利亚舞曲》,钢琴曲。
维瓦尔第《C大调曼陀林协奏曲》。
迈克尔·杰克逊 *You Are Not Alone*。

鸡蛋

奶奶家门前有一个草垛,草垛的背面有一个浅窝。

不知谁家的母鸡,每天在窝里下一个蛋。

发现这个秘密时,我感到一种无法言说的快乐。每天一有机会,我就偷偷溜过去取走这枚鸡蛋。

不过,那时我并不喜欢吃鸡蛋,只是拿它向走街串巷的小贩换冰棍或者麻花。

后来奶奶家从农村搬到县城,清理院子里堆放的杂物时,一只母鸡突然惊叫着扑出来,跌跌撞撞地跑开了。

原来它也偷偷下了一箩筐鸡蛋,都已经快孵出小鸡了。

小姑把那只母鸡追得撞上窗台又飞上了树,然后她就进屋烧了一锅水,保持水温适中,把鸡蛋泡进去继续孵化,不时捞起一只举起来对着太阳看。

突然,她惊喜地喊:"出来了!出来了!"

真的陆陆续续出来五六只嫩黄的小鸡,在院子里试探地走动。

那只母鸡也从树上下来,慢慢地带领起几只小鸡。

这是我的童年记忆里,为数不多的几个画面。

也是第一次,我感受到生命的神奇。

那一年,家里买了第一台电视机。七六零厂生产的,美乐牌彩色电视机。

电视里有一对知青男女,他们相见时不知道说什么,只是把沸水中煮熟的鸡蛋捞出来,在手中飞快地剥皮，又同时把剥好的白嫩嫩的鸡蛋递给对方……

那是我第一次，看到爱情。

到了六年级，学校开始加课，早上提前一个小时上学。

母亲也要上班，早饭就变得手忙脚乱，通常是煎一个鸡蛋，夹在热馒头里，拿着就出门了。

学校就在我家楼后面，在这一小段路上，在北方冬天的寒风里，那个夹着煎蛋的馒头是多么香啊！

一直到中年，每天早上，不管在家还是出差途中的酒店，不管喝粥、牛奶还是咖啡，唯一不变的，总是配一个煎蛋。

对我来说，那是一枚鸡蛋最好的结局。

当然，鸡蛋和野生的山韭菜一起炒，也是令人惊艳的。

如果腌成溏心皮蛋，吃起来有一种邪恶的满足感。

在清水里煮成荷包蛋，虽然没有什么味道，但是可以接受的。

当我开了一个小时的车，又爬了一个小时的山，在扶贫对象侯大爷家里聊了一下午的天，起身准备离开时，他的老伴儿从厨房里端着一只瓷碗颤颤巍巍地出来，我就真的手足无措了。

那是白花花八个荷包蛋啊！还加了白糖！

这个，我受用不起啊，但我盛情难却啊……

那天从山上下来，虽然头重脚轻的，但心里是暖暖的。

我踩着松软的山坡，又想起奶奶家门前的草垛，想起那个浅浅的草窝，想起那只从未谋面的母鸡，想起那枚鸡蛋在手中的喜悦和温热。

推荐欣赏：

毛益《鸡图》，南宋，日本东京国立博物馆收藏。

佚名《子母鸡图》，出自《石渠宝笈三编》，明，台北故宫博物院收藏。

沈周《鸡》，明，台北故宫博物院收藏。

陆治《双鸡图》，明，台北故宫博物院收藏。

任伯年《牡丹双鸡图》，清，北京故宫博物院收藏。

吕纪《榴葵绶鸡图》，明，北京故宫博物院收藏。

唐寅《鸡图》，明，台北故宫博物院收藏。

周蕃《秋葵双鸡图》，明，台北故宫博物院收藏。

许佑《藤花乳鸡图》，清，台北故宫博物院收藏。

赵雍《明皇观鸡图》，元，私人收藏。

吕纪《寿祝恒春图》，明，台北故宫博物院收藏。

萝窗《竹鸡图》，南宋，日本东京国立博物馆收藏。

朱瞻基《子母鸡图》，明，台北故宫博物院收藏。

赵佶《雌雄白鸡图》，北宋，台北故宫博物院收藏。

夏尔丹《铜锅与鸡蛋》，1733年，法国巴黎卢浮宫博物馆收藏。

让·巴蒂斯特·格勒兹《打碎的鸡蛋》，1756年，美国纽约大都会艺术博物馆收藏。

让·巴蒂斯特·格勒兹《男孩与破鸡蛋》，1756年，奥地利维也纳阿尔贝蒂娜博物馆收藏。

委拉斯开兹《老妇人煮鸡蛋》，1618年，英国苏格兰国家画廊收藏。

奥斯卡·柯克西卡《红色鸡蛋》，1940年，捷克布拉格国立美术馆收藏。

保罗·克利《鸡蛋》，1917年，德国汉堡美术馆收藏。

雷东《鸡蛋》，1885年，塞尔维亚国家博物馆收藏。

热罗姆《玩斗鸡的希腊年轻人》，1846年，法国巴黎奥赛博物馆收藏。

海顿《吉卜赛回旋曲》。

巴赫《a小调长笛协奏曲》。

木马乐队《纯洁》。

食堂

我吃什么都香、都满足,如风卷残云。

所以,中学的时候,去食堂吃饭总有一圈人围着我。他们说,离我近一点点,下饭。

我至今不能理解这种感受。

那时,河师大附中的食堂还没有桌子。

男生都是围成一圈蹲在地上吃,大呼小叫;女生则站在两侧的玻璃窗前,背对着阳光,窃窃私语。

眉来眼去的多,专心吃饭的少。

只有我,满脑子都是左侧窗口的黄焖鸡。一碗黄澄澄的黄焖鸡,八毛钱,不敢吃啊!

暑假前的一天,我们正埋头吃饭,有人低声说校长来了。

我一抬头校长就站在眼前,笑眯眯地问:"饭菜怎么样啊?"我下意识地说:"好,如果有桌子就更好啦。"

那是我和校长说过的唯一的一句话。

没想到,暑假结束回学校,一进食堂我惊呆了:齐刷刷水泥砌的新饭桌,贴了雪白的瓷砖,还配了椅子。

坐着吃饭,那可舒服多啦!

到郑州粮食学院上大学(现为河南工业大学),刚报到就听说,粮食学院的食堂那可是出了名的好。

五个大食堂一字排开,加一个清真小餐厅。各种饭菜应有尽有。

食堂的饭什么时候最好吃呢？就是刚出锅的时候。

提前从教室溜出来，独自从一号食堂走到五号食堂，面对着一锅锅刚端出来冒着热气的饭菜。

该选哪一个呢？还是清真食堂的牛肉炖胡萝卜吧。

那一勺裹着浓浓汤汁的牛肉粒浇在米饭上，着实无敌啊。

吃饱了，就什么都不想了。

看着瞬间涌入的男生、女生，我心满意足地离开。

班里一位来自四川的同学对北方的饭菜颇多意见。于是我找他商量，可以把钱放在一起搭伙买饭。这样可以不时炒个菜什么的。

他的眼珠骨碌碌地转了几圈，最后同意了。但是没过多长时间就喊暂停。

我问他为什么，他说得很直接："吃不过你。"

确实，对于吃饭，我是很认真的，吃饭时从不说话。

我越来越少参加饭局。因为我发现，大家约的是饭，但都在说事儿，只有我，是真吃。

大四时我去一家网络公司上班，大家反映午餐不方便，老板咬着牙说："搞个食堂吧。"

于是他请了一位厨师，煎炒烹炸干了起来。

厨师是个实在人，舍得放油下料，那个过油肉真的很过瘾啊！

大家吃得兴高采烈，老板看得唉声叹气，不到俩月就顶不住了。

老板说就会那几个菜，太单调了，还是发餐补吧，想吃啥吃啥。

大家低头不语，厨师在厨房拎着大勺把锅敲得山响。

开心的日子总是短暂的，但是回想起来，我对每个食堂都有快乐的回忆。

有一年去复旦大学进修，食堂的大排面端出来，我当时就震惊了，大排原来指的是大啊，可以盖住碗啊，看不到面啊。

小时候在新乡的713厂，食堂的糖三角是多么香甜啊。

父亲曾经在太行山里一个粮食所工作，食堂在大门的左手边。暑假我过去玩，没事就帮那个大个子伙夫烧火。

他摊的鸡蛋煎饼能给人香晕过去，还卷着一圈焦黄的边儿。

再来一碗撒了山韭菜的肉丝面，真的很上头啊！

有时候我想，我可不可以开个小食堂呢？煮汤面、炒蔬菜、炖鲫鱼、烧咖喱土豆汤、做高加索焖饭……

那些珍惜每一餐饭的人，应该会来吧。

我只提供晚餐，现点现做，只要你点，只要我会。

家人对我说："二十年了，我发现你只有在吃饭的时候，是最专心的。"

所以，我想，这件事，我可以做好。

推荐欣赏：

奥古斯特·马克《公园餐厅》，1912年，德国。

贝尔特·莫里索《在餐厅里》，1886年，美国国家美术馆收藏（切斯特·戴尔私人藏品）。

杜菲《晚宴》，20世纪，法国。

小扬·勃鲁盖尔《味觉》，1618年，西班牙马德里普拉多博物馆收藏。

冈萨雷斯·科克斯《味道》，英国国家美术馆收藏。

莫里斯·尤特里罗《雪中的圣路西街》，1940年，日本大阪山王美术馆收藏。

委拉斯凯兹《塞维利亚的卖水人》，1619年，英国伦敦威灵顿博物馆收藏。

华托《威尼斯人的盛宴》，1718年，英国苏格兰国立美术馆收藏。

米勒《种植马铃薯者》，1861年，美国波士顿美术馆收藏。

巴斯蒂昂·勒帕热《收获土豆》，1879年，澳大利亚墨尔本维多利亚国家美术馆收藏。

马奈《画室里的午餐》，1868年，德国慕尼黑国立巴伐利亚绘画陈列馆收藏。

保罗·西涅克《早餐》，1887年，荷兰库勒慕勒美术馆收藏。

劳特累克《在咖啡馆里》，1891年，美国波士顿美术馆收藏。

本蒂沃利奥《洋葱眼泪》，1929年，意大利。

格兰特·伍德《后厨忙碌》，19世纪，美国。

本蒂沃利奥《渔民》，意大利。

尤金·冯·布拉斯《卖水果的女孩》，1900年，意大利。

弗洛里斯·范·戴克《餐桌一角》，1622年，加拿大蒙特利尔艺术博物馆收藏。

汤姆·韦塞尔曼"静物"系列，1962年，美国。

皮埃尔·波纳尔《花园餐厅》，1935年，美国所罗门·R.古根海姆美术馆收藏。

莫扎特《土耳其进行曲》。

海顿《C大调钢琴奏鸣曲》。

酷玩乐队 *Yellow*。

胡辣汤

胡辣汤是郑州早餐之王,江湖地位不可撼动。为何如此霸道?因为它给人以重度的满足感。

这一天不管发生什么事,有这碗汤垫底,那就走着说着,中不中?

中,咱就办;中中中中中,咱就不办。河南人说"中",重复的次数和办成的可能性成反比。

你千万别死心眼儿,那叫生瓜蛋儿,简称"生"。一旦被判定为"生",就没人跟你玩了。

"生",你就品不出胡辣汤的滋味。

胡辣汤的底层规则,是融合。牛肉、面筋、黄花菜、木耳、粉条、牛油、胡椒、花椒、八角、桂皮、茴香,兼收并蓄,然后是熬。

你中有我,我中有你,五湖四海,都是兄弟。

三千年悲欢离合,才得此厚重、圆润、老辣。这一碗下去,才垫得住底,沉得住气,可收可放,能文能武。

胡辣汤流派众多,方中山、北舞渡、方秀华、穆彦华、高老大、方一坤、方团结、逊母口……滋味各有千秋,都是好胡辣汤。

只要念好"融字诀",兵来将挡,遇水搭桥,真材实料,疾攻缓交,则可江湖立脚。

出汤,需用长柄木勺。翻江倒海,疾速扬起,高浇低抹,点油点醋,端碗走人。

颖河路一位大叔，盛汤功夫已臻化境。一柄木勺高高扬起的同时，左手已抓过一只碗，手腕一抖，碗在空中翻滚360度，碗口向上，落在手中，汤即注入。

在西郊工作的多少个早晨，我常常越过数家胡辣汤店，站到他的面前，只为赞叹这一抖啊！

喝汤，需用铁勺。薄铁勺，能掰弯的那种。因其廉价，已基本绝迹，但我固执地认为，就像吃面要用大碗，饮酒要使小杯一样，喝胡辣汤要用铁勺，才喝得分明，不拖泥带水，一口是一口。

炎夏，要快喝；寒冬，要慢喝。

绝配是油饼，刚炸出来的热油饼，有无可替代的满足感。不吃碳水？走路不会打晃吗？

大雪后的早上，守在油锅前，看着师傅慢慢拨弄，面饼渐渐金黄，散发出诱人的油香，还说什么王权富贵戒律清规？

当然，还有炸麻烫、炸油条、炸菜角、水煎包、炸肉盒、炸菜盒，马留和"馬億發"（马亿发）的羊肉包子，堪称极品，我见过大清早从龙子湖跑到三厂、四厂一次买70个羊肉包子的！

如果你从外地来，想找地道的胡辣汤，就看路边停了多少车、门口排了多长队就好啦。伏牛路上的方秀华，大年初一都是排那么长的队啊。

如果你嫌浓烈，可以加一勺豆腐脑儿，则平添一丝清香，配小笼包蘸辣椒醋吃，亦是别有风味。

有时想想觉得惭愧，我们出入写字楼，干着"高大上"的工作，其实竟不如一碗胡辣汤，它带给那么多人那么多的快乐的早上。

你能跑多远、跑多久，最后还不是被它勾住了魂，千里迢迢地赶来，坐到熟悉的桌前，喝上一碗，方才稳住了神，接上了根。

像我，兜兜转转怎么又来到了颍河路，面前的大叔怎么变成了大爷，背怎么已经弯得像虾米一样。

纵使相逢应不识，尘满面，鬓如霜，不知他是否还可以那一抖呢？

注：北舞渡、逊母口是地名，其他是店名。

推荐欣赏：

赵佶《文会图》，北宋，台北故宫博物院收藏。

仇英《汉宫春晓图》，明，台北故宫博物院收藏。

佚名《春宴图》，宋代，北京故宫博物院收藏。

《庖厨画像砖》，东汉，四川博物院收藏。

《宴饮百戏图》，东汉，新密打虎亭汉墓壁画。

《托果盘侍女图》，唐，陕西历史博物馆收藏。

《野宴图》（唐长安韦氏墓壁画），北京故宫博物院收藏。

姚文瀚《岁朝欢庆图》，清，台北故宫博物院收藏。

荷加斯《时髦婚姻·早餐》，1744年，英国国家美术馆收藏。

利奥塔德《拉维涅家的早餐》，1754年，英国国家美术馆收藏。

席涅克《早餐》，1886年，荷兰库勒慕勒美术馆收藏。

布歇《早餐》，1739年，法国巴黎卢浮宫博物馆收藏。

梅伦德斯《有巧克力壶的静物》，1770年，西班牙马德里博物馆收藏。

威廉·克莱兹·海达《有一只螃蟹的早餐》，1648年，俄罗斯圣彼得堡艾尔米塔什博物馆收藏。

利奥塔德《热巧克力姑娘》，1745年，德国德累斯顿历代大师画廊收藏。

夏尔丹《有奶油蛋糕的静物》，1763年，法国巴黎卢浮宫博物馆收藏。

奥尔加·维辛格·弗洛里安《卡尔斯巴德的早餐》，1895年，奥地利，私人收藏。

毕加索《盲人的早餐》，1903年，美国纽约大都会艺术博物馆收藏。

雅各布·巴萨诺《最后的晚餐》，意大利罗马博尔盖塞美术馆收藏。

高更《餐点》，约1886年，法国巴黎奥赛博物馆收藏。

布鲁赫《g小调第一小提琴协奏曲》，第一乐章。

莫扎特《D大调回旋曲》。

窦唯《噢！乖》。

咸大米

吃米最狠,我见过的,是弓腰撅腚、一头扎进锅里大快朵颐,眼镜都掉锅里了。

那可是柴火地锅。

先炖鸡。鸡肉吃完后,就着鸡汤下米、红薯粉条和晒干的红豆角,小火焖熟。

揭开锅盖那一刻——太香,无解。

这是新的吃法。在南太行区域,以前没有吃鸡这个步骤,就是肉、菜、米一锅焖,名字简单直白——咸大米。

我的爷爷是焖咸大米的好手,外地亲戚来,吃完还想抱着锅走。

别人回老家,是思乡、走亲戚。我和表哥回老家,纯粹是为了咸大米。

粗瓷海碗,荆条筷子,大干三碗。

吃得半夜躺在床上,各自揉着肚子瞪着斑驳的天花板不说话,胃里直冒酸水。

第二天睡醒,那一粒粒浸润着油汁的米的味道,仍在舌尖、齿上,徘徊不去。

这米里隐藏的灵魂是,随处散落的红豆角的大粒豆子,贼拉拉的面香。

每次吃到最后一颗,都有些舍不得。用荆条筷子夹起来,放在阳光下看。

那红酒一般的色泽,熟透了的丰腴,恰到好处的腻。

后来去郑州上学,在优胜路广州开煲吃到煲仔饭,惊喜得仿佛第一次拿到薪水。

那一煲粒粒分明的焦香,裹着腊肠传递过来的是我没有去过的南方的味道。

那是鱼米之乡吧,一切似乎都是本味。

米是米香,肉是肉香,一点儿酱油在中间弥漫、运化、腾挪、暧昧,也是点到即止,稍进即退。

没有咸大米的软糯、含蓄,没有米、肉、菜和粉条的拉拉扯扯、纠缠不休,而是一团和气,摸不着头脑的香。

工作的第一站在上海,我常去闻喜路一家路边小店吃咸肉菜饭。

令我大为惊讶的是,切碎的青菜混在其中竟然莫名惊艳。那在我的成长味觉里,一直是被忽略的。

还有香菇青菜包子,居然还有这种馅儿!还香得如此清奇!

原来每一种食材,都自有其芳,高下难断,只看你怎么取舍。

故步自封,其实是我挺羡慕的吃法。海纳百川,也是我挺羡慕的吃法。

南阳的鱼干饭,把腌好的鱼块在地锅里煎,加水烧开,下米焖熟。

只有鱼和米,一人二十块钱,不限量,重口味的香。

西班牙的海鲜焗饭,那么强有力的芝士和米饭,需要做完重活儿的水手吃吧。

外高加索的阿塞拜疆有一道乡村美食,把大块的牛肉、西红柿、鹰嘴豆、洋葱、甜椒和米填入陶罐,加水,盖上盖子,放在火炉上烤。

待到夕阳西下,大家忙完各自手里的活儿,围坐在庭院里的苹果树下,分享这一罐热情的米饭。

喝一点儿烧酒,或者薄荷茶,这就是生活吧。

伴随着成长,我们会经历更多,但生活的内核,都是一样的。

虽然生在中原地区,但在青少年时期,我还是喜欢吃米。

究其原因,在物质尚未丰盛的年代,吃米饭意味着有菜啊!

放学回家,饭桌上还有什么比一盘蒜薹炒肉丝更诱人的呢?

有一次回老家,刚要吃饭,来客了。

奶奶一把把我拎进厨房,没等我反应过来一盘刚炒好的蒜薹肉丝就扣进了我的碗里。

那么胖的奶奶,一直对我好到让我反感的奶奶,那一刻敏捷得像个运动员。

她是家里的霸主,眼里容不下不干活的人,也容不下不好好吃饭的人。

我们家的饭桌上,永远不会剩下一粒米、一根菜。

出去吃席,她会把鸡腿直接捅到你嗓子眼儿里,不吃当场打你。

劳动和吃饭,是我们家族最本质的基因。过年不蒸上两大缸馍,不煮上四条猪后腿,都会觉得伤感。

那天躲在厨房的门后,独享一碗米饭和唯一的一盘蒜薹炒肉,我和奶奶达成了最初的和解。

如今大家都在减肥,不吃碳水。

我也暗下决心,努力成为一个自律的中年人。但两天后就不行啦,头晕、没着没落地心慌、站不稳、没劲儿。

思来想去回家煮了半锅大米粥，就着一碟咸菜吃了个精光，方才稳住神。

那时我想起故去多年的奶奶，恍恍惚惚觉得这人生啊，就是吃饭。

推荐欣赏：

李安忠《燕子戏禾图》，南宋。
佚名《安和图》，南宋，台北故宫博物院收藏。
马和之《豳风图》，南宋，北京故宫博物院收藏。
朱瞻基《宣宗嘉禾图》，明，台北故宫博物院收藏。
佚名《嘉禾图轴》，元，台北故宫博物院收藏。
佚名《万顷嘉禾》，清，台北故宫博物院收藏。
吴炳《嘉禾草虫图》，南宋，台北故宫博物院收藏。
张照《潘炎嘉禾合穗赋》，清，台北故宫博物院收藏。
沈周《东庄图册之稻畦》《东周图册之耕息轩》，明，南京博物院收藏。
郎世宁《瑞谷图》，清，中国第一历史档案馆收藏。
毕加索《熟睡的农民》，1910年，巴萨罗那毕加索美术馆收藏。
彼得·勃鲁盖尔《农民的舞会》，1568年，奥地利维也纳艺术史博物馆收藏。
米勒《拾穗者》，1857年，法国巴黎奥赛博物馆收藏。
梵高《夕阳下的播种者》，1888年，荷兰国立渥特罗库勒穆勒美术馆收藏。
米勒《晚钟》，1859年，法国巴黎卢浮宫博物馆收藏。
彼罗夫《赞省的割麦女人从田野归来》，1874年。
莱昂·奥古斯丁·莱尔米特《拾麦穗的女人》，1891年；《圣佩尔山的割麦人》，1883年。

杜普荷《第二次收获》，1879年，法国。
库尔贝《筛麦妇》，1853—1854年，法国南特美术馆收藏。
娜塔莉·冈察罗娃《农民》，1911年，俄罗斯博物馆收藏。
哈格伯格《收获的十月》，瑞典。
毕沙罗《收获》，1882年，日本国立西洋美术馆收藏。
埃米尔·瓦尔德退费尔《溜冰圆舞曲》。
柴可夫斯基《洛可可主题变奏曲》。
崔健《出走》。

丸子汤

秋冬的夜晚，寂寥的街头，没有什么比突然闪出的一块"丸子汤"的招牌更勾人心魄的了。

不必多说，挑帘入室，来上一碗，熨平这漫长的孤单。

丸子汤，可能是中国最适合"一人食"的食物了。

伏牛路黑豹烧烤的对面有一家丸子汤店，几间小屋每天都坐得满满当当。

西郊一位老炮，每天准时进店。

端了汤，选一个桌子坐下，加盐、辣椒调味（北方的牛羊肉汤、丸子汤都是淡的）；开一瓶小二，拧开盖子放在碗的左边；拿出手机，选一首歌打开放在碗的右边。

抿一口酒，夹一个丸子，喝一口汤，专心致志，直入无人之境。

在辉县一中复读的时候，我也体会过这种状态。

复读的节奏大致是这样的：

早上5点开始跑步（出校园围着县城跑，中间有老师发牌，拿到牌子才算），6点准时进教室早读，7点到8点之间吃饭、打热水、放风，8点上课，除了午饭、晚饭，一直到晚上10点，洗洗涮涮上床，11点熄灯。

学校的旁边，快到粮食局的位置，有一家丸子汤店。

她家的丸子，硬得很，辣椒是牛油做的，要用铁勺下力气挖出来一块，烧饼真的比脸还大，厚得没话说。

冬天的早上，县城的街边，捧着一个刚出炉的大烧饼，喝着漂满牛油的丸子汤，就着一碟芥菜丝儿，看着雪花悠悠落下。

那时候我还是班里的倒数第一，不过心里并不害怕。

真正怕的时候，离第二次高考只有3个月了。

直到现在四十多岁了，晚上还会梦到高考被吓醒，这是我这辈子反复做的噩梦。

后来在郑州上了大学，毕了业，找了工作，头一次大年三十才回到家。

一进门看见父亲在院里支了一口锅正炸丸子，我说："我来吧。"父亲说："好。"

我和父亲一辈子说过的话大概就是这样。

高一时，我在《儿童文学》上发表了一篇文章，打电话回家，父亲也是说了一个"好"字。

我们从来没有交谈过，他也从来没有干涉过我。

第一次发现我抽烟、第一次发现我喝酒、第一次发现我谈恋爱，一直到高考落榜，他坚决地把我塞进了复读班。

可惜，当我终于有能力满足他的时候，他却离开了。

那一年他还来过郑州，在我大学路那个29平方米的小房子里。

我说晚上买点烙馍（他最喜欢吃的就是烙馍）吃吧，他说"好"。

没想到竟是我和父亲的最后一次说话。

一转眼十七年过去了。

到五月上旬，郑州的菜市场里，开始有荸荠售卖。

在北方，这不是大众品种，所以卖家也不多，但这荸荠有一个妙处：可以氽丸子。

荸荠削皮洗净，细细地剁碎，和新鲜的肉馅、盐、胡椒粉、姜末、葱末、鸡蛋、生粉、花椒水，一起搅拌上劲。

冬瓜切厚片下沸水加一块生姜煮至断白，丸子下锅煮至漂起，加盐、虾皮、胡椒粉、葱花，出锅——鲜、嫩，一点点脆、甜。

面对这样一碗汤，想想还算不错。

推荐欣赏：

张择端《清明上河图》，北宋，北京故宫博物院收藏。

仇英《清明上河图》，明，辽宁省博物馆收藏。

徐扬《姑苏繁华图》，清，辽宁省博物馆收藏。

冯宁《仿杨大章宋院本金陵图》，清，南京德基美术馆收藏。

刘松年《山馆读书图》，南宋，北京故宫博物院收藏。

王蒙《春山读书图》，元，上海博物馆收藏。

塞尚《读报纸的父亲像》，1866年；《侧面读报的画家父亲》，1859年。

弗雷德里克·摩根《儿子欢迎爸爸回家》，19世纪末，英国。

毕加索《父与子》，20世纪中期。

保罗·德拉罗什《马奈和他的女儿在布吉瓦尔》，约1881年，法国巴黎玛摩丹-莫奈美术馆收藏。

让·巴蒂斯特·格勒兹《乡村订婚典礼》，1761年，法国巴黎卢浮宫博物馆收藏。

伦勃朗《浪子回家》，1668，俄罗斯圣彼得堡艾尔米塔什博物馆收藏。

佩罗夫《自我教育的看守》，1868年，俄罗斯。

保罗·德拉罗什《拿破仑·波拿巴在丹枫白露退位》，19世纪前期，法国巴黎荣军院博物馆收藏。

列宾《意外归来》，1882年，俄罗斯莫斯科特列恰科夫美术博物馆收藏。

梵高《蹒跚学步》，1890年，美国纽约大都会艺术博物馆收藏。

库尔贝《奥南的葬礼》，1849—1850年，法国巴黎奥赛博物馆收藏。

拉图尔《木匠圣约瑟》，1632—1634年，法国巴黎卢浮宫博物馆收藏。

布鲁克纳《d小调第九交响曲》，第三乐章。

柴可夫斯基《忧郁小夜曲》。

恐怖海峡乐队 Money for Nothing。

三厂的味道

国棉三厂，在郑州那可是神一般的存在。

对我来说，人间天堂仿佛就是那里的样子。

从桐柏路的偏门进去，你看到的第一个长队就是太康焦炸丸子。

炸丸子的好多啊，但这家门口就是天天排队，有什么办法，香！

萝卜丝丸子，酥焦软糯，拎一袋边逛边吃，快活似神仙。

睡前闲饥难忍，用紫菜、虾皮儿、葱花儿冲一碗丸子汤，心满意足啊。

他家紧挨着的是扬州盐水鹅，虽然鹅肉并非中原饮食主角儿，但我强烈建议您走过路过，不要错过。

有多好吃？谁吃谁知道啊。回去放冰箱里，馋了拿两块出来，冷香。

往前走，左手边又是排长队！那是大名鼎鼎的马留包子（现已搬至锦艺城内）。

这羊肉大葱包子怎么说呢，最矜持的小妮儿也把持不住，原形毕露，大干快上。

小妮儿变虎妞，管他羞不羞。

这包子必须趁热吃，刚出锅的，白胖胖的，热气腾腾的，咬一口满嘴流油，烧得舌头疯掉，最好不要停，一口气吃嗨了事儿！

不过奉劝各位，不要一次买太多。我见过大清早从龙子湖跑过来买70个包子的大哥。

一来凉了味道就大打折扣,二来那么多人排队,前面的人如果一次买太多,后面的人就买不到啦。

有次在北京,去吃西四包子。打了一个半小时的车,又排了一个小时的队,然后被告知今日售罄!

那种懊恼,更与谁人说?

包子店对面是个菜市场,这里有家朱屯米粉不得不推荐一下,鲜、弹、滑。

把野生的黄骨鱼煎了,煮一锅黄澄澄的汤。用这汤下米粉,加一撮炒干的雪菜——所谓"鲜",就是这个味道吧。

下午五点一过,烙油饼的阿姨推着车过来了。车上有两只铁鏊子,一只烙油饼,一只烙菜饼。

葱花油饼是父亲生前的最爱。

对他来说,一张油饼,一碗稀饭,一碟咸菜,就是一个嘴上"这样就不错了"其实内心极为满意的日子。

可惜人类的悲喜并不相通,谁会在唾手可得时珍惜一张油饼呢?

旁边是卖杞县酱菜的大叔,他一定最清楚油饼的重要性,他腌的黄辣椒和油饼简直是绝配呀。

路口的炸菜角一口一口地爆香,一人多高的馒头蒸笼冒着热气,一条金黄的大鲤鱼从盆中一跃而起……

再往前,简直是人山人海了。高大的白杨树下沿路坐满了人,走到头拐过去坐满了人,再拐过去路上还是坐满了人,饭店一楼坐满了人,二楼也坐满了人——名震江湖的四厂烩面(醉仙)到了。

天天如此啊，看人家这生意！

四厂烩面因为加了咖喱，也叫黄面。棉纺厂兴盛时期，工人间有一句豪壮的顺口溜：织最好的布，吃最黄的面。

有个家住四厂的老郑州人，说每天晚上一到点儿，肚里就跟吹号一样，比表都准，该吃黄面了，必须吃，不吃不行。

这四厂烩面呢，有两家，挨着，一家就叫四厂烩面，另外一家叫醉仙烩面。

江湖传说很多，哪一家更正宗也各有各的说法，口味其实差不了太多啦。

吃完面天也黑了，国棉厂里灯火通明，男女老少各得其乐，这不就是老百姓的天堂吗？

只是路两边的苏式小洋楼都黑着，原住户已经搬走了，这一片区域要作为特色历史文化街区整体改造了。

未来的三厂该多么漂亮时尚呢？如果能保留现在这份烟火气，就更值得期待啦。

推荐欣赏：

张择端（传）《金明池争标图》，北宋，天津博物馆收藏。

奥斯塔德《小提琴手》，1673年，荷兰莫里茨皇家美术馆收藏。

波提切利《老实人纳斯塔基奥的故事》，1483年，西班牙马德里普拉多博物馆收藏。

维米尔《小街》，1658年，荷兰阿姆斯特丹国家博物馆收藏。

亚伯拉罕·范·斯特赖《门口的樱桃小贩》，1816年，荷兰阿姆斯特丹国家博物馆收藏。

卡尔·拉森《银桦树下的早餐》，1894—1899年，瑞典。

莫奈《草地上的午餐》，1865年，俄罗斯莫斯科普希金博物馆收藏。

鲍里斯·库斯托季耶夫《商人妻子的下午茶》,1918年;《面包师》,1920年。

卡耶博特《巴黎的街道·雨天》,1877年,美国芝加哥艺术博物馆收藏。

巴尔蒂斯《街道》,1933年,美国纽约现代艺术博物馆收藏。

毕沙罗《蒙马特大街》,1897年,俄罗斯圣彼得堡艾尔米塔什博物馆收藏。

高更《塔希提岛的街道》,1891年。

阿德里亚努斯·埃沃森《阳光明媚的市集》《夜间的乡村集市》,19世纪中期。

梅伦德斯《无花果和面包的静物》,1770年,美国国家美术馆收藏。

乔布·贝克赫德《烤面包师》,1681年,美国马萨诸塞州伍斯特艺术博物馆收藏。

扬·斯特恩《烤面包师和他的妻子》,1658年。

雅克·约瑟·蒂索《假日》,1876年,英国伦敦泰特现代美术馆收藏。

文森佐·坎比《卖水果的女人》,1580年,意大利米兰布雷拉美术馆收藏。

马奈《餐馆内》,1879年,法国图尔奈艺术馆收藏。

雅姆·蒂索《艺术家的女人》。

凯特尔贝《在波斯市场上》。

海顿《D大调第101交响曲》第一乐章。

万能青年旅店乐队《杀死那个石家庄人》。

粉浆面条

如果胡辣汤是郑州早餐之王,那粉浆面条就是最招人怜爱的丫头。

爱到什么程度?可以和王翻脸。

是的,这一碗可能连饭都算不上的小吃却是芸芸众生的灵魂解药。

特别是在暖洋洋的春风里,明媚的阳光洒满大地,如果你刚游完泳,坐在路边桃花盛开的树下,叫一碗粉浆面条,慢慢地吃上一个时辰,哪还会管什么王?

不知是谁发明了这酸酸的浆水,真是应该膜拜,每次品尝前我都要感谢他,他具化了我的幸福。

北方人吃面,讲究筋道,唯独这粉浆面,却要的是软。

软,是灵魂。要小勺一碰就断,要融在浆水里,要沾着芝麻叶、花生碎、芹菜丁、韭花酱、辣椒油,直接喝下去。

大口吃就没意思了,要小勺,溜着边儿,小口吃,但不要停,方得精髓。

马寨转盘西边有个年轻姑娘做的粉浆面条堪称上品。做饭这种事,不论长幼,得了道的,都是大师。

炸八块儿

老蔡记的炸八块儿,有着红酒一样的诱人色泽,仅仅是看着,就已经受不了。大快朵颐,重度满足。

原来炸鸡是我们的传统菜啊,为什么满大街都是外国的炸鸡呢?

我只能想到一个原因:选材讲究,做工复杂。即便是传统的豫菜馆子,炸八块儿也从菜单上消失了。

只有那些老饕熟客反复央求,才勉强接单,还被告知耐心等待。

还有糖醋鲤鱼,菜单上也很少见了,流水线上的做法是红烧。

杏仁茶

汝河小区有一间铺子,临街的窗户又隔出一小块档口,卖杏仁茶。

用藕粉、红糖和玫瑰花瓣熬出稠稠的汤底,撒上花生碎、青红丝、黑芝麻、杏仁、葡萄干,清香、滑润、微甜,妥妥的幸福感,是中年人傍晚归家前的安慰剂,是恩爱情侣深夜的感情升温水,是幼童味觉记忆的开始。

这间小铺有多火呢?每天下午五点开张,四点就开始排队啦。

麻辣森林

前进路的麻辣森林是一家神奇的店,一旦吃过,就不再想巴奴、海底捞了。

两百串香菜牛肉,一大盘生菜,快乐唾手可得啊。

酸辣面鱼儿

一转眼我们的城市又到了夏天，百花路上的行人都眯着眼。

路过酸辣面鱼儿的小摊，忍不住停下了脚步。盛一碗白生生的面鱼儿，放点辣椒、韭花、腌萝卜丁，爽口爽心。

在重庆，这叫凉虾，不过是甜口的。

在南阳淅川荆紫关，面鱼儿是用玉米面做的，在大锅里不停地搅动，足足三个小时。添一勺农家做的臊子，又滑又香，可以吃三大碗。

溢香苑瓦罐儿

郑州瓦罐儿哪家强，溢香苑啊。拆骨肉不提前去是根本吃不到的。

至于肥肠，放进嘴里就瞬间回到了小时候，就是这么神奇。

小时候过年，切一盆卤好的猪下水，只需葱和醋拌即可，凉香酸爽。

现在的猪肉，已经没有那个感觉了，我们也早已习惯速成的味道。

但在溢香苑，你的味觉记忆会瞬间被激活，在那块肥肠放进嘴里的时候。

馬億發包子

"馬億發"（马亿发）的羊肉包子是无敌的香，热香，软香，顺着舌头迅速弥漫直冲脑门的香。

减肥的人千万不要来，来了直接就"缴枪"了，万勿高估自己的意志。不是不要进店，拐进华山路都不要。

香菇包菜包子竟然也这么好吃啊，能把素包子做得如此好吃，实在是高。

裴家双龙道口烧鸡

伏牛路上这个裴家双龙道口烧鸡店，很有些年头了。除了烧鸡，馄饨、蒸饺、素汤面都极地道。

特别是蒸饺，是烫面的，不带汤汁的，干型的。和老蔡记那种汁水浓郁的完全是两个流派，别有风味。

重点还是烧鸡，体型大，透骨香！就连胸脯上的白肉都是香的，撕成细丝夜里煮碗汤面多么满足啊。

烧鸡还有一种重要的吃法，坐车跑高速时带一只放在手边。在车上脑子放空，看路边的白杨树哗啦啦泛出一片新绿，田野里麦苗像绿油油的地毯，抓过一只鸡腿大口啃之，难以言状的满足。

从郑州到濮阳，一只烧鸡刚好吃完。

伊海斋泡馍

马寨的伊海斋泡馍，平时吃小碗的可以改大碗，吃大碗的可以干两碗，一言不发，埋头大吃，太香了！

门口的干炸牛肉丸子和酥肉是个很大的难题，吃吧？停不下来。不吃吧？实在忍不住啊。

那么，到底买还是不买呢？

推荐欣赏：

赵佶《文会图》，北宋，台北故宫博物院收藏。

佚名《洛阳耆英会图轴》，宋，台北故宫博物院收藏。

仇英《群仙会祝图》，明，台北故宫博物院收藏。

丁云鹏《漉酒图轴》，明，上海博物馆收藏。

佛兰斯·斯莱德斯《食品储藏室》，约1620年，比利时皇家艺术博物馆收藏。

施尔德·哈森《圣米歇尔街》，1888年。

格雷科《最后的晚餐》，1498年，意大利威尼斯科雷拉博物馆收藏。

安尼巴尔·卡拉奇《吃豆子的人》，1584年，意大利罗马科隆纳美术馆收藏。

诺曼·洛克威尔《没有食物匮乏之虞》，1943年，美国诺曼·洛克威尔博物馆收藏。

弗里达·卡罗《生命或光的果实》，1953年，墨西哥。

安迪·沃霍尔《坎贝尔汤罐头》《绿色可口可乐瓶子》《玛丽莲·梦露》，1962年。

雅各布·乔丹斯《喝酒的国王》，1650年，比利时布鲁塞尔皇家艺术博物馆收藏。

卡拉瓦乔《以马忤斯的晚餐》，1601年，英国国家美术馆收藏。

弗朗索瓦·特鲁瓦《牡蛎宴》，1734年，法国尚蒂伊贡德美术馆收藏。

约阿希姆·布克莱尔《厨房场景》，1566年。

文森佐·坎比《卖水果的女人》，1580年，意大利米兰布雷拉美术馆收藏。

阿尔伯特·奥古斯特·弗里《婚宴》，1886年，法国鲁昂艺术馆收藏。

委拉斯开兹《煎鸡蛋的老妇人》，1618年，英国苏格兰国家画廊收藏。

扬·斯滕《人类的生活》，1665年，荷兰莫里茨皇家美术馆收藏。

雅姆·蒂索《野餐》，1876年，英国伦敦泰特美术馆收藏。

拉威尔《G大调钢琴协奏曲》第二乐章。

海顿《C大调大提琴协奏曲》。

春天的味道

我本来下定决心晚上不吃饭的,但母亲看见冯湾的菜农挖了荠菜在卖,就买来包了馄饨。

于是我尝了一个,接着又吃了一碗,因为第一口下去,就吃出了春天的味道。

那个瞬间仿佛接通了大地传来的讯息,带着泥土的芬芳、苦涩、清香、新鲜,在舌尖上依次炸开。

这个信息比绽放的梅花、满天的风筝更加强烈地打开了整个春天。

它告诉你窗户可以打开了,身上的棉袄有点儿厚了,可以准备去黄河边了,河水开始变暖了,该吃鲫鱼了。

北宋画家郭熙在《早春图》里为我们呈现了900多年前的一个春天。

那应该是傍晚,渔夫的小船刚刚靠岸,他拿起渔网仔细查看有没有漏网之鱼。

另一边抱着孩子的村妇也刚上岸,急急地往家里赶。

旁边的老大爷背着一根竹竿,挑着两条鲫鱼,是刚买的吗?

一条出来迎接的小狗跑在最前面。

春山晚照,这个乍暖还寒的夜,很快就会飘出鲫鱼汤的香味吧。

鲫鱼在锅里微微煎黄,注入开水,只需几片

姜、一点儿盐和胡椒，就无比鲜美。

如果加入春笋，则鲜得喜上眉梢。

这是春天最销魂的味道，无论是900多年以前，还是现在。

这种味道，是轻松的，是愉悦的，仿佛波提切利的名画《春》，一举抛掉了中世纪的沉重。

阳光明媚，鲜花盛开，象征"美丽""贞淑""欢悦"的三位女神翩翩起舞，轻盈得像要飞起来。

是的，无论是谁看了这幅画，都会被春的气息感染。

西方美术史从此开启了新的篇章，注入了情感和诗意，有那么一点点动心。

这是春天最内核的味道，令人心潮荡漾，元气饱满，向往光明。

南宋一位没有留下名字的画家，描绘了一幅动人的《唐人春宴图》，收藏在北京故宫博物院。画的是李世民招贤纳才，十八学士集会宴饮的情景。

出场人物六十六位，有的弹琴唱歌，有的倚树闲聊，有的伸着懒腰，有的围坐饮酒，有的折柳吟诗，还有一匹马躺在地上打滚儿撒欢……

他们喝的酒，是春酒。唐朝的酒冬酿春得，所以叫春酒。

他们喝的茶，是茉莉花茶吗？那是独属春天的芳香。

大唐盛世，春意盎然，志同道合，欢欣鼓舞。

往事越千年，仿佛还是那个春天。

我吃了荠菜馅的馄饨，喝了茉莉花茶，躺在2022年贾鲁河边的草地上，看着风筝飞满郑州的天空。

我闻着土地上毛毛丫刚刚钻出来的味道。

闻着春风中榆钱儿发育的味道。
闻着柳梢上燕子双飞的味道。
闻着河水中鱼儿游动觅食的味道。
闻着窗前春光里书生苦读的味道。
闻着校园里我们第一次相遇的味道。
闻着，曾经一切刚刚开始的味道。

推荐欣赏：

郭熙《早春图》，北宋，台北故宫博物院收藏。
赵佶《虢国夫人游春图》，北宋，辽宁省博物馆收藏。
佚名《唐人春宴图》，南宋，北京故宫博物院收藏。
马远《山径春行》，南宋，台北故宫博物院收藏。
吕纪《春喜图》，明，台北故宫博物院收藏。
邹复雷《春消息图》，元，美国弗利尔美术馆收藏。
鲁宗贵《买春梅苑图》，南宋，台北故宫博物院收藏。
戴进《春耕图》，明，浙江省博物馆收藏。
赵伯驹《春山图》，南宋，台北故宫博物院收藏。
顾懿德《春绮图》，明，台北故宫博物院收藏。
展子虔《游春图》，隋，北京故宫博物院收藏。
盛懋《春塘禽乐图》，元，台北故宫博物院收藏。
周臣《春泉小隐图》，明，北京故宫博物院收藏。
唐寅《春山游骑图》，明，美国弗利尔美术馆收藏。
谢时臣《虎阜春晴图》，明，辽宁省博物馆收藏。
波提切利《春》，1481—1482年，意大利佛罗伦萨乌菲齐美术馆收藏。
乔治·修拉《大碗岛的星期天下午》，1886年，美国芝加哥美术学院收藏。

梵高《盛开的桃花》,1888年;《春季垂钓》,1887年。

西斯莱《春天的小草地》,1881年,英国国家美术馆收藏。

莫奈《春天》,1872年,美国沃尔特艺术博物馆收藏。

约翰·埃弗里特·米莱斯《开花的苹果树》,1856年。

普拉斯托夫《春》,1954年,俄罗斯莫斯科特列恰科夫美术博物馆收藏。

米勒《春》,1868年,法国巴黎奥赛博物馆收藏。

格兰特·伍德《小镇的春天》,1941年,美国。

莫扎特《降E大调钢琴与管乐五重奏》。

门德尔松《乘着歌声的翅膀》。

小约翰·施特劳斯《春之声圆舞曲》。

约瑟夫·施特劳斯《奥地利乡村的燕子圆舞曲》。

维瓦尔第《春》。

轮回乐队《烽火扬州路》。

愚人船

  我的小舅是一位智力障碍者，小时候姥姥曾经带着他来我家住，那段时间我没少和厂里围着他起哄的小孩儿打架。

  我要求姥姥不要让他下楼，姥姥总是说好。

  可是他在农村跑惯了，楼房哪里待得住？兜里装一块干馍就跑外面溜达一天。

  他喜欢唱戏，无师自通，节奏感出奇地好。街上修鞋的、卖浆面条的、炸糖糕的，没几天就跟他熟得不得了。

  他一上街就有人喊："海军，唱一个！"

  他还跟人家让一让："我唱中？真中？那我唱吧？"

  然后就眯着眼拉开架势唱起来。

  我一看见别人逗他就火冒三丈，一把拉住他回家。他虽不情愿，但总是很配合我，我说什么就是什么。

  他经常在烟纸上写字，一本正经的样子，写的是密密麻麻的奇怪符号，难道是天书？

  父亲见他写字开玩笑问："给联合国写信呢？"

  他听了总是很生气："我别管我！"

  他说"我别管我"就是"你别管我"的意思，表示极其愤怒。

  有一次我找东西掀开他的褥子，发现厚厚一摞烟纸,全都写满了天书。

我拿了几张叠三角玩,他发现后异常伤心,连着几天看见我就抄着手,头扭向一边。

过了那个暑假姥姥就带着小舅回乡下了,我再见他的时候很少,但是只要见面他都异常亲热,拉着我的手嘴咧得像个元宝。

后来我离开了家,回去的次数越来越少,人生的航船随波逐流,一路奔波竟已三十多年。

往昔已逐渐淡忘,人都是活在自己的世界里,有谁是为了别人在活呢?

2020年的一天,毫无征兆地,我竟然在手机上刷到了小舅。

不知是谁拍的,视频里他站在一个人身后,下巴放在那个人的肩膀上,看着镜头人畜无害地笑着。

那一瞬间我的眼泪就掉下来了,小舅已经五十多岁了,我也人至中年。这中间是怎么一回事?

经历了那么多事又好像什么都没有经历过……

他的眼神依然像个孩子,他还能认出我吗?我有点儿明白为什么周围的人喜欢他了。

他简单、轻松,不嫉妒,不算计,不势利,无目的地希望你开心。

生命中遇到这样的人,难道不是一件很幸运的事吗?

我们都讲圈子,拼命晋级高级的圈子,生怕掉入底层。我们精致地疲惫着,健康地病态着。

1500年,荷兰画家博斯画了一幅《愚人船》。

一只窄窄的木船,船上挤满了精神错乱的愚人,他们在争抢食物、互相算计,调情、欺骗,玩着荒诞愚蠢的游戏。

可是，没有人划船，没有人掌舵，没有人关心，这只船要去哪里。

这幅画一经展出便引起轰动，人们看画时猛然醒悟：现实比画荒诞得多啊！那个愚人难道不是自己吗？

推荐欣赏：

陈洪绶《婴戏图》，明，北京故宫博物院收藏。

龚开《中山出游图》，南宋，美国弗利尔美术馆收藏。

博斯《愚人船》，1500年，法国巴黎卢浮宫博物馆收藏。

胡戈·辛贝里《受伤的天使》，1903年，芬兰国家美术馆收藏。

彼得·勃鲁盖尔《盲人的寓言》，16世纪，意大利那不勒斯卡波迪蒙特博物馆收藏。

委拉斯凯兹《侏儒赛巴斯蒂安》，1645年，西班牙马德里普拉多博物馆收藏。

雅姆·蒂索《巴黎女人：马戏团爱好者》，1885年，美国波士顿美术馆收藏。

毕加索《马背上的小丑》《年轻杂技演员和小丑》《穿着百袖服的保罗》。

华托《小丑吉尔》，1718年，法国巴黎卢浮宫博物馆收藏。

胡安·米罗《小丑的狂欢节》，1924—1925年，美国诺克斯美术馆收藏。

劳特累克《红磨坊》，1892年，美国芝加哥美术学院收藏。

毕加索《在狡兔酒吧》，美国纽约大都会艺术博物馆收藏。

亨利·卢梭《玩木偶的孩子》，1903年，瑞士温特图尔博物馆收藏。

籍里柯《梅杜萨之筏》，1819年，法国巴黎卢浮宫博物馆收藏。

欧仁·德拉克罗瓦《但丁的渡舟》，1822年，法国巴黎卢浮宫博物馆收藏。

约翰·埃·密莱《盲女》，1856年，英国伯明翰博物馆和美术馆收藏。

埃贡·席勒《自画像》，1912年，奥地利立奥波德博物馆收藏。

蒙克《呐喊》，1893年，挪威国家美术馆收藏。

基希纳《裸体游戏》，1910年，德国慕尼黑新绘画陈列馆收藏。

柴可夫斯基《第一钢琴协奏曲》。

海顿《第一号大提琴协奏曲》。

朴树 *No Fear in My Heart*。

捕猎

元代画家谢楚芳唯一的传世画作——《乾坤生意图》，收藏于英国伦敦大英博物馆。

画卷的一部分是两只蝴蝶在一株植物上翩翩起舞，一片祥和盎然，然而仔细观察就发现处处杀机：植物中隐藏着一只蜥蜴，正伺机捕猎蝗虫；柳梢中螳螂刚擒获了一只蝉；一只树蛙在不远处正盯着螳螂……

残酷的生存斗争时刻都在进行，每一个生命都不容易。

而我们，也曾经是捕猎者。

20世纪80年代，还号召过打鸟。我们一放学就背着枪晃荡在河堤上，打麻雀、斑鸠、鹌鹑，还有鸽子。

燕子经常在电线上落成一排，这种鸟贵族范儿十足，打一枪飞走一只，其余纹丝不动。我曾经捉到一只燕子，无奈它气性太大，怎么喂都不吃，只好放飞。

据说气性最大的动物是松鼠，如果你偷走松鼠储藏的松子，它直接自杀。

父亲曾经把玉米放在高度白酒里浸泡，然后洒在屋顶上，说鸟吃了就会醉倒。

我在屋顶守了一下午，没看见一只鸟倒下啊，失望之极！

鸟捉不到，爬叉可是手到擒来。

土地上新出的小孔扫一眼就能看到，灌水进去只需片刻，爬叉就憋着头爬了出来。

有一次我在贾鲁河边的草地上睡着了，醒来发现自己竟然被四只狗前后左右包围了！

它们从我踏上这片草地开始就盯上我了！我惊出一身冷汗，自己被当成猎物啦。这要真在自然界，谁弄谁还真不好说了。

在小区遛狗遇到一小队流浪猫。小狗大叫着冲过去，几只猫迅速前后左右摆成夹击阵形，一声不响地露出杀气。

小狗本是装腔作势，一看这阵势马上夹着尾巴低着头认怂啦。

别说狗了，吓得我汗毛都竖起来了！这是训练过的吗？

去年立秋，郑州东站旁的景观走廊架子上出现一个马蜂窝。

一群黄蜂在上面忙碌着，不时起飞降落。

隔了一个周末再去，发现马蜂窝旁多了一张蜘蛛网。

又一天，看到一只黄蜂在网上挣扎！

蜘蛛远远地待在一边动也不动，安静地等待着。

原来不动声色的家伙最厉害啊。

每天飞来晃去的，真不如静下心来织自己的网呢。

贾鲁河上，一只叫不出名字的鸟突然从空中直直地掉落下来。难道有人打鸟吗？是谁这么可恶！

没想鸟落在水面的一瞬间竟然抓了一条鱼拍拍翅膀又飞走了！

河边几位钓鱼的人仰着头目瞪口呆，除了《动物世界》，还真没见过鸟抓鱼呢，居然就在眼前发生了。

那条小鱼估计还没闹明白发生了什么，在空中扭来扭去银光闪闪！

旁边的草丛里突然蹿出一只野鸡，叼起一只掉在地上的知了扑棱棱飞走了。

齐白石有一幅画叫《他日相呼》，画的是两只小鸡争虫子。

曾看见小朋友和大公鸡同时发现一只掉在地上的知了，奋力冲刺但最后被大公鸡抢先一步，小朋友咧开嘴哇的一声哭起来。

猎豹在争抢食物时也是打得头破血流，但吃饱后又会坐下来帮对方舔干净伤口。

动物还知道"他日相呼"，人可就不一定啦。

推荐欣赏：

黄筌《写生珍禽图》，五代十国，北京故宫博物院收藏。
谢楚芳《乾坤生意图》，元，英国伦敦大英博物馆收藏。
齐白石《牵牛花工虫》，中国美术馆收藏。
钱选《花鸟草虫图》，元，美国弗利尔美术馆收藏。
佚名《获鹿图》，五代十国，美国纽约大都会艺术博物馆收藏。
佚名《狩猎图》，北魏，壁画，敦煌莫高窟二四九窟。
牧溪《柳燕图》，南宋，日本德川美术馆收藏。
胡环《回猎图》《出猎图》，辽，台北故宫博物院收藏。
郎世宁《乾隆皇帝射猎图》《乾隆皇帝刺虎图》《乾隆皇帝落雁图》。
丢勒《母狮》，16世纪初，法国巴黎卢浮宫博物馆收藏。
布歇《浴后的狄安娜》，1742年，法国巴黎卢浮宫博物馆收藏。
《库斯劳狩猎》，现存最早的奥斯曼帝国绘画，土耳其，1498年，一部波斯诗集的插画。
让·巴蒂斯特·奥德里《野猪狩猎》，俄罗斯圣彼得堡艾尔米塔什博物馆收藏。
阿尔及利亚岩画《狩猎图》，新石器时期。
托马斯·布林克斯《温布尔登赛马场的沃尔特·维纳斯》，1888年。

皮耶罗·迪·柯西莫《狩猎归来》，约1507年，美国纽约大都会艺术博物馆收藏。

彼得·勃鲁盖尔《雪中猎人》，1565年，维也纳艺术博物馆收藏。

保罗·乌切洛《林中狩猎》，1460年，英国阿什莫林博物馆收藏。

安东·凡·代克《查理一世行猎图》，1635年，法国巴黎卢浮宫博物馆收藏。

让·巴蒂斯特·奥德里《土狼》，1739年，德国什未林国家博物馆收藏。

米斯金《战斗中的公牛》，莫卧儿帝国时期，美国纽约大都会艺术博物馆收藏。

《八哥图》，日本安土桃山时代，美国纽约大都会艺术博物馆收藏。

卡米尔·圣桑《动物狂欢节·天鹅》。

海顿《G大调第94号交响曲》。

绛州大鼓《牛斗虎》。

崔健《最后一枪》。

烧火

回老家收拾旧物。

夏日的阳光透过窗户和弥漫的灰尘，照在漆得乌亮的小圆桌上，上面放着一盒落满灰尘的火柴。

取出一根，"呲"地划过，那久违的、熟悉的味道，瞬间将记忆点燃——

1982年，春节。

父亲骑着自行车带我回老家，我坐在横梁上，几乎要冻僵。

那时的冬天，真冷啊，屋檐下永远挂着长短不一的亮晶晶的冰柱。

父亲突然停车，拉我到路边的沟里。

不知在哪儿找来玉米秆和树枝，迅速笼起一堆篝火，然后就离开了。

我坐在冬天一望无际的华北平原上，守着那一堆不大不小的篝火，听着树枝噼噼啪啪的响声，迷糊地睡着了。

等我睁开眼的时候，看见父亲递过来一个夹着满满的牛肉的烧饼。

那个感觉怎么形容呢？

那真是过年啊！满满的、厚厚的、干切的五香黄牛肉啊！夹在焦香的、烫手的、冒着热气的烧饼里啊！

四十年过去后，饮食极度丰盛的现在，我仍然认为干切五香牛肉夹在烧饼里才是顶级的美味！

117

回到老家，我的任务就是烧火。只要有火，我就省心极了。

可以从下午到晚上都守在地锅前，看着噼噼啪啪的火苗、灰白色的灰烬，心生喜悦。

那时候老家储存最多的东西就是柴。

玉蜀黍秆、棉花秆、芝麻秆、玉蜀黍芯，劈好成堆的木柴、树枝和锯成段的树干。

看着这些柴火，我都不想返城。

不过"喜欢"这个东西，不分时空，没有条件可以创造条件。

在城市里，我们一放学就去附近的工厂边上捡臭电池。

这种灰不溜秋遍布小孔的臭电池，用稀泥包好，捅开一个小眼儿，用火柴一点就冒出蓝色的火苗。

那时新乡夜市的小吃摊上，都是用臭电池灯照明。

我们附近当时有很多油毛毡。

这玩意儿易燃，火大，但是却掉了一滴油在我的右手背上，落下硬币大小的疤，很像中国地图。

城里没有柴火，我们就把木工房里的边角料偷出来烧火。

烤从南河边捡来的鸭蛋，鸭蛋总是被烧裂，流出白色的泡沫。

中学时有个同学说他家是新乡兔肉王，他的父亲还有名片，上面印着：要想瘦，吃兔肉；欲品野味香，请找兔肉王。

后来才明白，他家姓王。

我们偶尔拿了他家的兔子去渭河边烤，刚剥过皮的兔子是粉红色的，肉很细致，但并不香。

不过对于进入青春期的我们，兔子已不是重点，重点是逃课的刺激和与异性的接触。

我们把教室里坏掉的椅子拆开，在河边燃起篝火。

一群少男少女坐在河边围着篝火的一个个下午和夜晚,那不就是青春吗?

现在想起那些曾被火光映照着的青春的脸庞,依然清晰生动。

每个人都是那么不同,有的像干柴烈火,有的像外表冷漠内心火热的炭火,有的像站在外围独自燃烧与众不同的烟火……

烧火也是有讲究的。

诀窍之一是先易后难,易燃的放在最下面;诀窍之二是留出空间,木柴的搭放不是越多越紧越好,而是要蓬松、要通风,要让空气自由流动,这样火才烧得旺。

可是为什么,总是等我们明白一些事理的时候,那个事已经过去了,那个问题已经过去了,青春也已经过去了……

如今,有技术,缺柴啊!

推荐欣赏:

张镐《绘高宗御题范成大烧火盆行轴》,清,台北故宫博物院收藏。

徐廷琨《春节磨镜图》,清,英国伦敦大英博物馆收藏。

丁观鹏《太平春市图》,清,台北故宫博物院收藏。

文徵明《茶事图》,明,台北故宫博物院收藏。

团时根《松下煮羹图》,清,旅顺博物馆收藏。

高更《篝火舞》,1891年,以色列博物馆收藏。

列宾《篝火旁的驳船》,1870年,俄罗斯圣彼得堡列宾美术学院收藏。

拉图尔《油灯前的马格达丽娜》,17世纪,法国巴黎卢浮宫博物馆收藏。

路易斯·埃克托尔·勒鲁《维苏威火山爆发》,1881年,法国第戎美术馆收藏。

亚克瑟利·加伦·卡雷拉《西奥多·罗斯福狩猎之旅的篝火》，1909年；《皮特卡尼斯拉岸上的观火者》，1881年。

戈雅《围着篝火的男人》。

契加洛夫斯基《战地篝火》，1973年。

彼得·瑟弗林·科罗耶《斯卡恩海滩上圣约翰的篝火晚会》，1906年，私人收藏。

尼古拉·波格丹诺夫·贝尔斯基《围着篝火的少年》，约19世纪末。

保罗·塞鲁西埃《外面的火》，1893年，法国。

马格利特《火之地》，1947年，私人收藏。

拉斐尔《博尔戈的火灾》，梵蒂冈博物馆收藏。

伦勃朗《一个乞丐把手放在火锅上取暖》，荷兰阿姆斯特丹国家博物馆收藏。

爱德华·伯恩·琼斯《皮格马利翁与意象三：神火》，1868年，英国伯明翰博物馆和美术馆收藏。

莫扎特《G大调弦乐小夜曲》第四乐章。

五条人乐队《问题出现我再告诉大家》。

刺猬乐队《星夜祈盼》。

放炮

年三十的晚上,父亲总是在院子里上上下下地挂炮。搭上栏杆,绕过树枝,一直拉到大门口。

到了零点,他就开始喊我:"快来点炮啊!"

我总是磨蹭着,拖过了点才拿了火柴出去。

母亲催我一句,就不再说话。父亲举着鞭炮的一头,等我点着也回了屋。

那一挂鞭炮独自在院子里热烈喧闹。火光映在窗帘上,像一场电影。

然后全城都开始炸响,震耳欲聋。

新的一年,就这样到来了。

我不知道,为什么非要零点放炮;我不知道,为什么总要扫父亲的兴;我不知道,今年能不能考上大学;我不知道,自己到底想要什么。

但是,我知道,我一定要离开这个城市。

初二去姥姥家,大老远就看见院门口那棵高大的白杨树,一挂火红的鞭炮从树梢盘旋而下,蔚为壮观。

酒席摆好,人都到齐,姥爷才披着大衣出来,一只手拿着卷烟点着了那挂炮,大家站在院子里仰着头看。

纸屑纷飞,烟雾缭绕,火药芬芳。

然后,喝酒吃饭,打牌吵架,吹牛抽烟。

听说,从前家里买不起大炮。过年的时候,姥爷就用一支步枪挑了一挂小炮,站在院子里冲天放枪。

村里的小孩儿以为姥爷家放大炮,都跑进来捡。姥爷看他们上当了就哈哈大笑。

我见过那杆老枪,还在抽屉里翻出一盒金闪闪的子弹。

表叔喝醉了酒,拎了一盒二踢脚出来,用手拿着放。

"砰——啪!"

那是我认为最过瘾、最潇洒的放炮方式,可惜,我偷偷试了很多次,还是不敢放。

那一年,我终于考上了大学,离开了家。

后来,我在郑州大学路买了一个小房子。搬家的那一天,我下意识地买了一挂炮过去,在房子里点着了。

在房间里放炮,声音很响,我自己都吓了一跳。

我想起一直要给我买房子的父亲,他已经不在了,姥爷也不在了。

我突然发现,自己也慢慢地改变了。

清明节要回老家,鬼节要烧纸,过年要认认真真地贴春联,零点要准时放炮,初一早上放、中午放、初五、十五都要放。

有一年开始不让放炮了,我初一起个大早跑到万山顶上"噼噼啪啪"放了一挂炮,才觉得像个年样儿。

再后来,就真的没人放炮了。

2022年冬至那天晚上,我终于熬过了高烧,抗原转阴了,身上有了点力气,就裹了棉袄下楼散步。

小区里冷清清、空荡荡的。冷不丁听见花坛里一声炮响,几个小孩儿呼喊着跑开了。

啊,又要过年了!新的一年又来到了!

忽然就忍不住欢乐起来,很想像小时候一样,跑回家拉开抽屉翻出一挂小炮,拆开棉线抖下来装进兜里,点燃一支粗香,举着冲下楼去。

搁在铁皮罐头盒里放——咣!

插在墙缝儿里放——啪!

丢在水池里放——噗!

扔在半空放——砰!

…………

无论这一生,我们会经历多少痛苦欢笑,在鞭炮的热烈中,在火红的纸屑下,在火药的芳香里,我对不可知的未来依然充满了期待。

推荐欣赏:

顾正谊《开春报喜图》,明,台北故宫博物院收藏。

姚文瀚《岁朝欢庆图》,清,台北故宫博物院收藏。

丁观鹏《绘高宗御题范成大爆竹行轴》,清,台北故宫博物院收藏。

袁尚统《岁朝图》,明,北京故宫博物院收藏。

佚名《岁朝图》,北宋,美国弗利尔美术馆收藏。

佚名《弘历古装行乐图》,清,北京故宫博物院收藏。

周昉《人物卷》,唐,台北故宫博物院收藏。

冷枚《百子图》,清,北京故宫博物院收藏。

佚名《百子图》,南宋,美国克利夫兰艺术博物馆收藏。

佚名《百子图》,清,英国伦敦大英博物馆收藏。

郎世宁等《乾隆帝岁朝行乐图轴》,清,北京故宫博物院收藏。

戈雅《鞭炮队》,1812年,西班牙皇家圣费尔南多美术学院收藏。

奥斯瓦尔德·阿肯巴赫《那不勒斯的烟花》，1875年，俄罗斯圣彼得堡艾尔米塔什博物馆收藏。

索莫夫《烟花》，1922年，俄罗斯布罗德斯基公寓博物馆收藏。

惠斯勒《黑色和金色夜曲：降落的焰火》，1874年，美国底特律美术学院收藏。

勃拉姆斯《匈牙利舞曲第五号》。

爱德华·拉罗《西班牙交响曲》。

玛丽亚·亚瑞唐多 *Burning*。

下棋

有小半年时间，L总来找我下棋。

我每次都有取胜的可能并把这种可能寄希望于下一次。他总是问我："你确定要这样走吗？"我总是说："少废话，你快输了知道吗？"

终于有一天，他看我实在没有新的套路，就对我说了两个要诀：

一是多子胜。

所以每打一仗一定要算算战后的棋力对比，轻易不要动武。

二是孤子必杀。

子和子之间一定要互相照应，不能出现孤魂野鬼，一旦发现对方出现游兵散勇，要高度关注并立即组织兵力围剿击杀。

我听到这段话的瞬间整个后背都是凉的。

仿佛光着屁股在人家面前自嗨了半年，还总是兴得跟驴踢了一样。

原来人家有理论啊，完全不在一个段位上，这是个高手。

后来我进一步明白，L找我下棋并不是为了赢我，而是为了观察我在各种状态下的反应，有时候故意漏出破绽让我心头狂喜，然后又让我迅速掉入冰窖。

他喜欢看对手出现巨大的心理波动，或者稳操胜券时并不给对手致命一击，而是看着对手进退维谷陷入巨大的痛苦。

从此我坚决不再和他下棋。

有时候偶然看到他和别人下棋对方抓耳挠腮的样子，我忍不住劝说："你不要下了，他的目的不是赢你，而是折磨你！"

但是，谁会听一个臭棋篓子的话呢？

有一天，一个单位的象棋冠军找过来下棋，引起L的高度重视。

他跑出老远迎接，拉着胳膊说："老天爷呀！你咋来了？久仰大名啊！这可不行呀！你可得好好教教我呀！不行不行，我必须送你个差不多的小礼物，你可一定要收下啊……"

冠军估计被捧麻了，走路顺拐，踮着脚一飘一飘的，差点儿撞树上。

进屋落座，抽烟喝茶，对弈开始。

L全神贯注，高度紧张，很快就捏着下巴陷入长时间的思考，长到冠军从满脸慈祥关爱到微微疑惑到不解到惊诧到坐立不安到急得乱拧到开始思考人生……

L仍不动一子。

直到冠军要急了才把手按在棋子上，嘴里开始念叨：

"这样不行，这样难道行吗？你肯定觉得不行，不行不行，这是不行的，你说是不是不行？"

于是又把手拿回来放在下巴上。

那个明媚的下午，看他们下棋看得腿都麻了，我站起来伸懒腰时看到窗外的南瓜花在葡萄架上黄灿灿地夺目。

而屋里的冠军就像壶里滚开的水，很长时间都没有平静下来。

我似乎也体会到了看人，而不是看棋。

听说,最后冠军认输了。

此后不管谁问起,冠军都仿佛梦游一般摇着头傻笑:"厉害,厉害,这人真厉害!"

推荐欣赏:

周昉《内人双陆图》,唐,美国弗利尔美术馆收藏。

周文矩《重屏会棋图》,五代十国,北京故宫博物院收藏。

钱选《明皇弈棋图》,元,美国弗利尔美术馆收藏。

佚名《山居对弈图》,南宋,北京故宫博物院收藏。

吴昌硕《松溪对弈图》,清。

陈洪绶《华山五老图》,明。

李成《松下对弈图》,北宋,美国弗利尔美术馆收藏。

文徵明《东园图》,明,北京故宫博物院收藏。

陈枚《月曼清游图》,清,北京故宫博物院收藏。

索福尼斯巴·安圭索拉《画家姐妹下棋的肖像》,1555年,波兰波兹南国家博物馆收藏。

托马斯·伊肯斯《棋手》,1876年,美国纽约大都会艺术博物馆收藏。

卢卡斯·范·莱登《信使象棋》,1508年,德国柏林皇家博物馆收藏。

罗比内特·泰斯塔尔《爱情象棋劝诫书》,15世纪。

阿尔伯特斯·皮科特《下象棋的死神》,1480年。

吉尔伯特·斯图尔特《哈蒂和玛丽·莫里斯小姐》,1795年。

查尔斯·巴尔格《在阳台上下象棋》,1883年。

弗里德里希·雷茨施《棋手》,1831年。

约翰·拉维里《下象棋的红衣主教》,1900年。

狩野元信《琴棋书画图》,室町时代,美国纽约大都会艺术博物馆收藏。

古琴曲《广陵散》。

马克西姆《克罗地亚狂想曲》，钢琴。

京剧《过昭关》。

蒋先贵《兔子稽查队》。

斗地主

不知从什么时候开始,周围的人都在玩斗地主。

我的朋友L是个斗地主高手。

无论什么牌,经L纤细的手指捋过,都可以化腐朽为神奇。

大小、强弱、远近、取舍、进退、快慢,像巴赫的《哥德堡变奏曲》,节奏精准,步步为营,刀光剑影,赏心悦目。

他总是在对方胜利在望的时候突然伸出右手,说:"请等一下。"

这个手一伸出来,对家的小心肝儿基本就拔凉了,最不愿意看到的事发生了,估计当时砍人的心都有。

心存侥幸,是不行的;急于求成,是不行的;怨天尤人,是不行的;得意忘形,是不行的;喜形于色,是不行的;牌打不到自己手上就急得乱拧,是不行的。

"以上,都要纠正。"L说,"但是,你知道吗?不管吃多少亏,人都改不了自己的毛病!投机的还要取巧,急切的还会冒险,没有一点儿办法。"

只有大个子F是个例外。

据说他是电脑棋牌高手,但下场实战几番后就再也不打了。

每次喊他都是抿着嘴笑,头摇得跟拨浪鼓一样。

据我观察,L的目的不是打牌,他是要调控全场的。今天来的都是什么人什么脾气，谁喝什么茶抽什么烟，谁坐在了谁上手，灯光是否均匀，谁喜欢先摸牌，谁喜欢递眼神，每个人的心理预期是什么……大致做到心中有数，然后就根据现场情况随时出手调节。

有时候不该接的牌要接，有时候该接的牌要让，让每个人都心情愉快，输了牌但是感觉有收获，今天不过运气差了一点儿而已。

此等境界和能力简直让人叹为观止！

反正我是没有赢过，每次看见他买水果都害怕。我说你这水果也太贵了，总得让我赢一次吧。

L笑着给我点上烟，说："放心，看出来贵的都是最便宜的，你早晚行！"

是的，有L这话，我出去就轻松多了。

有一年公司组织旅游，在海拉尔坐绿皮火车到满洲里。

我们玩了一夜斗地主，我大获全胜。

老板高兴得把我肩膀都拍肿了，因为我俩是一伙的。

离开新乡前L请我吃饭并郑重地告诉我："任何时候输赢都不重要，重要的是机会。"

旅游结束回到郑州，老板把我叫到办公室问："去上海发展，有没有考虑过？"

于是我去了上海办事处并升职为总经理。

过年回新乡时，我下了火车就去找L。老远看见他居然披着大衣和几个老太太在家属院门口打牌。

那个下午我们在小酒馆里喝酒，他说院里的老太太真有意思，赢个十块八块就坐不住，不停说："该走啦，家里有客啊。"

L平时都是自己带水，但是输了反而冲路边的烟酒店喊：

"老板，来瓶绿茶！"

……………

L一直混迹于街巷，没有稳定的工作，但在我心里，他可真是个高手。

推荐欣赏：

周文矩《明皇会棋图》，五代十国，私人收藏。
周文矩《荷亭弈钓仕女图》，五代十国，台北故宫博物院收藏。
钱选《明皇弈棋图》，元，美国弗利尔美术馆收藏。
巴尔蒂斯《纸牌游戏》，1950年。
拉图尔《作弊的方片A》，17世纪，法国巴黎卢浮宫博物馆收藏。
塞尚《玩纸牌者》，1893年，法国巴黎奥赛博物馆收藏。
卡拉瓦乔《打牌作弊者》，1595年，美国金贝尔艺术博物馆收藏。
霍赫《玩扑克牌的人》。
古斯塔夫·盖尔伯特《牌局》，1880年。
德加《手拿纸牌坐着的科赛特小姐》。
毕加索《玩牌者》。
卢宾·鲍金《棋盘静物》，1630年，法国巴黎卢浮宫博物馆收藏。
杜尚《国际象棋对局》，20世纪前期，美国费城博物馆收藏。
约翰·拉维里《下象棋的女孩》，1929年。
雷米-弗西·笛卡尔《跟死神下象棋的医生肖像》，1793年。
哥特哈特·库尔《读牌者》，19世纪，私人收藏。
约翰·埃弗里特·米莱斯《玩牌》，1872年，英国伦敦泰特美术馆收藏。
巴赫《哥德堡变奏曲》。
Sting *Shape of My Heart*。
木马乐队《旧城之王》。

手工

春风再次吹拂大地，女儿说："你去买个风筝吧。"

我说："风筝还用买吗？我们小时候都是自己做的。"

女儿一愣，看着我，轻蔑地笑。

不信吗？我抄起菜刀，跑下楼。

小区里有一片竹林，一不留神就有笋尖从土地里钻出来。

我选了一枝挺拔的，出手三刀，竟砍不断！连掰带折，终于拿下，提回家中。

竖着往下劈，咦？刀往下一走就断，怎么回事？太细了。那就粗一点儿。不行，再粗一点儿，天哪，快指头粗了！

偷偷擦了一把汗，这和想象的不一样呀。

事已至此，骑虎难下了，往下走吧。

依着印象，扎成方形，两侧拴上棉线，减轻重量，以利于兜风。

找出去黄山旅游时买的宣纸，仔细糊好。女儿拿出画笔，涂了个五彩缤纷。

得！出去试试！

贾鲁河边有一大块草坪，女儿举着风筝，我拉着线开始跑。

我从南跑到北，从西跑到东，又斜着折返跑，风筝却飞不起来啊。

女儿已经笑得直不起腰,我也累得仰天长叹。

太沉了。

终于想起来,小时候扎风筝用的是竹帘上抽出来的竹篾儿,又细又薄又轻。

看起来简单的东西,做起来却并不容易啊。

而我这双摸手机的手,还有劳动能力吗?

我想起以前在厂里做工的小姑父,来家也不说话,看见墙角一块白铁皮,就蹲在院子里敲打起来。

那铁皮慢慢地弯曲、变形,午饭还没上桌,竟然变成了一个簸箕!

所谓巧人,就是这样吧。

细想起来,那时候家里的东西,除缝纫机外都是手工做的。

沙发是小张师傅花了三天时间打的。

整个周末我都蹲在旁边,看着那些凿子、刨子和木头纠缠不休。

尤其是那个墨斗,拉开轻轻一弹,就在新开的木板上印出来一条笔直幽香的墨线。

那是我理解的最美的线条。

那张沙发,拉开是一张床,再拉开是一个储物箱,一直用到我大学毕业。

现在,它还在老家的客厅里,只是,已经没有人坐了。

沙发前的小圆桌,也是姥爷请人做的。

黑漆油亮,可以当镜子。吃饭时用它,写作业时也用它。

桌子下面有个小抽屉,里面是橡皮、铅笔头、弹球、杏核、画片儿、队徽、万花筒、七巧板、一只蜻蜓标本、烟纸叠的三角……

简直是百宝箱啊!

里屋的蝴蝶牌缝纫机,是买的,被母亲誉为人类最伟大的发明。

母亲踩着它,做出了沙发套、门帘、我第一天上学背的书包和每年初一早上换的新衣服。

还有手织的毛衣,一直到现在,我都无法接受毛衣是可以买的这件事!

没想到,女儿居然无师自通地继承了母亲的光荣传统。

买回家的娃娃三下五除二就被扒光了,然后用一堆碎布头很快又整出一身娃娃衣服!

新买的牛仔裤一剪刀就剪开了,然后改成了裙子!

那小手,还真是麻利啊。

我总想着,如果有一天,我可以不用工作了,就去学木匠吧。

我的手,余生不能只消耗在手机上。

它应该再结实一些,再粗糙一些,在和木头的交流之间,再朴素一些,再平静一些,再简单一些,再满足一些。

这一天,可以早点儿来到吗?

推荐欣赏:

李嵩《水殿招凉图》,南宋,台北故宫博物院收藏。
李嵩《龙骨车图》,南宋,日本东京国立博物馆收藏。
朱玉《太平风会图》,元,美国芝加哥艺术博物馆收藏。
赵佶《摹张萱捣练图》,北宋,美国波士顿美术馆收藏。

张萱《捣练图》，唐，美国波士顿美术馆收藏。

詹姆斯·帕特森《风筝》，英国。

迭戈·里维拉《编织工》，1936年，私人收藏。

伦勃朗《木匠家庭》，1640年，法国巴黎卢浮宫博物馆收藏。

马克斯·贝克曼《有伐木工人的风景》，1927年，法国巴黎现代艺术博物馆收藏。

米莱《木匠工作室》，1849年，英国伦敦泰勒画廊收藏。

罗伯特·坎平《梅洛德祭坛画——中世纪的木匠约瑟夫》，1428年，美国纽约大都会艺术博物馆收藏。

梵高《带围裙的木匠》，1882年。

路易·勒南《铁匠铺》，1641年，法国巴黎卢浮宫博物馆收藏。

约翰·乔治·布朗《村里的铁匠》，美国北卡罗来纳州艺术博物馆收藏。

西斯莱《马尔利勒鲁瓦铁匠铺》，1875年，法国巴黎奥赛博物馆收藏。

籍里柯《铁匠的布告牌》，1814年，瑞士苏黎世美术馆收藏。

委拉斯凯兹《火神的锻铁厂》，1630年，西班牙马德里普拉多博物馆收藏。

詹姆斯·卡罗尔·贝克维恩《铁匠》，1909年，史密森尼美国艺术博物馆收藏。

约瑟夫·赖特《铁匠铺》，1771年，英国德比博物馆与艺术画廊收藏。

乔治·莫兰《蹄铁匠的店》，1793年，英国曼彻斯特美术馆收藏。

弗朗索瓦·邦文《铁匠铺》，法国，1921年。

爱德华·霍普《缝纫机前的女孩》，西班牙提森-博内米萨博物馆收藏。

卡尔·拉森《缝纫女工》，1913年，瑞典。

黑田清辉《针线活》，1890年，日本。

加布里埃尔·梅曲《编蕾丝的姑娘》,1661年,德国德累斯顿国家艺术收藏馆历代大师画廊收藏。

布格罗《编织女孩》,1869年,美国内布拉斯加州乔斯林艺术博物馆收藏。

拉尔夫·沃恩·威廉斯《云雀高飞》。

瓦尔德退费尔《西班牙圆舞曲》。

达闻西乐队《大都会》。

网球

最喜欢费德勒和瓦林卡的暴力单反，每次反手压制后的强行变线都让我热血沸腾，燃！

费德勒打球具有美学价值，他把网球这项运动升华了，不功利、不俗气、不投机，绝不会为了赢球降低标准。

纳达尔正手强，就打正手，瓦林卡反手强，就反手对反手，真的猛士，绝不妥协，正面刚。

即使是温网决赛，也是球球压着线打，贴着网放小球，果断网前截击，从来不为求稳而拖泥带水。

每个行当，都有人把自己的工作升华为艺术，费德勒就是这样的人。

他的衣品也不错，人又帅，自然招人喜欢。

网球是一项很过瘾的运动，跑动多、消耗大、发力充分，特别是夏天，打一场下来真是挥汗如雨。

早上打一场，浑身通透，一整天都红光满面。运动增加了身体的氧气，身体乏力有时候并不是睡眠不足，而是缺乏运动。

打一场网球，运动量正好，如果打到抢七，就是正正好。

我说的是双打，职业运动员单打打满五盘，那是什么体力？恐怖不？

2012年澳网男单决赛打了近6个小时，荡气回肠，叹为观止。

费德勒是不会搞这种事情的。

我也不会搞这种事情，单打估计半个小时就撑不住了。如果有那个体力，人生都可以重来。

作为爱好，双打是比较有趣的。回合多，变化多，有配合。

网前的人要稳准狠，看准机会，一拍搞定。就怕碰上那不稳不准不狠还乱蹦乱跳的，底线的队友就比较郁闷，不想打球，想打人。

得分的快感有这么几种：

反向。对手重心移动时把球打到另一侧，近在咫尺，无可奈何。

截击。底线压制后网前截击，直接判死刑。

高压。放过前场的高球是不能容忍的，必须重炮高压。

穿越。瞄准空当，直接穿越对手。

发球。连续发球得分对手会崩溃的。

小球。网前放小球是神来之笔，常规中制造意外，对手只能被动上网，悲催的是跑到了、救成了，你再把球打到后场。

边线。压着线打，左边右边来回打，打得对手疲于奔命，最后叉着腰放弃。

最强烈的快感是，对手使尽以上招数居然没把你打死，被你反转了！

这种神仙球是回味无穷的，会在相当长的时间里不断冒泡，带给你一阵又一阵的快感，坐公交车都会坐过站。

有什么比快乐更重要呢？

高铁东站附近的绿化带里，有两块网球场，周围都是树，榆树、杨树、银杏树、楸树，枝叶繁茂，鹊鸟成群。

蓝蓝的天空上，有白云朵朵，有飞机飞过，来来往往，看上去很美。

推荐欣赏：

张为邦、姚文瀚《冰嬉图》，清，北京故宫博物院收藏。

金廷标《冰戏图》，清，北京故宫博物院收藏。

雅克·路易·大卫《网球场的誓言》，1789年。

西奥·范里斯尔伯格《在图恩的网球比赛》，1889年，佳士得拍卖会。

艾里克·拉斐留斯《网球（三联画，右翼）》，1930年。

维利·鲍迈斯特《网球》，1933年。

利奥波德·弗朗兹·科瓦尔斯基《打网球》，约19世纪末。

路易斯·利奥波德·布瓦伊《桌球》，1807年，俄罗斯圣彼得堡艾尔米塔什博物馆收藏。

小大卫·特尼尔斯《箭术比赛》，1645年，西班牙马德里普拉多博物馆收藏。

克里斯托弗·艾克斯伯格《兰格布洛桥，哥本哈根，在月光下与跑步的人们》，1836年，丹麦国家美术馆收藏。

瓦西里·瓦西里耶维奇·韦雷什查金《奥林匹克运动会》，1860年，乌克兰基辅艺术博物馆收藏。

卡耶博特《赛艇》，1878年，法国雷恩美术馆收藏。

西斯莱《莫雷塞的赛艇日》，1879年。

托马斯·艾金斯《单艇上的马克斯·施密特》，1871年，美国纽约大都会艺术博物馆收藏。

让·乔治斯·贝劳德《击剑运动员》，私人收藏。

多梅尼奇诺《射箭比赛》，1616年，意大利罗马博尔盖塞博物馆收藏。

康定斯基《带有弓箭手的风景》，1990年，美国纽约现代艺术博物馆收藏。

亨利·雷本《弓箭手》，1789年。

马克思·利伯曼《海边的网球比赛》，1901年，私人收藏。

马奈《槌球派对》，1871年，美国纳尔逊-阿特金斯艺术博物馆收藏。

夏布里埃《西班牙狂想曲》。

莫扎特《小夜曲》。

超载乐队《生命是一次奇遇》。

足球

　　1990年的夏天，趴在渭河边教工宿舍的窗户上，我第一次看见了马拉多纳。

　　那一个神奇的夜晚，对我来说至少发生了三件事情：

　　一是开始爱上足球。

　　二是开始成为阿根廷队的铁粉。

　　三是开始爱上音乐。

　　阿根廷的足球是这样的，此战可败，但要输得漂亮，饿死事小，失节事大。

　　对阵英国，对阵荷兰，对阵德国，对阵意大利……这些来自潘帕斯草原的足球健儿奉献着一个又一个经典时刻。

　　拒绝平庸，遇强则强。绝不掩饰缺点，哪怕付出代价。

　　阿根廷队在揭幕战上就付出了代价，但是又如何？

　　失败挡不住我对他们的喜欢，就像那首《意大利之夏》，直接颠覆了我对音乐的理解，歌还能这样唱啊！让人浑身发麻，浑身发麻，浑身发麻！

　　一直到数年后中国摇滚乐横空出世，才接上了这个感觉。

　　那个群星闪耀的夏天：马拉多纳携左右翼"风之子"卡尼吉亚和布鲁查加，德国三驾马车，荷兰三剑客，金毛狮王和疯子门神伊基塔，强大的意大利后防线……

2021年底，看了意大利导演保罗·索伦蒂诺的影片《上帝之手》，才知道马拉多纳当年转会到那不勒斯，给那个海湾城市，给那一代年轻人，带来了多么巨大的影响。

这部电影拍的是导演的青春，成长的体验。他肯定不知道，同样的年代，马拉多纳不仅影响了地中海边的他，也影响了渭河边的我。

几年后，巴蒂斯图塔继承了阿根廷足球的光荣传统，并演绎出崭新的暴力美学。

他像是从希腊雕塑里走出来的，披上佛罗伦萨的战袍，在亚平宁半岛掀起紫色风暴。

谁都知道他什么时候起脚，谁都知道他向哪个方向踢，可谁都挡不住他的进球。

在绝对的力量面前，任何技巧都不值一提。

重剑无锋，闻风丧胆，所向披靡。

佛罗伦萨人为他疯狂并竖起战神雕像。

他几乎把自己的全部献给了佛罗伦萨，但在职业生涯后期，为了冠军奖杯，他忍痛转会罗马。

我至今记得罗马夺冠那一刻，他赤裸着上身在托蒂的搀扶下走出草坪，像一匹受伤的野狼，像希腊神话里的英雄，他掩面而泣，不知悲喜。

再往后，上天居然又给了阿根廷一个梅西！天赋这种事，你只有努力过才知道，没有天赋再练也白搭。

可惜梅西是天才，不是王。

现代足球，缺王。

2001年,我婚后买的第一件电器是电视机,就为了看十强赛。

那是我看过的,最好的中国队。

那么自信,那么从容,那么精神,后防稳固,边路强悍,锋线犀利,那是王者之师啊。

为什么只是昙花一现?为什么大多数时间我们只能长吁短叹?

2006年的一个夜晚,我在南京东郊宾馆的房间里,百无聊赖。突然就听到一个声嘶力竭的声音:

"点球!点球!点球!格罗索立功啦!……伟大的意大利的左后卫……法切蒂、卡布里尼、马尔蒂尼在这一刻灵魂附体!……在这一刻,他不是一个人在战斗!他不是一个人……球进啦!比赛结束啦!……意大利万岁!"

这段惊世骇俗的天才解说,就像第一次听到《意大利之夏》那样,我整个人都炸了!

有时候,人生的绽放就是一瞬间,长期地积淀,阶段性地爆发。

那个瞬间是如此迷人,像金色的阳光穿透云层,像夜空中炸开烟火。我们不要惧怕孤独,不要惧怕痛苦,那都是为了迎接生命中闪闪发光的时刻。

推荐欣赏:

马远《蹴鞠图》,南宋,美国克利夫兰艺术博物馆收藏。
钱选《宋太祖蹴鞠图》,元,上海博物馆收藏。
商喜《明宣宗行乐图》,明,北京故宫博物院收藏。
杜堇《仕女图卷》,明,上海博物馆收藏。
苏汉臣《长春百子图》,北宋,台北故宫博物院收藏。

铜蹴鞠图案印，西汉，北京故宫博物院收藏。

蹴鞠纹青铜镜，宋，中国国家博物馆收藏。

黄慎《蹴鞠图》，清，天津博物馆收藏。

毕加索《足球》，1961年，加拿大温哥华查理洛索艺术机构收藏。

劳伦斯·斯蒂芬·洛瑞《去看球》，1923年。

亨利·卢梭《足球运动员》，1908年，美国纽约古根海姆博物馆收藏。

托马斯·韦伯斯特《足球赛》，1839年。

托马斯·M.M.赫米《桑德兰对阵阿斯顿维拉》，1895年。

翁贝托·博乔尼《足球运动员的活力》，1913年。

威廉·雷金纳德·豪·布朗恩《温布利》，1923年。

伊丽莎白·汤普森《洛斯战斗中的伦敦爱尔兰中士》，1916年。

皮特·爱德华兹《博比·查尔顿》，1991年，英国国家肖像馆收藏。

贝多芬《第九交响曲》。

乔吉奥·莫罗德尔、吉安娜·南尼尼《意大利之夏》。

麦当娜《阿根廷别为我哭泣》。

洗澡

如果大雪纷飞了整夜，如果窗外只有洁白，在这个周末的早上，还有比泡澡更值得做的事吗？

郑州的郊外都有温泉。

早上人少，挑一个中意的泉池，从冰天雪地的冷冽中进入那可以承受的滚烫、灼热，浑身的毛孔瞬间惊醒，抗拒、忍耐、适应、舒适、柔滑、酣畅……

此时方得睁眼，看池边淡雪覆盖的青石，草地上黄大仙走过的脚印，墙头清晰的树枝上高高地挂着几颗红柿子，一只喜鹊在枝头跳跃，又飞来一只，北方冬季天空是湛蓝色的，中式屋檐下的风铃响起叮当声。

身体已彻底苏醒了，人也仿佛焕然一新，这时换一个温度低一些的池子，则更加轻松、惬意、爽快。

这时，听柴可夫斯基的《花之圆舞曲》吧。

让我们在片片雪花中，静听一曲冬天的高贵。

让我们在雪夜的篝火旁，回味曾经温暖的时光。

20世纪，工厂的澡堂，人挤人，人挨人，像沙丁鱼罐头。

澡堂固定时间开放，人们都在统一的时间洗澡。

那时的房子也是统一的，家具也是统一的，吃饭、上学、看病、看电影，都是统一的。

街上的澡堂，条件好一些。

北关澡堂的大屋里，有个几乎一人高的铁炉子，整个冬天都烧得通红。

周六的上午,我喜欢搭一条毛巾,坐在这个大铁炉旁边,看人们喝茶、抽烟、打牌,说着谁又去了南方。

大学路和陇海路交叉口,从前有一个北京饭庄,除了经营饭店,还开着一个澡堂。

澡票五块钱一张,含一个单独的床位。

赶上发工资我就买一些澡票放在家里,周末撕一张拿着去洗澡。

澡堂很干净,暖气管里滋滋地冒着白汽,床上铺着洁白的床单。

加五块钱就有个小伙子来捶背。

长期伏案工作的我经常肩颈酸痛,那一通迷踪拳下来,舒服得无以言表。

可惜,那时候经常是五块钱也舍不得花的,就抽支烟听捶背的声音。

那节奏,听着舒坦!

伊河路有个澡堂叫含羞草,里面扬州师傅的搓澡技术是一绝。

有一次正搓着我感觉不对劲,睁眼一看,大师傅巡岗,亲自下手按着我给一众精壮的小师傅示范。

不知这些小伙子是否还记得我曾经如此坦诚地为他们做过道具。

突然间,澡堂就升级换代了。

佰金瀚、大浪淘沙、水世界、加勒比海、鼓浪屿、热带雨林、金海岸……

澡堂之豪华,有点儿古罗马或者是土耳其的感觉。

法国画家热罗姆热爱东方文化,绘制了大量以土耳其浴室及宫女沐浴为主题的画作，在巴黎展出后轰动一时。

洗澡这件事，也变得不再简单了。

有一年除夕夜，几个朋友约着去澡堂打牌，谁知开车跑了大半个郑州竟找不到一家澡堂，全部爆满！

只要有更好的消费场景，这个社会，从来都不缺钱。

但是我坐在温泉池里，还是很怀念那个烧火炉取暖的澡堂。

那时的我膝盖还好、思想简单，我常常盯着通红的火炉，对即将展开的世界和班里新来的女生都充满了好奇。

转眼，往事如烟。

推荐欣赏：

顾见龙《贵妃出浴图》，清，美国克利夫兰艺术博物馆收藏。

佚名《浴婴仕女图》，宋，美国弗利尔美术馆收藏。

佚名《浴禽图》，明，美国费城艺术博物馆收藏。

李迪《禽浴图》，南宋，台北故宫博物院收藏。

林庭珪《五百罗汉之洗濯图》，南宋，美国弗利尔美术馆收藏。

安格尔《泉》，1830—1856年，法国巴黎奥赛博物馆收藏。

热罗姆《后宫露台》《摩尔浴》。

雷诺阿《大浴女》，1887年，美国费城艺术博物馆收藏。

夏尔·格莱尔《沐浴》，19世纪，法国巴黎奥赛博物馆收藏。

塞尚《大浴女》，1906年，美国费城艺术博物馆收藏。

马蒂斯《沐浴者》，1909年，美国纽约现代艺术博物馆收藏。

高更《沐浴的塔希提女子》，1892年，美国纽约大都会艺术博物馆收藏。

德加《盆浴》，1886年，法国，法国巴黎奥赛博物馆收藏。

弗拉贡纳《浴女》，1765年，法国巴黎卢浮宫博物馆收藏。

劳伦斯·阿尔玛·塔德玛《古罗马温水浴室》，1881年，英国桑莱特港利弗夫人美术收藏馆收藏。

克鲁埃《沐浴中的贵妇》，1571年，美国国家美术馆收藏。

弗雷德里克·莱顿《沐浴的普赛克》，1890年，英国伦敦泰德画廊收藏。

伦勃朗《河中沐浴的亨德里契娅》，1654年，英国国家美术馆收藏。

卡萨特《洗澡》，1892年，美国芝加哥艺术学院收藏。

爱德华·约翰·波因特《系头带》，1884年，英国皇家艾伯特纪念博物馆收藏。

柯罗《沐浴中的戴安娜与同伴》，1855年，法国波尔多美术馆收藏。

米勒《沐浴的放鹅少女》，1863年，美国巴尔的摩沃尔特斯美术馆收藏。

安格尔《土耳其浴室》，1862年，法国巴黎卢浮宫博物馆收藏。

桥口五叶《沐浴》，1920年。

卡萨特《浴后》，1901年，美国俄亥俄州克利夫兰艺术博物馆收藏。

布歇《维纳斯之浴》，1751年，美国国家美术馆收藏。

华金·索罗拉《马浴》，1909年，西班牙索罗拉博物馆收藏。

柴可夫斯基《花之圆舞曲》。

海顿《D大调第101交响曲》。

子曰乐队《相对》。

看书

看书须大风天。

窗外北风怒吼，野猫号哭，树叶挣扎着放手，无奈告别树枝。

这样的天，看书最为相宜。

要有一把合适的椅子，不能太硬，也不宜太软，上选是藤椅。椅背不要太直，也不要太平，60度就好。

用最大号的茶缸泡一缸毛尖，放在伸手即可拿到的地方。

这个地方再放点占嘴耐吃耐嚼的东西，比如瓜子、牛肉干、炸虾片、鸭脖、甘蔗、桶子鸡爪，如果有一盘南阳的干切牛腱，那就太好啦。

我有个家在广西的同学，他家做的花生不知用了什么方法，硬得跟石头蛋一样，吃一把累得腮帮子疼。不过越嚼越香，拿来伺读一定很不错。

如果到了深夜，躺在被窝里，一手拿书，一手拿一块死面干饼慢慢啃，也相当满足。

我的第一本书，就是在被窝里看完的。

至今记得1986年那个星期天下午，我在新华书店挑选了人生中的第一本书——《杜里特航海记》，母亲毫不犹豫地付了钱。

我是多么渴望在那个年纪能够遇到杜里特医生啊！直到人到中年才明白，人生只能靠自己一步一步摸索呢。

接下来是《林中水滴》，普里什文就像森林诗人，带着我走进植物和昆虫的世界。

在工厂图书室里借阅了凡尔纳的《地心游记》，同学间传阅了《天涯明月刀》，从表姐抽屉里偷拿来看了《我是一片云》，小学基本就结束了。

武侠和言情各看了一本，都不错，但是基本不再看了，我对此兴趣不大。

琼瑶那种哭天喊地死去活来的爱远没有王朔对爱的描述动人，"我面无表情地望着她——我已经无法作出任何表示了，连笑一下也是不可能的，另有一种东西还是自由的，它从我眼中流出，淌过我毫无知觉的面颊，点点滴在那只向我伸来的美丽的手……"

我至今能一字不差地背诵这段《永失我爱》的结尾。

在每星期只有20元生活费的中学时代，我居然攒下钱买了一套《王朔文集》。在此后长达三十年的时间里，中国的很多影视作品在不同程度地消费王朔。

我觉得王朔一定受了海明威的影响，他们作品里的主人公，骨子里的气质是相同的。

《永别了，武器》里的亨利和《一半是火焰，一半是海水》里的"我"，有什么不同呢。

知青文学也看了一些，比较喜欢阿城的《棋王》《树王》《孩子王》，张贤亮的《男人的一半是女人》《绿化树》，叶辛的《蹉跎岁月》。

好的文学，蕴含着强大的精神力量，在不同时期给人以巨大的鼓舞。

大学时迷恋南美魔幻现实主义，《霍乱时期的爱情》荒诞背后那么真挚热烈的爱。迷恋一个人，有什么办法，《了不起的盖茨比》也呈现了这种近乎病态又如此动人的迷恋。

工作后一口气读完三大本《静静的顿河》，才知道历史早已掰开揉碎，面目全非。

而《战争哀歌》让我惊讶越南竟有这么好的战争文学，简直可比海明威啊。

中年后在一个深夜里读完《许三观卖血记》，突然觉得这半生的所有人和事，都可以原谅了。

比较怀念的还是郑州粮食学院的图书馆，那是大学生活中最值得珍惜的部分，不分门类，如饥似渴。

《时间简史》《金刚经》《中国人史纲》《怪诞行为学》《长恨歌》《牡丹亭》《道德经》《乌合之众》《源氏物语》《作为意志和表象的世界》《一九八四》《儒林外史》《百年孤独》《老子他说》《飘》《俄罗斯美术史》《追风筝的人》《美食家》《十日谈》《吾国与吾民》《美国大城市的死与生》……

有趣的是，像《少年维特之烦恼》《挪威的森林》这种谈恋爱的书，年少时并不喜欢，年长时却感动得一塌糊涂。

《不能承受的生命之轻》这种书最好不要看，因为看完此书就基本断绝了我写作的想法。

不得不坦白，《瓦尔登湖》这本书，我从来没有看完，几次打开，几番放弃。可见一个人真要沉下心来，哪有那么容易！

我从来不愿、不敢承受生命中痛苦的部分，从来都没有那个勇气，所以只是随波逐流罢了。

如今的书,漂亮的多,可读的少,能量太低。

面对成堆的书,却经常无书可读,没有拿到《杜里特航海记》时那种如获至宝的感觉。眼看窗外北风欲狂,实在烦恼。

推荐欣赏:

宋摹本《杨子华北齐校书图》,宋朝,美国波士顿美术馆收藏。

刘松年《山馆读书图》,南宋,北京故宫博物院收藏。

赵左《秋山读书图》,明,湖北省武汉市文物商店收藏。

蒋嵩《渔舟读书图》,明,北京故宫博物院收藏。

夏圭《梅下读书图》,南宋。

石锐《朱买臣负薪读书图》,明,美国弗利尔美术馆收藏。

盛懋《映雪读书图》,元,英国伦敦大英博物馆收藏。

沈周《山居读书图》,明,南京博物院收藏。

陈洪绶《饮酒读书图轴》,明,上海博物馆收藏。

马远《江荫读书图》,南宋。

萧云从《雪岳读书图》,明,北京故宫博物院收藏。

杜堇《伏生授经图》,明,美国大都会艺术博物馆收藏。

毕加索《读书》,1932年,私人收藏。

德尔菲恩·恩霍拉斯《窗边阅读的女人》,1930年,法国。

威廉·马尔雷迪《十四行诗》。

马库斯·斯诺《故事的结尾》,1900年。

弗拉戈纳尔《读书少女》,1785年,瑞士温特图尔奥斯卡·莱因哈特收藏馆收藏。

伊凡·尼古拉耶维奇·克拉姆斯柯伊《读书的女子》,1863年,俄罗斯莫斯科特列季亚科夫画廊收藏。

韦登《读书的马格达莱纳的玛利亚》,1435年。

雷诺阿《正在读书的年轻女子》,1876年,法国巴黎奥赛博物馆收藏。

洛德·莱顿《阅读》，1877年，英国利物浦萨德利艺术博物馆收藏。

苏里柯夫《缅希柯夫在别留佐夫镇》，1883年，俄罗斯莫斯科特列恰柯夫美术馆收藏。

马斯奈《泰伊思冥想曲》。

肖邦《降b小调夜曲》。

巴赫《勃兰登堡协奏曲 第五号》。

老鹰乐队 *Hotel California*。

赶集

　　苏汉臣的《货郎图》，让我第一次感觉到历史的温度。

　　你看那男女鞋帽、花纸糖人、针头线脑、小风车、拨浪鼓、糖葫芦、花灯笼、镰刀、锄头、算盘、琵琶、竹筐、漏斗、菜刀、秤砣、食盒、酒壶，竟然还有手套!

　　举着一枚铜钱跑来买东西的小儿憨态可掬，和今天集市上的小孩儿又有什么两样!

　　现在也偶尔还能见到骑车卖货的大叔，只是货品远不如宋朝丰富。

　　是的，今天有大大小小的超市、高档漂亮的购物中心、精致温馨的便利店，但那种走街串巷的小买卖，路边的地摊，跳蚤市场、集市、庙会，却有着无法替代的吸引力，就像漫山遍野的野菊花，令人仿佛站在秋日的暖阳里，天然喜悦。

　　我最不能忘的，是老家胡同里传来卖碎牛肉的声音，那是让人把持不住的欢乐。

　　还有小学门口的胖老婆，一放学就看见她推着小车过来，卖粉红色的圆圆脆脆的鸡蛋饼，一分钱一个。

　　如果能在她的口袋里摸出红色的弹球，就能免费抹上一分钱的糖稀!

　　而过年的庙会，是一切民间活动的高潮。

　　买一串冰糖葫芦，吃一碗炒凉粉，看一会儿耍猴，啃一截甘蔗，扔几个套圈……

（看看宋朝的那些风俗画，有什么不同呢？）

我最喜欢的游戏是射击打气球。

拉开枪栓的声音多么清脆悦耳，填装铅弹的心情又是多么充满期待啊!

有一年我在雁鸣湖的庙会上，看见一个摊主把易拉罐一层一层堆成三角形，用篮球从远处滚，如果撞倒易拉罐就算赢。

我心想：这不是送礼吗？

我急忙交钱滚动篮球，谁知竟然不中!

有一次明明撞到了却没倒，好不奇怪!

悻悻离开时无意碰到易拉罐，竟也不倒!

朋友扯着我低声说："那里面灌满了水泥，能倒吗？"

乖乖，第一次明白，这是江湖啊，哼哼哈嘿。

工作后，过年回家第一件事就是赶集。

走在集市上，兜里装着瓜子，手里拿着甘蔗，边逛边吃，看着生机勃勃的人间烟火，感觉浑身的血脉都通了。

就在这样的集市上，老家的大哥大嫂，每天骑着三轮凌晨四点出发，披星戴月，赶集卖鞋。

一双只卖20元钱，就靠卖鞋，养大了一双儿女，供他们上了大学!

他们身边都是这样的普通人家。

他们像蜜蜂一样勤劳，吃着简单的食物，穿着朴素的衣服，无怨，乐观。

他们用他们身上散发出来的光辉照耀着我们的来路。

推荐欣赏：

苏汉臣《货郎图》，北宋，台北故宫博物院收藏。

崔子忠《货郎图》，明，英国伦敦大英博物馆收藏。

朱玉《太平风会图》，元，美国芝加哥艺术博物馆收藏。

丁观鹏《太平春市图》，清。

谢时臣《风雨归村图》，明，美国克利夫兰艺术博物馆收藏。

佚名《杂剧卖眼药图》，南宋，北京故宫博物院收藏。

仇英《清明上河图》，明，辽宁省博物馆收藏。

徐扬《姑苏繁华图》，清，辽宁省博物馆收藏。

佚名《江帆山市图》，宋，台北故宫博物院收藏。

姜隐《货郎图》，明，美国弗利尔美术馆收藏。

玛丽安·凡·威若肯《卖东西的老人》，1910年，俄罗斯。

莫奈《嘉布遣大道》，1873—1874年，美国堪萨斯城纳尔逊艺术博物馆收藏。

库尔贝《集市归来》，1850—1855年，法国贝桑松考古和艺术博物馆收藏。

韦尔莫什·奥鲍·诺瓦克《特兰西瓦尼亚集市》，1938年，匈牙利。

约翰·弗里德瑞克·莱维斯《阿拉伯人集市》。

彼得·勃鲁盖尔《农民赶集的风景画》，1598年。

布格罗《从市场回来的女孩》，1869年，法国。

保罗·塞鲁西埃《森林里的四个年轻人》，1892年，日本国立西洋美术馆收藏。

温斯洛·霍默《家，甜蜜的家》，1863年，美国国家美术馆收藏。

喜多川歌麿《妮瓦卡表演：伊玛森·科甘内》，1795年，美国洛杉矶艺术博物馆收藏。

葛饰北斋《相州仲原》，1830年，日本。

若阿钦·伯克拉尔《集市》，16世纪，荷兰阿姆斯特丹国家博物馆收藏。

大卫·芬克博恩斯《乡村集市》，17世纪，比利时皇家美术馆收藏。

凯特尔贝《在波斯市场上》。

贝多芬《F大调第五小提琴奏鸣曲》。

西蒙、加芬克尔《斯卡布罗集市》。

郑钧《阿诗玛》。

看电影（1）

我这辈子最不擅长的事，就是演戏。吃亏于此，也沾光于此。

曾经有一次上台的机会，导演让我演一排树中的一棵，站在舞台边上，有人喊刮风就跟着摇晃即可。

容易吗？可把我难为坏了！手足无措原来是形容我啊，最后导演把我换下去时都惊讶不已："不就是一棵树吗？不至于吧，怎么还满头大汗呢！"

我的表演生涯到此结束。

那天从舞台上下来坐到观众席上，看着灯光下排练的同学，感到前所未有的轻松。

那一刻我才明白，喜欢和做不是一回事。只是喜欢，就很好。

我喜欢那些排练间隙裹着军大衣结伴走来走去的女生，有一种无法形容的美。

我喜欢一个人坐在观众席上，看银幕上不一样的人生。

我喜欢廖凡在《白日焰火》里的舞蹈。如果你懂得一个中年男人的困顿，就会明白为什么那个时候要跳舞。

那是一个很强的力量，只有跳舞才能释放。

同样的神来之笔来自米科尔森，他在《酒精计划》片尾的封神之舞。

好演员就是这样，总是会死死地拿捏住情绪的爆点,瞬间甩出亮瞎眼的王炸。

比如北野武在《圣诞快乐,劳伦斯先生》的片尾动人的微笑。

比如周润发在《秋天的童话》的结尾面对不期而至的钟楚红时,脸上那动人的微笑,同时又像迎接每一位客人一样克制:"Table for two?"

比如姜文在《寻枪》结尾的极致大笑。

比如《低俗小说》里毫无来由的"扭扭舞",昆汀美学,经典不需要理由。

比如《老枪》里的男医生在复仇后开车下山时突然抑制不住地哭泣。

比如黄政民在《当男人恋爱时》里得知自己身患绝症后,对父亲的大段告白和交代。

比如葛优在《霸王别姬》里精彩绝伦的出庭辩护。

比如加里·奥德曼在《这个杀手不太冷》里狰狞又优雅的炸裂屠杀。

比如安东尼·霍普金斯在《沉默的羔羊》里穿透一切的眼神。

比如汉斯·兰达在《无耻混蛋》的农夫小屋中,文雅又恐怖的大篇幅台词。

比如阿尔·帕西诺在《闻香识女人》里光芒万丈的舞蹈。

比如阿德里安·布洛迪在《钢琴家》里被德国军官发现后那段震撼人心的演奏,那是肖邦的《g小调第一叙事曲》。

比如汤姆·汉克斯在《荒岛余生》里,重回文明社会后站在十字路口的迷茫。

比如张曼玉在《甜蜜蜜》里,经历过人生种种际遇后,和黎明在纽约重逢时的粲然一笑。

比如梁朝伟在《阿飞正传》片尾的出场……

这些时刻是如此惊艳，只需看过一眼，就再也忘不掉。

我常常坐在黑暗里想，有些人真的天生就是演员。他们人生中最光彩夺目的部分就是表演中的一个个瞬间。

这些瞬间穿越时空，带给我们不可抑制的感动。

推荐欣赏：

顾恺之《女史箴图》，晋，英国伦敦大英博物馆收藏。

顾闳中《韩熙载夜宴图》，五代十国，北京故宫博物院收藏。

赵佶《摹张萱捣练图》，北宋，美国波士顿美术馆收藏。

佚名《歌乐图》，南宋，上海博物馆收藏。

周文矩《合乐图》，五代十国，美国芝加哥艺术学院收藏。

仇珠《女乐图》，明，北京故宫博物院收藏。

文徵明《湘君湘夫人图》，明，北京故宫博物院收藏。

大卫·霍克尼《泳池与两个人像》，1972年，英国。

亨利·雷本《滑冰的牧师》，1784年，英国苏格兰国立美术馆收藏。

爱德华·霍普《夜莺》，1942年，美国芝加哥艺术博物馆收藏。

维米尔《戴珍珠耳环的少女》，1665年，荷兰海牙莫瑞泰斯皇家美术馆收藏。

伦勃朗《夜巡》，1642年，荷兰阿姆斯特丹国家博物馆收藏。

威廉·马尔雷迪《十四行诗》。

委拉斯凯兹《教皇英诺森十世肖像》，1650年，意大利罗马多利亚潘菲利美术馆收藏。

拉图尔《蓬帕杜侯爵夫人像》，法国巴黎卢浮宫博物馆收藏。

达·芬奇《抱银鼠的女子》，15世纪末，波兰恰尔托雷斯基博物馆收藏。

安东内洛·达·梅西纳《圣母领报》，1465年，意大利巴勒莫国家美术馆收藏。

拉斐尔《拉斐尔自画像》，1506年，意大利佛罗伦萨乌菲齐美术馆收藏。

约翰·辛格·萨金特《X夫人》，1884年，美国纽约大都会艺术博物馆收藏。

安迪·沃霍尔《玛丽莲·梦露双联画》。

弗里达·卡洛《两个弗里达》，1939年，墨西哥现代美术馆收藏。

华托《意大利喜剧演员》，1720年，美国国家美术馆收藏。

肖邦《g小调第一叙事曲》。

詹姆斯·霍纳《燃情岁月》。

威尔第《善变的女人》（《弄臣》第三幕）。

Beyond乐队《灰色轨迹》。

看电影（2）

看到周润发在《英雄本色》里用假钞点烟的那一刻，我的青春也被点燃了。

是的，我清楚地记得，那时从录像厅里出来，在阳光晃眼的北街上，D突然搂着我的肩膀说："你知道吗？从今天开始发生了一个变化。"

"什么变化？"

"我们变成了兄弟。"

…………

"兄弟，"D指着并不太长的北街说，"以后这条街就是我们的了。"

…………

虽然，那条街从来没有属于过我们，但是D那时的眼神，是多么的有光彩啊。

那是港片的鼎盛年代，哪个女生能抵挡《天若有情》里骑着摩托车流着鼻血的华仔呢？哪个男生能不为《纵横四海》里坐着轮椅跳舞的发哥疯狂呢？

当青春的热血渐渐冷却，猛然发现人生只能靠自己努力时，给我最大力量的却是一部电视剧——《北京人在纽约》。

我在关虎屯的出租屋里，一遍又一遍地从王起明的奋斗中汲取力量，靠着最初每周80元的薪水在郑州生存了下来。

印象里，催人奋进的片子还有《肖申克的救

赎》《勇敢的心》《美丽人生》《莫娣》《活着》《百万美元宝贝》《桥》《横空出世》《小鞋子》《芙蓉镇》《辛德勒的名单》《中央车站》《国际市场》《蒂凡尼的早餐》《阳光灿烂的日子》，以及周星驰在《喜剧之王》里对着大海喊"努力，奋斗……"的片段。

有梦想的人是打不倒的。

周星驰的电影为什么被20世纪90年代的大学生追捧？因为身处极速变化、飞快向前的社会，一切都来不及思考，他们已没有20世纪80年代的理想，也没有更年轻一代的现实，他们的人生需要解构，需要自嘲，需要解释。

想不通的时候，无路可走的时候，就像阿甘一样奔跑。人生是停不下来的，只有奔跑，才能发现新的道路。

跨世纪的那一年，人们对未来充满了期待，也有一些不安。千年虫究竟会怎样？我们从哪里来？到哪里去？时间的尽头是什么？

在这之后，强烈的好奇心让我的片单覆盖了如下的影片，包括《E.T.外星人》《2012》《第六感》《后天》《恐怖游轮》《致命魔术》《源代码》《彗星来的那一夜》《盗梦空间》《星际穿越》《阿凡达》……

这个世界足够神奇，保持敬畏，保持多元，不能非此即彼，不能钻牛角尖。

更让我感到神奇的，是随着年龄的增长而不断体会的人性的复杂。因此，我的片单再一次发生了变化：

《重庆森林》《东邪西毒》《现代启示录》《杯酒人生》《霸王别姬》《高地战》《罗生门》《美国往事》《小偷家族》

《新世界》《我们的父辈》《拯救大兵瑞恩》《战马》《寄生虫》《杀死比尔》《地下》《安阳婴儿》《教父》《狗镇》《十二怒汉》《饮食男女》《大开眼界》《控方证人》《白日美人》《都灵之马》《江湖儿女》《冰血暴》《冈仁波齐》《阿拉姜色》……

令我困惑的是,日本电影是如何在《小森林》《海鸥食堂》《永远的三丁目的夕阳》《横道世之介》《菊次郎的夏天》这类如此动人的傻纯和《极恶非道》《孤狼之血》式的残忍之间转换的?

很久之后,我才翻出来一部国产老电影《高山下的花环》。看完后,我不禁惊叹,我们的电影曾经是那么的有力量!

人到中年,重看赖声川的《暗恋桃花源》,才恍然大悟——快乐的真谛原来是忘我!

"问今是何世,乃不知有汉,无论魏晋。"

泰戈尔说:"有一个早晨,我扔掉了所有的昨天,从此我的脚步就轻盈了。"

但是,有些往事并不如烟,谁能忘得掉呢?

推荐欣赏:

佚名《唐人宫乐图》,唐,台北故宫博物院收藏。
李公麟《丽人行图》,北宋,台北故宫博物院收藏。
唐寅《王蜀宫妓图》,明,北京故宫博物院收藏。
陈枚《月曼清游图》,清,北京故宫博物院收藏。
陈洪绶《戏婴图》,明,北京故宫博物院收藏。
李嵩《骷髅幻戏图》,南宋,北京故宫博物院收藏。
委拉斯凯兹《侏儒赛巴斯蒂安》,1645年,西班牙马德里普拉多博物馆收藏。

高更《游魂》，1892年，美国纽约州奥尔布赖特·诺克斯艺术馆收藏。

高更《我们从何处来？我们是谁？我们向何处去？》，1897年，美国波士顿美术馆收藏。

乔治·修拉《阿斯尼埃尔的沐浴》，1883—1884年，法国，英国国家美术馆收藏。

劳特累克《红磨坊舞会》，1890年，法国，美国费城艺术博物馆收藏。

日林斯基《在老苹果树下》，1969年，俄罗斯博物馆收藏。

夏凡纳《贫穷的渔夫》，1881年，法国，法国巴黎奥赛博物馆收藏。

A.拉克季昂诺夫《前线的来信》，1947年，俄罗斯博物馆收藏。

卡尔·霍费尔《模特儿》，1955年。

奥古斯特·马克《俄罗斯的芭蕾舞》，1912年，德国不莱梅艺术馆收藏。

谢洛夫《伊达·鲁宾斯坦肖像》，1910年，俄罗斯莫斯科特列季亚科夫美术馆收藏。

克里姆特《吻》，1907—1908年，奥地利美景宫美术馆收藏。

梅西安《时间终结四重奏》。

威廉姆斯《辛德勒的名单》。

The Mamas & The Papas *California Dreamin*。

郁冬《露天电影院》。

睡觉

下雨天最适合睡觉。

床最好挨着窗户,窗户够大,窗外有树枝和树叶,有一只空铁罐。

窗角挂着一串风铃,屋檐下有鸟归巢,窗下蜷缩着一只猫。

粗布床单整洁干净,被子薄厚适宜,暖和但不热。狗如果刚洗过澡,也可以上来。

可以洒一点儿香水,要淡淡的,像河边的青草。手机静音,震动也关掉。

那么,就在淅淅沥沥的雨声中开始睡吧。还有什么是比大睡一觉更美的呢?

尤其是睡前的那一刻,白日之事抛诸脑后,听听风声时疾时缓,看窗上雨滴成珠成线,想想:中了一个亿后半生怎么过,天降神功变成马拉多纳,心仪的女生在食堂坐到了我的对面,外星人邀请我上飞碟谈判……

完美人生,几乎都在睡前这个小小的时段里实现了。

只是,有时候,想象的翅膀一旦启动就刹不住车,想象的人生过于精彩,忍不住在黑夜里独自傻笑,兴奋了,睡不着了,这可如何是好?

答案是:数羊。一只羊,两只羊……数到九十九只又开始想:中了一个亿该怎么办呢?

"不滞于物，不困于心。"难啊，难。

其实，那些曾经睡过的好觉，往往和舒适的环境无关。

姥爷的葬礼，我晚上睡在村里当街的灵棚里，浑身冻透了！起来和久未走动的亲戚在煤球炉上煮了花生，用大瓷碗喝酒，竟渐渐体会到亲戚这种神奇的感觉，那种血脉里的勾连。

喝热后有人抱了许多干草铺在地上，又厚又软，我裹着被子和军大衣躺在上面舒服极了。

这是南太行和黄河之间的中原大地，虽然天寒地冻，但你仍能感受到这土地所蕴含的力量，如此地强大，势不可挡。

那一觉醒来，真的是满血！

考初中前我得了神经衰弱，小小年纪就饱受失眠困扰。

我至今记得考完试的那一天。

父亲和邻居朋友在客厅打麻将，我躺在父亲身后的沙发上，家里新买的美乐牌电视播放着电影《意大利人在俄罗斯的奇遇》。我看着电影和麻将，不知不觉竟睡着了，而且一口气睡了一天半！

一直到现在我都很渴望看着一屋子亲友在喝酒、打牌、聊天，而我在沙发上睡觉。后来我发现，家里的小狗也喜欢这样！

比较恐怖的情景是，醒来后发现屋子里只有自己一个人。有几次我和朋友们在澡堂睡觉，醒来后发现他们都走了，心里空落落的比失恋还难受。

有个朋友怕鬼，晚上回家各个角落都要拜一拜，求各路小鬼离开，然后上床睡觉，可是辗转不眠，最后起床去澡堂，到休息大厅躺在人群里才得以入睡。

每天如此。

上海世博会的时候，我们连轴转，克服了不少困难，终于完成采访任务。返程火车上喝了一瓶古越龙山，然后就在"咣当咣当"的节奏里睡着了，一觉睡到郑州，差点儿坐过站！

年轻时和一位快退休的老师傅出差，在酒店发现这位老师傅睡前必喝一瓶黄酒，还要折一枝桂花放在床头才睡觉！

你根本无法从一个人的外表看出来他内心的丰富。

不知不觉，又到了凌晨两点。

这个时间，头版编辑刚从报社大楼里出来；印刷厂的工人开始操作机器；送报的车辆在打包车间外静静地排好了队；早班新闻编辑起床打开电脑。

灯火通明的火车从城市里穿过，写字楼和出租屋，到处都亮着奋斗的灯火。

晚安，郑州。

晚安，所有未眠的人。

推荐欣赏：

佚名《四睡图》，元，日本东京国立博物馆收藏。

佚名《竹榻憩睡图》，元，美国纽约大都会艺术博物馆收藏。

唐寅《睡美人图》，明，美国纽约大都会艺术博物馆收藏。

佚名《松下憩寂图》，南宋，上海博物馆收藏。

佚名《槐荫消夏图》，南宋，北京故宫博物院收藏。

杨大章《秋渚眠禽轴》，清，台北故宫博物院收藏。

周臣《春泉小隐图》，明，北京故宫博物院收藏。

石恪《二祖调心图》，五代十国，日本东京国立博物馆收藏。

亨利·卢梭《沉睡的吉卜赛人》，1897年，美国纽约现代艺术博物馆收藏。

莫奈《喜鹊》，1868年，法国巴黎奥赛博物馆收藏。

彼得·勃鲁盖尔《收割》，1565年，美国纽约大都会艺术博物馆收藏。

夏凡纳《睡》，1870年，美国纽约大都会艺术博物馆收藏。

达利《睡眠》，1937年。

乔尔乔内《沉睡的维纳斯》，1510年，德国德累斯顿历代大师美术馆收藏。

梵高《午睡》，1889—1890年，法国巴黎奥赛博物馆收藏。

佩罗夫《睡觉的孩子》，1870年，俄罗斯莫斯科特列恰科夫美术博物馆收藏。

塔尔伯特·休斯《狄安娜》，1904年。

彼得·勃鲁盖尔《懒人国》，1567年，德国慕尼黑老绘画陈列馆收藏。

爱德华·格里格《抒情小品》第六卷，钢琴曲。

巴赫《G弦上的咏叹调》。

汪峰《晚安北京》。

痛苦

人生最痛苦的事，就是又吃多了。

每天都提醒自己过午不食，真的做到了，但临睡前闲饥难耐，窗外北风呼号，视频里小哥在啃羊头，喝一碗紫菜汤又能怎样呢？

放两个中午在马寨买的炸丸子也不过分吧？哦，老妈早上刚蒸的花卷，还炸了辣椒油，冰箱里还有工二街买的烧鹅……

终于心满意足地回到床上，然后就想打自己脸了。

人生唯一不能按计划进行的事就是吃。这辈子，终究要毁在嘴上！

接下来的苦恼是睡不着。在深夜里摸着圆鼓鼓的肚子唉声叹气，为什么人到中年却丢失了睡眠？

曾经上着课都能睡得昏天暗地，除夕彻夜的鞭炮也震不醒千秋大梦，如今竟需要在手机上放白噪音，定半个小时，再定半个小时……

当一切归于沉寂，只剩下一颗惊恐的心。

想起少年离家，一个人徘徊在秋叶飘零的街头，心里没着没落的愁苦。别说离家，就是搬家，都会让我极度不适。

小时候奶奶家从农村搬到县城，别人都是兴高采烈，唯独我苦不堪言。

后来和母亲搬出那个伴随我整个童年时光的代

号工厂，更是一年都缓不过劲来。

没想到大学毕业在郑州租房的日子，经历了那么多次的搬家，耿河、关虎屯、保全街、大学路……直到买了房子，一住就是二十年。

高中文科班的漂亮班主任是河师大子弟，上河师大幼儿园、附小、附中，再上河师大，毕业到附中当老师，她常抱怨一辈子都没出过学校的菜票能流通的范围。

可我，是多么羡慕她啊！

菜票、粮票都在某一年突然消失了，我们经历了落榜、复读、失恋、求职，散落在世界的四面八方，忍受着身无分文的窘迫，舍不得买火车卧铺票，住没有暖气的出租屋，带着初入职场的笨拙，一点点在远离家乡的城市扎根生长，彼此几乎再无交集。

时代吹响了奋进的金号角，声音如此嘹亮，所有人为之一振，飞快向前。蓦然回首，发现城市和家乡都已变了模样。

我们几乎忘记了寒冷、灰尘和对肉食的渴望，洗碗居然可以用热水，衣服也不必等穿破，思念不需要写信，写字楼里竟然有全世界的美味。

面对饭局的邀约，竟成了盛情难却的苦恼。物质贫乏的记忆犹在，上桌就忍不住埋头大吃，朋友对我说："你最机灵的时候就是在饭桌上。"

朋友懂酒，懂球，懂交际，懂经营，懂股票，就是不懂我的痛苦。

他看我闷闷不乐，竟然举着酒杯对我说："不要急，今天的困惑都是送给明天的礼物。"

我看着他开始斑白的双鬓和仍然渴望一个亿的炯炯眼神，真想告诉他："人生的礼物，只剩下发福啦。"

推荐欣赏：

龚开《骏骨图》，元，日本大阪市立美术馆收藏。

赵孟頫《自画像》，元，北京故宫博物院收藏。

金农《墨戏图册》，清，美国纽约大都会艺术博物馆收藏。

金农《达摩冥想》，清，美国弗利尔美术馆收藏。

罗聘《团扇徘徊图》，清，旅顺博物馆收藏。

陈洪绶《自画像》，明，美国纽约大都会艺术博物馆收藏。

蒙克《呐喊》，1893年，挪威国家美术馆收藏。

马奈《画室里的午餐》，1868年，德国慕尼黑国立巴伐利亚绘画陈列馆收藏。

彼得·勃鲁盖尔《受难之路》，1564年，奥地利维也纳艺术史博物馆收藏。

达利《记忆的永恒》，1931年，美国纽约现代艺术博物馆收藏。

爱德华·霍普《自动售货机》，1927年，惠特尼美国艺术博物馆收藏。

康定斯基《构成第八号》，1923年，美国古根海姆博物馆收藏。

夏凡纳《贫穷的渔夫》，1881年，法国，法国巴黎奥赛博物馆收藏。

伦勃朗《自画像》，1660年，美国纽约大都会艺术博物馆收藏。

恩索尔《奇怪的面具》，1892年。

亚·卡巴奈《淮德拉》，1880年，法国蒙彼利埃法布尔博物馆收藏。

普基廖夫《不相称的婚姻》，1862年，俄罗斯莫斯科特列恰科夫美术博物馆收藏。

贝多芬《c小调第八钢琴奏鸣曲》第二乐章。

马勒《第九交响曲》。

理查·施特劳斯《变形》。

万晓利《这一切没有想象的那么糟》。

告别

总是想起冬天的一个黄昏,我推开候车室绿色的大门,看着火车驶离大雪纷飞的郑州。

可我在送谁,却怎么也想不起来。

记忆总是在异常清晰的时候戛然而止,我用尽全力去想也无济于事。

我只知道,有一个人,再也见不到了。

那种隐痛一旦触及,就像撕开未痊愈的伤疤。

不过,关于离别的情感,也只能在记忆里追寻一点儿蛛丝马迹。

时代飞速发展,人们天涯咫尺,现在的我们似乎已忘记了什么是离别。

明代画家仇英在《浔阳送别图》里描绘了白居易江边送别的情形,"醉不成欢惨将别,别时茫茫江浸月"。

元和十年,白居易被贬江州,在这"终岁不闻丝竹声"的地方送别友人,那是怎样一种惆怅?

白居易听了素昧平生的琵琶女的一席话后发出"同是天涯沦落人,相逢何必曾相识"的感叹,重闻琵琶曲,泪水都打湿了青衫。

而沈周在《京江送别图》里送友人到叙州赴任,则多了一些轻快。

杨柳依依,桃花烂漫,朋友升迁,心情明媚。

京江长汀,自古即为送别之地。

郑州的贾鲁河，古时曾经是南北漕运干线，如今的东岸，仍有类似仓库的建筑。

这里又发生过多少送别呢？

火车出现后，车站成了送别的新场景。

最荡气回肠的，是海明威的《永别了，武器》，亨利伤愈重返前线，在火车站和凯瑟琳分手。

战火纷飞、生死未卜的年代，有什么能比无法和自己爱的人在一起更悲伤的呢？

每一次分离，都可能是永别！

更别说那些毫无准备就突然天各一方的挚爱，时代洪流里的无能为力，怎能不让人唏嘘！

芬兰国家美术馆有一幅胡戈·辛贝里的画作《黄昏漫步》，画的是一位老人牵着一个小女孩在黄昏的海边散步。

小女孩的人生才刚刚开始，而老人的人生则行将结束。

北欧的艺术总是有一种告别的伤感，同时又有希望之光。

写到这里，我想起了小华。

一次他来找我喝酒，然后，就说起了从前。

来郑州的第三年，他终于站住了脚，买了人生中第一辆车。

有一天他心血来潮，回老家找他的初恋女友，才知道她已经结婚了。

他请她吃饭，这个河边的小馆子他们曾经来过很多次。

他们也曾经顺着这条河，经常走很远、很远。

吃完饭就分别了。

小华坐在车里，默默地看着倒车镜里的她一点点远去，走上石桥，消失在下班的人群中。

桥头卖瓜子的老太太还在，桥上的炒凉粉热气蒸腾，太阳在云层后面放射着光，天空成了粉红色……

他感到一种无声又强烈的痛，不知道该怎么形容。

过了很久他才意识到，从那一刻起，他已经告别了青春。

其实，我们每一天都在告别。

许多曾经相遇的人，也许永远都不会再相见，每一个昨天，也都永远不会再回来。

如此漫长又如此短暂的一生，海阔天空吧，一笑了之吧，一切将消散，一切请珍惜。

推荐欣赏：

顾恺之《洛神赋图》，晋，已失。现主要传世的是宋代的四件摹本，分别收藏在北京故宫博物院（二件）、辽宁省博物馆和美国弗利尔美术馆。

吴伟《武陵春图》，明，北京故宫博物院收藏。

仇英《浔阳送别图》，明，美国纳尔逊-阿特金斯艺术博物馆收藏。

沈周《京江送别图》，明，北京故宫博物院收藏。

文徵明《山庄客至图》，明，辽宁省博物馆收藏。

沈贞《竹炉山房图》，明，辽宁省博物馆收藏。

萧云从《长亭送别图》，清，美国弗利尔美术馆收藏。

唐寅《金阊送别图》，明，私人收藏。

李升《淀山送别图》，元，上海博物馆收藏。

马轼《春坞村居图》，明，台北故宫博物院收藏。

佚名《苏李泣别图》，明，美国弗利尔美术馆收藏。

阎立本《步辇图》，唐，北京故宫博物院收藏。

周文矩《苏李别意图卷》，五代十国，台北故宫博物院收藏。

胡戈·辛贝里《黄昏漫步》，芬兰国家美术馆收藏。

雅克·路易·大卫《特勒马科斯和欧夏丽斯的告别》，1818年，美国保罗·盖蒂博物馆收藏。

莫奈《圣拉扎尔火车站》，1877年，法国巴黎奥赛博物馆收藏。

弗兰克·狄克西《罗密欧与朱丽叶》，英国南安普顿美术馆收藏。

弗朗索瓦·热拉尔《丘比特和赛姬》，1798年，法国巴黎卢浮宫博物馆收藏。

夏加尔《献给过去》，1944年，私人收藏。

让·安东尼·华多《舟发西苔岛》，1717年，法国巴黎卢浮宫博物馆收藏。

埃贡·席勒《死神与少女》，1915年，奥地利美术馆收藏。

蒙克《分手》，1896年，挪威奥斯陆蒙克博物馆收藏。

亚历山大·卡巴内尔《奥菲莉娅》，19世纪，法国。

约翰·埃弗里特·米莱斯《奥菲莉娅》，1851—1852年，英国伦敦泰特不列颠美术馆收藏。

柴可夫斯基《第六交响曲》。

肖邦《E大调练习曲》。

马勒《第九交响曲》第六乐章。

华金·罗德里戈《阿兰胡埃斯协奏曲》第二乐章。

群星《礼物》。

想念

已到下班时间，工作还是没有一点儿头绪。天气阴冷，空调的暖风有气无力。

窗外，高架桥上的路灯弱弱地亮了起来。下班的车流，一排向东，一排向西。

我拿出手机，准备下一盘棋。系统很快匹配了一位棋友，昵称叫"爸爸"。

一股怒气瞬间涌上脑门，但是，一瞬间，竟又无影无踪了。

爸爸。

我那已经离世多年的爸爸。

我有多久没有叫过"爸爸"了？我们多久没有下过棋了？

我盯着屏幕上的"爸爸"，觉得连日来紧绷的身体柔软起来，心里也异样的温暖。

于是，在这个乍暖还寒的早春，我和他，一步一步地，下起棋来。

这个短暂的、奇特的经历，让我想起一部电影——《偶然与想象》。

中年后的夏子和小林在街头偶然相遇。

她们惊讶、欣喜、兴奋，一起散步、喝茶、聊天，互相打量着对方的人生。

但是很快，她们发现认错人了，这只是一场美丽的误会，夏子无奈尴尬告别。

此时，小林却试探着建议："不如将错就错？"

是啊，虽然我们只是陌生人，但我们却都想念着"她"，都有想说却没有说出的话，都在各自的轨道上过了这么多年，仍然解不开那个心结。

那么，在这个即将流逝的午后，让我们为彼此扮演一次"她"吧！

即使，"她"并不是真的，又有什么关系呢？

那些我们遇到的人，我们想念的人，有的人已经离开了，有的人还在，但也仿佛离开了。

但总有一种想念，是挥之不去的，它超越了时间和空间，让我们难以释怀。

如果有一天，我看到了你，我凝视着你，我会抑制不住地颤抖。

就像，白鲸冲出跳舞的海洋。

就像，夜莺看到水中的月亮。

就像，蜻蜓飞向绽放的荷花。

就像，某一个秋天，我开车驶过金水河，又向左拐进伊河路，然后，就愣住了。

这是郑州已不多的林荫大道，金色的树叶正从法桐树上脱离，纷飞、旋转、扑到车窗上，落满了一整条街。

天地玄黄。

我索性停下车，欣赏这一场不期而至的繁华和落寞。

这无声无息又惊心动魄的金黄，仿佛是对世界最后的眷恋，大美无言。

而令我心动的，却不只是这绝美的金色，还有那漫天落叶中，那清冽北风中，曾经的你和曾经的我。

那时我们一无所有，不关心伊河路的秋色，因为我们身上有光。

我们携手跑过，就是这条街的音符和风景。

而今，这一切该如何重现呢？

谁能为我扮演一次"她"呢？我能为谁扮演一次"他"呢？

或者，在孪生城市中重建金水河、伊河路、法桐、落叶、阳光、风和温度，还有你。

但是，我们可以说话吗？你的眼里还有光吗？你能看到我吗？

如果所有人都在元宇宙中重现，那个世界会拥挤吗？

不过都不重要了，如果那个时刻来临，我要跨过山河湖海，我要走过草原荒漠，我要挤过人潮汹涌，我要穿过时间空间，我要披着一身极光，走向你，靠近你，在神圣的欲望中战栗。

那是我最后的情感——想念。

推荐欣赏：

顾恺之《女史箴图（宋摹本）》，晋，北京故宫博物院收藏。

顾恺之《女史箴图（唐摹本）》，晋，英国伦敦大英博物馆收藏。

唐寅《嫦娥执桂图》，明，美国纽约大都会艺术博物馆收藏。

钱选《杨贵妃上马图》，元，美国弗利尔美术馆收藏。

唐寅《骑驴归思图》，明，上海博物馆收藏。

唐寅《美人春思图》，明，美国弗利尔美术馆收藏。

谢时臣《风雨归村图》，明，美国克利夫兰艺术博物馆收藏。

牟益《捣衣图》，南宋，台北故宫博物院收藏。

但丁·加百利·罗塞蒂《思念》，1874年，英国伦敦泰德画廊收藏。

狩野山雪《长恨歌图》，江户时期，日本。

阿尔梅达《渴望》，1899年，巴西圣保罗州立美术馆收藏。

阿美迪欧·莫蒂里安尼《德迪的肖像》，意大利。

约翰·威廉·格维得《离别使人更加珍惜》，英国。

皮埃尔·奥古斯特·库特《情侣的秋千》，1873年，法国。

维米尔《戴珍珠耳环的女孩》，1665年，荷兰海牙莫瑞泰斯皇家美术馆收藏。

马克斯·恩斯特《哀悼或者夜的轮回》，1923年，英国伦敦泰特美术馆收藏。

菱川师宣《盼首美人图》，1690年，日本东京国立博物馆收藏。

彼得鲁斯·范·申德尔《情书》，1870年。

卡尔·斯皮兹维格《玫瑰谷的邮递员》，1858年。

但丁·加百利·罗塞蒂《珀耳塞福涅》，1874年，英国伦敦泰特美术馆收藏。

胡安·米罗《蔚蓝的金色》，1967年，西班牙巴塞罗那米罗基金会收藏。

艾科斯伯格《镜前梳头的裸女》，1841年，丹麦哥本哈根赫希施普龙收藏馆收藏。

安德鲁·怀斯《海边的风》，美国。

库尔贝《海浪中的女人》，1868年，美国纽约大都会艺术博物馆收藏。

约翰·埃弗里特·米莱斯《玛丽安娜》，1851年，英国伦敦泰特美术馆收藏。

但丁·加百利·罗塞蒂《维罗尼卡·维罗内塞》，1872年，美国特拉华州艺术博物馆收藏。

皮耶罗·德拉·弗朗切斯卡《复活》，约1459年，意大利圣塞波尔克罗市立博物馆收藏。

贝多芬《春天奏鸣曲》第二乐章。

肖斯塔科维奇《第一小提琴协奏曲》。

崔健《一块红布》。

马

韩干一定是酒后挥毫才画出如此昂扬的《照夜白图》。那已经不是一匹马,而是蓬勃向上的大唐。

如此神骏,谁看了不心潮澎湃呢?

哈尔斯也是喝了大酒才在骑士的脸上绘出天下最自信的微笑。

那是新贵崛起、自由奔跑的荷兰的象征。

而赵孟頫笔下的马就沉默了许多。这幅《人骑图》就是这么稳当:不偏,不倚,不迎,不拒,不悲,不喜,自命不凡,含蓄内敛,引而不发……

作为元朝的文人,怎么画得出激昂呢?

他的《浴马图》,则在马放南山的太平外表下隐藏了重重密码。

岸边洁身清傲的白马,河中同流合污的花马,洗完风中凌乱的灰马……

寄人篱下,哪有那么容易!

同时代的龚开,境遇凄惨,他画的《骏骨图》中的那匹马瘦骨嶙峋却仍铁骨铮铮,让人过目难忘。

到了金农的《良马图》,又自有一番气象。您看此马:劲如铁,势未发,有顾影自怜之意。

"世无伯乐,即遇其人,亦云暮矣!"

金农托古改制,另辟蹊径,开宗立派,终成一代大师。但其一生布衣之身,谁知其难,谁解其悲呢?

金农不是在画马,是在画自己。

任仁发则在画兄弟。他的《五王醉归图》，跑在最前面的白马即是"照夜白"。

李隆基兄弟五人，饮宴尽兴，大醉而归。李隆基已醉得不省人事，由两个侍从搀扶。

宋王李成器骑黑马紧跟其后，面部醉红。

最后面骑花马的申王身着红衣，也醉得趴在马背上。

莫说帝王之家，就是平民百姓家，兄弟之间情深至此，怎一个羡慕了得！

2012年初，我坐在电影院里毫无征兆地开始抽泣，控制不住地抽泣。

那天上映的是斯皮尔伯格执导的《战马》。

打动我的显然不是马，而是在那么残酷的战争中，在所有人都经历了难以想象的苦痛之后，围绕一匹马而展露出来的人性的善。

那善意的光芒如此闪耀，瞬间击穿人心，不能自已。

大师就是大师，不管直面了多少不堪，仍然为我们保持着光亮，保持着温暖，那是人类这渺小的生物生存繁衍的原始力量。

如今，我们的生活早已远离了马，但愿我们的身心都能永远奔腾不息。

推荐欣赏：

赵孟頫《人骑图》，元，北京故宫博物院收藏。
赵孟頫《浴马图》，元，北京故宫博物院收藏。
韩干《照夜白图》，唐，美国纽约大都会艺术博物馆收藏。
李公麟《五马图》，北宋，日本东京国立博物馆收藏。

龚开《骏骨图》，元，日本大阪市立美术馆收藏。

钱选《贵妃上马图》，元，美国弗利尔美术馆收藏。

任仁发《五王醉归图》，元，上海龙美术馆收藏。

赵佶《虢国夫人游春图》，北宋，辽宁省博物馆收藏。

金农《良马图》，清。

佚名《洗马图》，明，辽宁省博物馆收藏。

燕文贵《扬鞭催马送粮忙图》，北宋，美国纽约大都会艺术博物馆收藏。

高更《沙滩上的骑马者》，1902年，法国。

康定斯基《蓝骑士》，1903年。

华金·索罗拉《马浴》，1909年，西班牙索罗拉博物馆收藏。

雅克·洛朗阿佳森《阿拉伯人带领穿过沙漠》，1810年，美国耶鲁大学英国艺术中心收藏。

约翰·柯里尔《马背上的戈黛瓦夫人》，1898年。

乔治·斯塔布斯《母马与马驹》，1762年，英国伦敦泰特美术馆收藏。

《弗朗索瓦一世骑马图》，1540年左右，意大利佛罗伦萨乌菲齐美术馆收藏。

乔治·斯塔布斯《马与狮子》，1770年，英国利物浦华尔克美术馆收藏。

席里柯《埃普瑟姆的赛马》，1821年，法国巴黎卢浮宫博物馆收藏。

拉斐尔《圣乔治屠龙》，1505年，法国巴黎卢浮宫博物馆收藏。

毕加索《牵马少年》，1905—1906年，美国纽约现代艺术博物馆收藏。

高更《白马》，1898年，法国巴黎奥赛博物馆收藏。

雅克·路易·大卫《跨越阿尔卑斯山圣伯纳隘口的拿破仑》，法国马尔梅松城堡收藏。

阿尔弗雷德·詹姆斯·芒宁斯《女骑手》，英国。
老约翰·施特劳斯《拉德斯基进行曲》。
普罗科菲耶夫《第三钢琴协奏曲》。
杭盖乐队《杭盖》。

鸟

小时候家里有一棵很大的梧桐树，夏天那棵树枝叶繁茂，笼罩着整个院子。

每天清晨，仿佛全城的鸟都落在上面，叽叽喳喳，热闹非凡。

有只小鸟正好挡住了树叶间隙的阳光，它不停地低头抬头，那束光就忽明忽暗。

那时我躺在太行山下的小城里，和伙伴们想得最多的便是捉鸟。

用树枝支着竹筐扣鸟，效率太低，几乎没有成功过，印象中只扣住了一只鸡，那只鸡挣脱时把竹筐都背跑了。

我用白酒泡玉米撒在房顶醉鸽子。

睡觉时咧着嘴笑了一晚上，想着东倒西歪的鸽子躺满了屋顶。

早上天不亮我就爬上房看，鬼也没有一个。

有一天雨后，在操场上用大扫把扑蜻蜓，竟扑下来一只燕子。我欢欣雀跃地拿回家，用大米、小米、蚂蚱精心地伺候着。

谁知燕子气性太大，不吃，掰开嘴塞进去又吐出来，过于刚烈，我最后只好无比失望地把它放走了。

那时麻雀是四害之一，我们做过很多残忍、不便叙述的事情，那时的鸟真的是惊弓之鸟。

那时我还不知道人生会如何展开，模糊想象的宏大叙事一直没有出现，生命中留下的，都是那束忽明忽暗的光一样的细节。

比如现在，黄河南岸的郑州，我印象最深的竟然是窗外这棵花椒树。

我看着它发芽、抽叶、结果、繁茂、枯黄、光秃、积蓄……

像从盛懋的《山居纳凉图》看到吴镇的《中山图》，奔放、滚动、淡然、抽离，永恒的沉寂。

使这棵树生动起来的，是两只斑鸠。

每天下午四点一过，一对斑鸠就落在上面，在树枝间来回跳跃。

我装了一碟小米放在窗台上，就来了更多的鸟。

麻雀、山雀、灰喜鹊、黑喜鹊、黄雀，竟然还有一只猫，顺着葡萄架悄无声息地爬上来。

所有的鸟，都已经肥得几乎认不出来。

有一次我沿着贾鲁河散步，眼看着一只中型的鸟从半空扎下来，然后叼起一条银光闪闪的鱼振翅飞走，岸边钓鱼的人目瞪口呆。

那条鱼也在空中惊愕。

贾鲁河西边有条通向常庄水库的小路。

沿路走下去，会看到一片杨树半淹在水里，再走近，成群的黑鸭子就从树林里飞起来，像某个电影里的画面。

水库的西边有个废弃的园子，随时有野鸡从杂草丛里蹿出。

往北到西流湖，湖中间的鹭岛真的有两只白鹭，它们慢悠悠地在岸边浅水处踱着步，高贵得像是皇族。

越漂亮的鸟，气性越大。

黄河边的三所（郑州黄河迎宾馆）里，白鹭成群，在高大的法桐树冠上起起落落，像天上下凡的精灵。

而"戴着船帽"的戴胜鸟，则总是在草坪上独来独往。赵孟頫画过一幅《幽篁戴胜图》，画上的戴胜鸟清雅生动、神采奕奕。

有一年我在清华大学进修，住在甲所。

早上醒来听到旁边树林里"当当当"的声音，怔了片刻后突然意识到是啄木鸟，推窗循声望去，真的是啄木鸟啊！

而最能勾起乡愁的，是夜晚窗外传来的一阵阵布谷鸟的叫声。

"布谷布谷"的叫声听了那么多年，却从来没有见过真容。

更令我迷惑的是，为什么我们有个词语叫"傻鸟"？

我从没见过傻鸟。

相反，鸟是轻盈的、敏感的、美丽的、生动的、惹人怜爱的。

张曼玉蓦然回首，意外重逢的笑容浮上脸庞的样子，就像一只鸟。

我们漂泊半生，像鸟一样寻寻觅觅，难道不是为了一个瞬间吗？

推荐欣赏：

赵佶《芙蓉锦鸡图》，北宋，北京故宫博物院收藏。

赵佶《五色鹦鹉图》，北宋，美国波士顿美术馆收藏。

赵孟頫《幽篁戴胜图》，元，北京故宫博物院收藏。

赵佶《瑞鹤图》，北宋，辽宁省博物馆收藏。

王渊《竹雀图》，元，日本大阪市立美术馆收藏。

佚名《鹦鹉仕女图》，明，美国圣路易斯艺术博物馆收藏。

朱耷《孤禽图》，清。

文徵明《琴鹤图》，明，台北故宫博物院收藏。

边文进《三友百禽图》，明，台北故宫博物院收藏。

钱榖《杏花喜鹊图》，明，台北故宫博物院收藏。

崔白《芦雁图》，北宋，台北故宫博物院收藏。

崔白《雪禽图》，北宋，美国耶鲁大学艺术博物馆收藏。

吕纪《鸳鸯蓝鹊图》，明，美国弗利尔美术馆收藏。

毕加索《捧着鸽子的孩子》，1901年。

丢勒《猫头鹰》，1508年。

德加《带有朱鹭的年轻女子》，1861年，美国纽约大都会艺术博物馆收藏。

小原古邨《雪夜的白鹭》等，明治时期至昭和初年。

雷米蒂欧丝·巴罗《鸟的创造》，1957年，墨西哥现代艺术博物馆收藏。

费迪南德·卢卡斯·鲍尔《黑冠鹦鹉》，约1801年。

卡尔·法布里蒂乌斯《金翅雀》，1654年，荷兰海牙莫瑞泰斯皇家美术馆收藏。

阿奇博尔德·索伯恩《厚嘴崖海鸦》，苏格兰。

胡安·米罗《鸟在月光下飞翔》，1967年，西班牙。

埃诺约哈尼·劳塔瓦拉《北极之歌：鸟鸣协奏曲》。

帕格尼尼《a小调24首随想曲》，第二十四首。

鲍家街43号乐队《小鸟》。

梦

1

毫无征兆地，车熄火了。天色已暗，城市的轮廓依稀可见。

我坐在车里，看窗外飘起飞雪，天地苍茫，巨大的塔吊矗立在远处像天外来客。

突然发现，车子所有的操作系统都失灵了。无法启动，无法通电，无法打开门窗……

令人窒息的恐惧幽灵般出现后就瞬间排山倒海地袭来。

结束了，所有的所有都结束了……就在意识将要消失的最后一秒，车窗上传来一个低沉的男声——

"第二条命，启动。"

…………

从这个梦开始，我对死亡就不再恐惧。

2

开车驶入一条漆黑的隧道，隧道盘旋着缓缓向下，没有尽头，没有声音。

想退回去已没有可能，只能在惊恐中向下、向下……

不知过了多长时间，前方隐约出现了光，有流水声，感觉到车轮的湿润。

接着就明亮起来，眼前是蓝色的无边无际的海水。太阳挂在空中，耀眼但没有温度。水中有一个小岛，岛上有工厂和进进出出的卡车。

…………

我经常想起这个梦，人生际遇种种，我始终坚信会找到属于我的那片海。

3

一个炎热的下午，我坐在中学宿舍的架子床上发呆。

蓝漆的木门大开，门外是一排高大的白杨树，太阳直射，知了一阵接一阵地叫着。

突然有人大喊我的名字，紧接着扔过来一杆枪。我飞身跃出门外，在空中抓过长枪，拧腰开火，击中了一个人。

一切在瞬间发生，落地的时候我惊愕不已。这下，完蛋了。

…………

有时候，我会毫无征兆地做出一些极其荒唐的事，大约5年为一个周期，循环往复，无法控制。

4

洒满月光的夜晚，父亲拉着我不停地跑，仿佛有人在追。我们跑在错综复杂的胡同里，经过一扇又一扇紧闭的门。

我很奇怪，在这个小城里，我怎么从来没见过这一片独门独院的住宅区？

肥胖的父亲终于跑不动了，在一只石狮子前停了下来，转过身，递给我一个信封，抱了抱我，就走开了。

…………

这个梦无解。我们家虽不富裕，但也算殷实，没有欠过任何人，也没有害过任何人，我们在躲什么呢？

只有一点是确定的,父亲离世快二十年了,那是唯一一次出现在我梦中,唯一一次抱我。

5

机会终于出现了!

皮球在空中越过数名防守队员,划着美丽的弧线向我飞来。

面前人高马大的右后卫已经失去了重心,我贴着他的后背拉出空当,眼前只剩下进退维谷的守门员。

全场的目光都在注视着我,这是中学联赛的决赛。

但是我的右腿突然软了,像抽了筋,急得满头大汗也使不上力。

…………

这个梦反复出现,仿佛生命中一次次出现的机会都从我的眼前溜走了。

看似志在必得,实则天地之遥。

人生,从来都没有侥幸。

6

漫长的夜,嗡嗡的电棒,堆积如山的复习资料,解不出的方程,想不起来的单词,睡不着的觉。

昏昏沉沉的脑袋,失手打碎的水杯,忘带的铅笔,考场里摇摇晃晃的椅子,明晃晃的太阳,惊恐的心脏。

…………

无数次梦回1996年的夏天,如果没有考上大学,我的人生又会是什么样子呢?

推荐欣赏:

赵左《秋山读书图》,明,武汉市文物商店收藏。

夏圭《梅下读书图》,南宋。

陈洪绶《饮酒读书图》,明,上海博物馆收藏。

颜辉《钟馗月夜出游图》,元,美国克利夫兰艺术博物馆收藏。

乔仲常《后赤壁赋》,宋,美国纳尔逊-阿特金斯艺术博物馆收藏。

皮耶罗·德拉·弗朗切斯卡《君士坦丁之梦》,1464年,意大利阿雷佐圣弗朗西斯科教堂收藏。

亨利·卢梭《在苏雷斯尼的塞纳河》,1911年,私人收藏。

梵高《罗纳河上的星夜》,1888年,法国巴黎奥赛博物馆收藏。

毕加索《梦》,1932年,私人收藏。

夏加尔《我与村庄》,1911年,美国纽约现代艺术博物馆收藏。

胡戈·辛贝里《受伤的天使》,1903年,芬兰国家美术馆收藏。

朱莉娅·索博列娃"神秘仪式"系列。

迭戈·里维拉《打谷场》,1904年。

莱昂·斯皮里亚特《夜空下的牧羊人》,比利时。

伊娃·冈萨雷斯《醒梦少女》,1877—1878年,德国不莱梅美术馆收藏。

布鲁尔《梦境》,1898年,西班牙巴塞罗那加泰罗尼亚国家艺术博物馆收藏。

达利《记忆的永恒》,1931年,美国纽约现代艺术博物馆收藏。

胡安·米罗《小丑的狂欢节》,1925年,美国纽约州奥尔布赖特·诺克斯艺术馆收藏。

福塞利《梦魇》,1781年,美国底特律美术馆收藏。

莫罗《莎乐美之舞》,1876年,美国洛杉矶哈默博物馆收藏。

杜尚《带胡须的蒙娜丽莎》，1919年，美国费城艺术博物馆收藏。

拉威尔《鹅妈妈组曲》，管弦乐。

菲利普·格拉斯《回声》，小提琴。

黑豹乐队 *Take Care*。

唐朝乐队《梦回唐朝》。

香味

秋日在金水河边散步，突然风中飘来一阵青草的香味，芬芳不可言。

我兴奋得像条狗一样嗅来嗅去，却难觅踪迹。不过，那一瞬间的不期而遇，已经足够触动记忆，让我想起童年的河边那片生机勃勃的青草地。

那么多的蚂蚱，一脚踏进去即四下飞散。拨开草丛，有忙碌的火车虫，懒惰的豆豆虫，两军对垒的蚂蚁，短小精悍的磕头虫——按住它的腰，就能听到啪啪的脆响……

躺下去，闭上眼感受太阳的红、河水的腥凉、泥土的湿润、白杨树的光滑。

折一片草叶含在嘴里，闻一闻青草汁的清甜——那是我认为的最怡人的香味。

好的香水，几乎可以做到这一点。让人仿佛躺在河边的草地上，感受那美好的自然，如沐春风。

好的味道，是不需要戒备的，是放松的，是天然质朴的，是身心愉悦的。

朋友送我一块猪肉，我拿回家煮，满屋的香气直接把我带回从前，小时候回老家过年煮猪肉的味道！

原来猪肉是这个味啊，我几乎忘了！忙打电话问缘由，朋友说很简单啊，就是养够了一年的猪而已。

时间到了，就是这个味。

就像打过霜，萝卜才甜；春风到，韭菜才鲜；

十月底,螃蟹才肥美;秋风凉,鲫鱼才肥嫩……

好的味道,是应合万物生息、应合四季的,不疾不徐,不早不晚,刚刚好。

喝过一次清酒,那透明清澈的琼浆流入口腔的时候,竟然让我感觉如同置身于凉爽洁净的木屋,闻到一粒新米所散发出来的淡淡幽香。

就是那一点点的最简单不过的米香,却仿佛是土地的密码,是生命的密码,连接着开始与结束。如同弘一法师的书法,八大山人的画,大道至简,复归于婴儿。

好的味道,是简单的、是纯朴的、是本真的,繁花落尽,无味至味。

这世上最不易做到的,就是简单。

最简单的事,最难寻觅。

我们的身边,充斥着太多复杂的香味。浓烈的香水,来路不明的葡萄,疑惑的鱼,故事太多的酒,莫名其妙的茶,难以置信的爱……

雪后去拜访一位茶人,他煮水后用盖碗泡茶,沁人心脾,众人皆赞。

有人央他说道说道,讲讲此茶。他只说了一句:"好茶不需要讲故事,直接喝就是了!"

推荐欣赏:

恽寿平《秋海棠图》,清,上海博物馆收藏。
恽寿平《花卉十开》,清,上海博物馆收藏。
王谔《踏雪寻梅图》,明,北京故宫博物院收藏。

冷枚《探梅图》，清，旅顺博物馆收藏。

佚名《杨皇后题桃花图》，南宋，台北故宫博物院收藏。

朱耷《河上花图》，清，天津市艺术博物馆收藏。

禹之鼎《斜倚薰笼图》，清，英国伦敦大英博物馆收藏。

钱选《来禽栀子图》，元，美国弗利尔美术馆收藏。

梵高《初升月亮下的麦垛》，1889年，荷兰克罗勒-穆勒博物馆收藏。

塞尚《埃斯泰克的海湾》。

慕夏《春天》，1896年，捷克，私人收藏。

佚名《加布里埃尔和她妹妹维拉公爵夫人》，1594年，法国巴黎卢浮宫博物馆收藏。

雷东《薇奥莱特·海曼肖像》，1910年。

莫奈"睡莲"系列。

阿巴斯《爱人》，1630年，美国纽约大都会艺术博物馆收藏。

波提切利《春》，1481—1482年，意大利佛罗伦萨乌菲齐美术馆收藏。

布歇《蓬帕杜夫人》（两幅，一幅1756年创作，英国苏格兰国立美术馆收藏；另一幅1758年创作，英国华莱士陈列馆收藏）。

弗拉戈纳尔《秋千》，1766年，英国华莱士收藏馆收藏。

格瑞兹《破水壶》，18世纪，法国巴黎卢浮宫博物馆收藏。

柯罗《纳尔尼河上的桥》，1826年，加拿大国立美术馆收藏。

拉赫玛尼诺夫《帕格尼尼主题狂想曲》第十八变奏。

德彪西《大海》。

古琴曲《梅花三弄》。

重塑雕像的权利乐队 *Sounds for Celebration*。

刀光剑影

事隔近二十年，我仍能清晰地记得他的眼睛——明亮的、闪烁的、通红的。

我姑且称他为P。

那是一个燥热的中午，我在报社的电脑前昏昏欲睡，这时接到了P的电话。

他介绍自己是××大学的校长助理，他们在郑州筹备分校，计划做半年的预热宣传，每天需要一个广告版面，问我有没有兴趣面谈。

我的脑子瞬间就清醒了，半年，180天，900万！天哪！我撂下电话冲出报社跳上出租车直奔河南宾馆。

P坐在河南宾馆的大厅里，正和一个小伙子交谈，看见我打了个招呼示意我先坐下，然后对那个小伙子说："这是××报的记者，一会儿有个采访。"

P看起来像"哥特建筑"，尖尖的、细细的、长长的，眼睛明亮，眼神闪烁，眼底发红，仿佛在哪见过。

交谈中得知，小伙子是某品牌电脑的销售员，P说学校首批需要500台笔记本电脑，但是还没有决定买哪个牌子的电脑。

小伙子麻利地拆箱，为他演示最新款笔记本电脑的功能。

P提议去会议室看看，说完起身领着我们七拐八拐地进了一间会议室，说这是他们长租的临时办公点，可以先订30台。

又让我们在这里等一下，他去隔壁校长房间让校长看看电脑，如果满意就拍板了。

说完，他端着笔记本电脑走出了会议室。

然后，就消失了。

我们在会议室里大概等了半个小时后，开始感觉不太对劲。

小伙子打他电话，关机。

问我："你们认识吗？不是要采访吗？"

我说："不认识啊，他说要做广告，约我来谈。"

问服务员："这个会议室是谁租的？"

服务员说："没人租啊。刚才那个人，他只说看看。"

小伙子说了句"坏了"，就冲出了门。

…………

那天下午，我坐在回报社的公交车上，眼前明晃晃的一片，像做梦一样，惊呆得说不出话来。

那时我还住在关虎屯的出租屋里，那个卖电脑的小伙子应该和我一样吧。

那些不计其数的出租屋里住着不计其数的我们。

初入江湖，刀光剑影。

血雨腥风

多年以后。

一天，朋友L在饭桌上轻描淡写地告诉我，他换公司了，现在这个老板还不错，为了拉他加盟，现场提了一辆奔驰送给他。

L指着窗外的奔驰，把钥匙放在我的手上说："兄弟，这两天我没事，你开吧。"

那是我第一次开奔驰，真的感觉人生从此要不一样了。

谁知两个月都不到，L慌慌张张跑来说："坏了，老板不见了！"

说来惭愧,那一瞬间我竟然觉得挺平衡的。我控制住情绪安慰他:"别急,反正咱也没什么损失。"

"他刚跟我借了300万!说是过桥资金,最多三天就还回来。"

"你哪来的300万?"

"借的啊!"

老板再也没有回来。

…………

有时候,事情一旦发生,就刹不住车。

过了年,L的奔驰车被借走。然后,人和车就消失了。

意识到被骗后,辗转找到那个人家里,只有一位老太太。

老人平静地说:"我也好几年没见他了,你们把他抓回来吧,坐牢也行,好歹我知道他在哪儿。"

到了夏天,突然冒出来一个道上的人,说车找到了,见车收钱,3万。

我和L拿了钱,约好时间赶到郊外一个工厂门口。

道上人把铁门拉开一条缝说:"看是不是你的车。"

真的是啊!那辆奔驰真的就停在院子里!

我们赶快交钱,再三感谢目送道上人开车离开。然后赶紧拉开门,进去就傻眼了,车呢?没了!

绕着楼跑过去,后门大开着,跑了!

又跑到楼里,见人问:"刚才开奔驰那个人谁认识?"

"不认识,说来看货,聊了几句就走了。"

…………

L那一年眼见着沧桑了。有一次在路边见一个穿开裆裤的小孩,旁边大人逗他,要他手里的糖。小孩右手假装往外一丢,背到身后,伸出左手摊开说:"没了。"

L那天喝了点酒,突然笑得直不起腰了。

推荐欣赏：

赵佶《虢国夫人游春图》，北宋，辽宁省博物馆收藏。

任仁发《张果老见明皇图》，元，北京故宫博物院收藏。

陈洪绶《出处图》，明，私人收藏。

敦煌壁画《九色鹿本生》，南北朝。

关良《空城计》，20世纪后期。

乔托《犹大之吻》，1305年，意大利斯克罗威尼礼拜堂收藏。

博斯《魔术师》，1502年。

基希纳《市场与红塔》，20世纪初，德国。

沃特豪斯《尤利西斯与塞壬》，1891年，澳大利亚墨尔本维多利亚国家美术馆收藏。

毛拉拿·阿兹哈尔《窃听者》，美国纽约大都会艺术博物馆收藏。

沃特豪斯《夏洛特女士》，1888年，英国伦敦泰特美术馆收藏。

多索·多西《巫术，或海格力斯的预言》，1535年，意大利佛罗伦萨乌菲齐美术馆收藏。

埃德温·朗斯登·朗《瓦实提》，1878年，墨西哥西蒙基金会收藏。

让·莱昂·杰罗姆《坎道列斯国王》，1859年，法国巴黎奥赛博物馆收藏。

达·芬奇《蒙娜丽莎》，1503—1506年，法国巴黎卢浮宫博物馆收藏。

保罗·塞鲁西埃《讲故事的人》，1918年，法国。

加布里埃尔·弗雷《A大调第一小提琴奏鸣曲》。

万晓利《狐狸》。

白日梦

如果你看到我在人群中自言自语、微笑，请不要惊讶，那是我平凡生命中最美的时候。

1

我真的很想被外星人劫持。

如果有一天飞碟降临，要求劫持一个地球人，请一定把这个机会让给我。

让我看看飞碟的内部，让我看看浩瀚宇宙中的其他生命，让我看看他们的星球。

即使，再也回不来，我也不会遗憾。

我将在另一个星球写作。

我将静静地思考生命。

我将摆脱引力，摆脱左右。

我将进化成巨大的章鱼，在时间中孤独地游走。

我看到无数个星球，无数个文明，无数个进化。发生，寂灭，周而复始。

也许有一天，我会经过地球，可能是千年以后。

曾经的那个世界，一切都已过去。

我还可以看到你们的镜像，只是已无法对话。

我该去哪里？

2

虽然已不再年轻，但是让我成为足球运动员吧。

赐予我无可匹敌的必杀技——快。

闪电流星，风驰电掣，幻影攻击。

在绝对的速度面前，一切技巧都不值一提。我有足够的时间摆脱、突破、得分！

我的团队是简单的、团结的、快乐的，对胜利充满渴望。

我们要进军世界杯，要在决赛拿下阿根廷队，要捧起大力神杯！

我的最爱，阿根廷队，不要哭泣。亚军也不错啊，不耽误你们狂欢。

但我们是冠军，中国人也要狂欢。

那时我将隐退，在路边吃一碗炒凉粉，看人们都活跃起来，街上到处都洋溢着欢乐的气氛。

3

我想有一天变得很有钱，但又无名，仿佛锦衣夜行。

仿佛青龙刀在黑夜里露出寒光。

我要隐入闹市。

我要把被限制的想象打通，把不理解的东西弄懂。

我要在梦中笑醒，然后跑步去上班。

迟到了就直接辞职，去河边唱戏，买一只白鹅跟着我，去酒吧吹萨克斯。

天亮前我要开着敞篷吉普车带走一只白熊。

白熊躺在后座上，戴着红色的围巾；白鹅站在副驾上，戴着黑色的墨镜。

我们开着车去旅行呀。

熊碰到什么事都不管，鹅碰到什么事都要管。

如果碰到一个会聊天的姑娘，就买两个毛线帽子。

把鹅赶到后座上，不管它愿不愿意。

我们一起飞驰啊，去遥远的北方。

4

我想住在一个巧克力做成的大厦里，从最顶层开始吃，一辈子也不出来。

生命的最后吃到最底层，只剩一间屋子，把屋顶也吃掉。

然后躺在沙发上，看天空、太阳、星星和月亮，以及杨树的叶子和风。

饿了就吃沙发。

看苍蝇搓手，蛐蛐儿磨牙，蚂蚁打架。

看曹操写诗，柳永调情，阮籍恸哭。

看玄宗醉归，子猷访戴，罗敷采桑。

看子昂画马，好好卖酒，陶潜忘路。

…………

等待着，我的命运和结局。

5

有一天醒来，我发现自己在一列火车上，对面坐着一个陌生的女郎。

她说我是最后一位乘客，其他人都已下车。

所以，可以满足我一个愿望。

我说把火车开到海里，我们去找一个海螺，钻进去，在海底流浪。

于是，火车叹息着俯冲下山，斑马沉默着穿过草原，太阳流着泪挂在天边。

一只猴子在树枝上大笑。

那是我对陆地的最后的印象。

推荐欣赏：

陈洪绶《摘梅高士图》，明，天津博物馆收藏。

张路《拾得笑月图》，明，美国弗利尔美术馆收藏。

唐寅《梦仙草堂图》，明，美国弗利尔美术馆收藏。

刘元《黄金缕图》，元，美国辛辛那提艺术博物馆收藏。

奥斯卡·柯克西卡《做梦的少年》，1908年，英国苏格兰国立现代美术馆收藏。

克里姆特《达娜厄》，1907—1908年，奥地利。

克里姆特《金鱼》，1901—1902年，瑞士苏黎世美术馆收藏。

马蒂斯《梦》，1935年。

恩斯特·路德维希·克尔希纳《柏林街景》，1913年，德国。

保罗·德尔沃《带灯笼的风景》，比利时。

索尼娅·德劳内《菲洛梅内》，1907年。

弗兰茨·马尔克《蓝马》，1911年，美国沃克尔艺术中心收藏。

弗兰茨·马尔克《梦想》，1913年，瑞士伯尔尼美术馆收藏。

马克斯·贝克曼《黄色-粉红色自画像》，1943年，私人收藏。

乔治·德·基里科《令人不安的缪斯》，1925年，意大利国家现当代美术馆收藏。

多梅尼科·莫雷利《贝尔纳多·塞伦塔诺肖像》，1859年，意大利国家现当代美术馆收藏。

达利《伊尼德·浩顿》，20世纪，西班牙。

马蒂斯《梦》，1935年，法国国立现代艺术美术馆收藏。

马克斯·贝克曼《梦》，1921年，美国圣路易斯艺术博物馆收藏。

夏加尔《梦》，西班牙提森-博内米萨博物馆收藏。

亨利·卢梭《梦》，1910年，美国纽约现代艺术博物馆收藏。

但丁·加百利·罗塞蒂《比阿特丽斯去世时但丁的梦》，1871年，英国沃克美术馆收藏。

乔瓦尼·贝里尼《神圣的寓言》，1490年，意大利佛罗伦萨乌菲齐美术馆收藏。

马格利特《伟大的战争》，1964年，私人收藏。

胡安·米罗《展翅的微笑》，1954年，西班牙马德里普拉多博物馆收藏。

莫罗《伽拉忒亚》，1896年。

但丁·加百利·罗塞蒂《白日梦》，1880年，英国维多利亚与艾伯特博物馆收藏。

库尔贝《梦乡》，1866年，法国巴黎小皇宫美术馆收藏。

沃特豪斯《许拉斯和水泽女仙》，1896年，英国曼彻斯特美术馆收藏。

舒曼《a小调钢琴协奏曲》。

福雷《梦醒时分》。

面孔乐队《幻觉》。

摇滚乐

崔健绝不会想到，他的摇滚乐会在30年后被超过4000万人围观！

在这个，一切都可以设置的，时代的晚上，不是我不明白，这世界变化快。

唯一的端倪，是前几年的一个节目《乐队的夏天》，摇滚居然靠着综艺火了一把，也算神奇。

新裤子乐队的彭磊抱着吉他跳起来那一刻，我就沦陷了。仿佛一颗流弹打中胸膛，刹那间往事涌上心上。

原来我的病是没有感觉，原来心底的田园大火还在熊熊燃烧。

刺猬、新裤子、五条人、木马、重塑、面孔、盘尼西林、九连真人……

刺猬的歌才是杀人又放火，像狙击步枪，瞄着心口打，一枪就粉碎。

生如烟花，炸开自己纵情燃烧吧，一代人终将老去，但总有人正年轻。

新裤子既国潮又先锋，彭磊一人即可炸场，偏偏还有个神经质庞宽，怎么受得了？

小熊和洋娃娃跳舞，知识分子也要跳舞，霹雳舞，霹雳舞……

木马黑暗又温暖，那摇曳的节奏让人欲罢不

能。他戴着礼帽,总是让自己有美妙的旋转,旋转时又寂寞依然,沉溺于这流逝在时光里的情爱。

盘尼西林乐队的小乐在School酒吧喝了几瓶啤酒,上台一口气唱了三首歌,有点儿神发挥了!那是一个没有刻意装扮、完全沉浸在音乐里的小乐。

摇滚乐,是一定要去现场听的,哪怕走音,哪怕人声嘈杂,录音棚里出来的就不是一个味儿了,令人无感。

整整二十年,我以为摇滚乐已经消失了,没想到他还在!

他站在马路边,弹着吉他,没有鲜花,没有掌声。

他站在马路边,弹着吉他,没有市场,没有流量。

他站在马路边,弹着吉他,弹着吉他,弹着吉他……

突然一束耀眼的阳光,照在了他的脸上。

是的,你的生命总会绽放,阳光会照耀每一个人。

就像今夜,在这个网络强大的夜晚,崔健这个"老灯塔"又被围观了。

只是不知道,有没有照耀到现在的年轻人,他们在想什么?是否需要?

在充满困惑的青葱岁月,正是摇滚乐照耀了我,让我心生光明,即使身无分文、找不到方向,也始终不怕,相信未来可期。

那时正是崔健在郑州用一块红布蒙住双眼唱道:"你问我看见了什么,我说我看见了幸福。"

穿着西装的窦唯在香港红磡体育馆的舞台上抑扬顿挫的念白:矛盾,虚伪,贪婪,欺骗,幻想,疑惑,简单,善变……

人们在惊讶、沉默后陷入集体疯狂,那个25岁的窦唯真是充满魔力。

《孤独的人是可耻的》里的小提琴，在很长时间里都是我听过的最动人的旋律。

穿着海魂衫的何勇，在三弦的伴奏下踩着单车去看夕阳……

那是一个注定要载入中国摇滚乐史册的日子，1994年12月17日。

四年后，我在桃源路的蚂蚁音像店买了一张"中国新音乐势力演唱会"的门票，坐着乐迷专列去了新乡。

我终于看见了光芒万丈的唐朝乐队，核弹级别地引爆全场，狂云风雨，万里江山。

那真是难忘的夜晚，我们挤在三万人的看台上，彻底疯狂。

过了那一天，大三的我就要穿过大半个郑州，去经三路上班了。

我已经看到了父亲的窘迫，我已经知道，曾经幻想的人生坦途并不属于我，我已经知道，无忧无虑的日子结束了。

那时的经三路，还有大片的荒地，还有人放牛。

我常常站在公司的窗口眺望远方，看残阳如血，柳絮翻飞，两行低雁，一树桃花。

虽然收入微薄，明日难料，但心里从没有惧怕。

真挚的音乐像一束强光始终在人心底积蓄着力量。

那是人生旅途中无比珍贵的礼物。

推荐欣赏：

赵佶《听琴图》，北宋，北京故宫博物院收藏。

文徵明《琴鹤图》，明，台北故宫博物院收藏。

刘松年《摔琴谢知音图》，南宋，美国弗利尔美术馆收藏。

朱德润《松涧横琴图》，元，台北故宫博物院收藏。

周文矩《听琴图》，五代十国，美国克利夫兰艺术博物馆收藏。

赵伯驹《停琴摘阮图》，南宋，台北故宫博物院收藏。

赵孟頫《松下听琴图》，元，北京故宫博物院收藏。

范宽《携琴访友图》，北宋，英国伦敦大英博物馆收藏。

夏圭《听琴看瀑图》，南宋，美国弗利尔美术馆收藏。

孙位《高逸图》，唐，上海博物馆收藏。

俞龄《竹林七贤图》，清，济南市博物馆收藏。

佚名《东山丝竹图》，元，北京故宫博物院收藏。

盛懋《秋舸清啸图》，元，上海博物馆收藏。

佚名《燕寝怡情》（柳荫琵琶），清，美国波士顿美术馆收藏。

拉斐尔《圣塞西莉亚的狂喜》，1516年，意大利博洛尼亚国家艺术画廊收藏。

夏加尔《小提琴手》，1912—1913年。

亚历山大·戴维森《唱歌》，1884年，英国。

费尔南德·赫诺普夫《聆听舒曼》，1883年，比利时。

梵高《弹钢琴的玛格丽特·加歇》，1890年，瑞士巴塞尔美术馆收藏。

马奈《吹笛子的男孩》，1866年，法国巴黎奥赛博物馆收藏。

葛饰北斋《神奈川冲浪里》，约1830年，美国国会图书馆收藏。

杰克·韦特拉伊洛《唱歌的男管家》，苏格兰。

奥斯塔德《小提琴手》，1673年，荷兰莫里茨皇家美术馆收藏。

赫里特·洪特霍斯特《小提琴手》，1626年，荷兰莫里茨皇家美术馆收藏。

夏凡纳《夏天》，19世纪，法国。

巴尔托洛梅奥·贝泰拉《静物:两架诗琴、一架维金纳琴、书,放在有毯子盖着的桌子上》,17世纪,以色列博物馆收藏。

鲁克努丁《克达·拉格尼》,约1690年,美国纽约大都会艺术博物馆收藏。

卡普阿《我的太阳》,帕瓦罗蒂演唱。

苏佩《轻骑兵序曲》。

哈恰图良《马刀舞曲》。

皇后乐队《波西米亚狂想曲》。

一幅画

今日大雪，我整理旧书，翻到一幅马远的《寒江独钓图》，竟看痴了。

画面上只有一舟、一翁、几条水纹，再无他物。

渔翁仿佛身处小小水塘，又仿佛身处天地宇宙间。

我感觉到一点儿凉。

仿佛山谷中清洌湿润的风吹过脸颊，天空中一场雨雪正在做最后的蓄势。

还好，船上准备了蓑衣，久战无妨。

四周皆山。山石层层堆叠直上云霄，是燕文贵笔下的《溪山楼观图》，是盛懋笔下的《山居纳凉图》，隐含着秩序，滚动着力量。

更加大气磅礴的，是范宽的《溪山行旅图》，恢宏博大，摄人心魄。

山中有径，遇水搭桥。桥上有高士曳杖访友，身后一小童抱琴相随。

弹琴唱歌，本是国人生活日常，何时中断了呢？

过桥有庭院，有草堂。主人烹茶候客，窗外梅花盛开，庭中落着一只白鹤，树下系着一匹红马。

是韩干神采飞扬的《照夜白图》？是赵孟頫不拒不迎的《人骑图》？

是龚开铁骨铮铮的《骏骨图》？还是金农不拘一格的《蕃马图》？

昂扬也好，隐忍也罢，金农一介布衣，也托古改制，自成一片天地。

日月生辉，星河灿烂，谁能阻挡梦想呢？

"松间草阁倚岩开，岩下幽花娆露台。谁叩柴扉惊鹤梦，月明千里故人来。"

莫问今夕是何年，厨娘生火把鱼煎。且来抚琴歌一曲，把盏对饮付笑谈。

山静日长，水流云舒，花开花落，树摇人醉。

身在旅途，江湖路远，送别依依，相逢不识。

聚散苦匆匆，明年花更好，知与谁同？

中国人的山水，不是绘画，是绘心。有巨然的大壑奔流，有吴镇的萧疏淡泊。

春则万物发生，夏则树木繁茂，秋则万象肃杀，冬则烟云黯淡。

青春放歌，归去来辞，随心而动，皆得优美。

心中有山，山就在那里。心中无山，则天地苍茫。

就像这小舟上的老翁，眼里有水，心里有鱼。名与利，付之天，笑把渔竿上画船，得失不过一念间。

水中自有乾坤，层波叠浪、洞庭风细、湖光潋滟、云舒浪卷、寒塘清浅、长江万顷、黄河逆流、秋水回波、晓日烘山、沧海桑田，人聚人散。

留下的，只有一片空白，空谷回声，岁月悠然。

我们善于化简为繁，不善于化繁为简；善于赋能，不善于赋心；聚则欢欣，散则怅然；得之喜，失之悲……

太多的食物，太多的故事，太多的词语，太多的屏幕，太多的美女，太多的流量，太多的掌声。

内容太多,不如舍弃。

心静之时,云开之日,天地广阔,琴声悠扬。

听一曲亚当·赫斯特的《月光女神》,仿佛看到一张张画作穿过时间的长河,在幽蓝的月光下飘过。

仿佛看到马远伏案窗前,胸有山河,寥寥数笔,千古流传。

推荐欣赏:

马远《寒江独钓图》,南宋,日本东京国立博物馆收藏。
唐寅《山静日长图》,明,台北故宫博物院收藏。
燕文贵《溪山楼观图》,北宋,台北故宫博物院收藏。
盛懋《山居纳凉图》,元,美国纳尔逊-阿特金斯艺术博物馆收藏。
吴镇《中山图》,元,台北故宫博物院收藏。
吴镇《渔父图》,元,北京故宫博物院收藏。
屈鼎《夏山图》,北宋,美国纽约大都会艺术博物馆收藏。
章采《山楼客话图》,清,旅顺博物馆收藏。
刘度《春山台榭轴》,明,台北故宫博物院收藏。
唐寅《春山游骑图》,明,美国弗利尔美术馆收藏。
佚名《江山行旅图》,金,美国纳尔逊-阿特金斯艺术博物馆收藏。
韩干《牧马图》,唐,台北故宫博物院收藏。
赵孟頫《调良图》,元,台北故宫博物院收藏。
王蒙《夏山隐居图》,元,美国弗利尔美术馆收藏。
孙君泽《山水图》,元,美国景元斋收藏。
刘松年《青绿山水图》,南宋,美国纽约大都会艺术博物馆收藏。
唐棣《溪山烟艇图》,元,台北故宫博物院收藏。
顾正谊《开春报喜图》,明,台北故宫博物院收藏。

倪赞《秋林野兴图》，元，美国纽约大都会艺术博物馆收藏。
任仁发《二马图》，元，北京故宫博物院收藏。
朱德润《松涧横琴图》，元，台北故宫博物院收藏。
马远《山居图》，南宋，美国弗利尔美术馆收藏。
马远《寒岩积雪图》，南宋，台北故宫博物院收藏。
贝多芬《降B大调第七号钢琴三重奏》，第一乐章。
亚当·赫斯特《月光女神》，大提琴。
新裤子乐队《没有理想的人不伤心》。

八音盒

　　高中毕业我就接班进了一个代号工厂，被分配在烤片车间。

　　这个工厂在渭河边，前身是疗养院，有大片的人工草坪、花园和巨大的银杏树。

　　烤片车间在工厂的西南角，挨着一排桑树，车间推开门就是烤炉，像一节灯火通明的火车横在厂房里。

　　值夜班的时候，从烤炉里夹一块烧红的方砖出来，可以在上面煮挂面。

　　那时的我，常常捧着一缸滚烫的葱花挂面，看着窗外月光下闪闪发亮的河水，度过漫长的、前途未卜的1995年的冬夜。

　　陪伴我的，还有一个八音盒，在宿舍床头的台灯下。

　　每次看着盒子上那个旋转的女孩，我就想起W，想起我们晚自习后一起骑自行车回家，想起高考前她送给我这个八音盒，想起我们笑了笑愉快分手的样子。

　　她真的很聪明，谈着恋爱还考进了北外。

　　而我，不出意外，这辈子可能就在这个工厂里了。上班、吃饭、理发、洗澡、看电影、结婚、分房……

　　但是很快，我就下岗了。社会的旋转比八音盒要剧烈得多。

　　我考了驾照，开了两年出租车，每天晚上在雨后春笋般冒出来的歌厅门口趴活儿。

渐渐地就没有那么积极,常常借酒浇愁。

有时候凌晨醒来,头痛欲裂,怎么回的宿舍都不知道。看着台灯下的八音盒,我对自己的未来感到深深的恐惧。

我想我必须离开。

于是我联系了一个老板,开始跑大车,从中原大地到阿克苏油区,来回十二天,拉天然气。

我戒了烟酒,吃住都在车上,每跑够两个小时就休息二十分钟。

库车的夜晚零下十五度,但驾驶室里的八音盒依然旋转。我喜欢那简单纯粹的音乐,让我一直充满希望。

我也在路上不停地奔波,在路上看着天地广阔,时代变换,生机勃勃,攒钱买了第一辆车。

我运过山西的煤、太行山的石灰、越南的水果……

拉不完的货,做不完的生意,攒够钱我就买车,一直发展到八辆车,不停歇地奔驰在大江南北。

2008年,我把生意转给一直跟着我的小江,进了商学院。

商学院的同学都在买股票,我就跟着买。股票市场天天都在上涨,短短几个月赚的钱竟然抵我辛苦十年挣的钱!

那个夏天大家都沉浸在巨大的欢乐里,喝酒唱歌,欢天喜地,商量着南极旅行的计划。

谁知金融危机爆发,市场雪崩,纸上富贵转眼灰飞烟灭。我眼看着那些加了杠杆的同学倾家荡产,人生归零。

虽然损失惨重,好在我永远不会孤注一掷。我终于可以静下心来读书,并学习欣赏古典音乐。

当一切喧嚣归于沉寂时,我又出手购买了大量股票,之后就回老家当起了农民。

我承包了六十亩地种玉米和小麦,养了八十只大鹅,空闲的时候就一点点翻新爷爷留下的老宅。

脚踏实地的生活让我重新恢复了体力,恢复了视力,走路像小跑一样。

不过五年,时间送给我的财富已经让我足以自由,但是我已经不像曾经那样在乎了。

我几乎重建了这个石头房子,在院子里种了枣树和桃树,清晨生火煮饭,傍晚树下喝茶。

我收集了各式各样的八音盒,有村里的孩子来就送给他们。

没事时我就去山上小张家里跟他学木匠,我想最多一年时间我就能亲手做出来一个八音盒,那时我该多么快乐!

推荐欣赏:

米开朗琪罗《德尔菲的女卜者》,1509年,梵蒂冈博物馆(西斯汀礼拜堂)收藏。

拉斐尔《亚历山大的圣凯瑟琳》,约1508年,英国国家美术馆收藏。

让-马克·纳蒂埃《青春女神装束的沙特尔公爵夫人》,私人收藏。

布格罗《酒神狂欢节上的青年们》,1884年,私人收藏。

卡尔·布留洛夫《女骑手》,1832年,俄罗斯莫斯科特列恰科夫美术博物馆收藏。

沃特豪斯《女子夏洛特》,1888年,英国伦敦泰特美术馆收藏。

格瑞兹《破水壶》,18世纪,法国巴黎卢浮宫博物馆收藏。

巴萨万（传）《亚历山大至山洞拜访哲人柏拉图》，莫卧儿帝国时期，美国纽约大都会艺术博物馆收藏。

蒙克《青春期》，1894—1895年，挪威国家美术馆收藏。

梵高《有柏树和星星的路》，1890年，荷兰克勒勒·米勒博物馆收藏。

库尔贝《路遇》，1854年，法国朗基多克法伯荷美术馆收藏。

卡拉瓦乔《大马士革路上的皈依》，1601年。

巴洛奇《在埃及逃亡时的休息》，1570—1573年，梵蒂冈博物馆收藏。

布隆奇诺《故事》，1545年，英国国家美术馆收藏。

梅西那《领报的圣母》，1475年。

乔治·加勒伯·宾汉《密苏里河上顺流而下的毛皮商人》，1845年，美国纽约大都会艺术博物馆收藏。

马丁·约翰逊·赫德《雷雨欲来》，1859年，美国纽约大都会艺术博物馆收藏。

马克西姆·莫福拉《卢瓦尔河上的桥》，1892年，私人收藏。

施尔德·哈森《奏鸣曲》，1893年，美国纳尔逊-阿特金斯艺术博物馆收藏。

马斯卡尼《乡村骑士间奏曲》。

萨拉萨蒂《安达卢西亚浪漫曲》。

唐朝乐队《飞翔鸟》。

一首音乐

1944年的冬天，波兰，华沙。

炸成废墟的街道，千疮百孔的楼房，东躲西藏的犹太钢琴家还是被纳粹军官发现了。

军官没有射杀他，只是命令他弹奏。

皎洁的月光透过炸开的墙壁，照着一架落满灰尘的钢琴，照着蓬头垢面、衣衫褴褛的钢琴家。他用略显僵硬的手、迟疑的手，弹响了第一个音符。

那是我，第一次，彻底被音乐震撼。

肖邦的《g小调第一叙事曲》。

柔软的、平静的、发光的音符，渐渐汇聚成急流闪电。自我的、绝不妥协的结尾令人浑身发麻，心绪难平。

军官暗中帮助他渡过了最后的难关，一直到二战结束。

这是电影《钢琴家》中的故事，好的电影，总是闪耀出人性的光芒。

好的音乐，则是灵魂的解药。

仿佛亚丁的雪山下的溪水和澄净如梦的空气，包裹着你，抚摸着你，清洁着你。

那是一切之初，所有之前。

是比才的《卡门》第三乐章间奏曲，长笛和单簧管吹奏出春雨来临前的宁静。

林间还有残雪，小草已经发芽，梅花顶着银霜含苞欲放。

天地万物，都收到了春的讯息。

我们从溪水中上岸，披着晨光，沿着山谷穿行。

山谷中回荡着海顿的《第一号大提琴协奏曲》，单纯的、友好的、无防备的，对前方所有未知充满好奇。

太阳沿着山坡爬了上来，投下万道金光。

水波粼粼，像含情脉脉的眼，数也数不清，全都是你。

你坐在水边，弹奏着巴达捷夫斯卡的《少女的祈祷》。

我站在对岸，和以门德尔松的《乘着歌声的翅膀》。

心弦拨动，没有选择，必须恋爱。

我们手挽着手，走过大片鲜花盛开的草地，蝴蝶绕着桃花翩翩起舞，布谷鸟在山楂树上欢欣鸣叫。

一把小提琴奏响维瓦尔第的《四季·春》第一乐章。

一把小提琴奏响莫扎特的《G大调第十三弦乐小夜曲》。

春，青春，初恋，美得冒泡。

奈何春光易逝，你要去南方看海，我要去北方沙漠。我以为我们会一起，谁知却分道扬镳。

我们走出山谷，踏入江湖，刀光剑影。

伴着马克西姆的《克罗地亚狂想曲》，柴可夫斯基的《第一钢琴协奏曲》，贝多芬的《暴风雨奏鸣曲》，威尔第的《凯旋进行曲》……

我在大漠中日益强壮、粗砺、固执、自负。

我喜欢雷斯庇基的《罗马之松》，充满力量和秩序感。

在太阳下山、人去楼空的时候，我需要用那些节奏支撑。

当什么东西需要支撑的时候就危机四伏了。

我铩羽而归，两手空空，退守太行。

一个人在星空下静默，寒秋孤影，听懂了巴赫的《大提琴组曲》，那就是生命本身的律动。

天上人间，一切自有规律。我仿佛看到众生，看到悲悯大地和真正的我。

再起高楼，高朋满座，觥筹交错，夜夜笙歌。

但我已不在席中，人们永远看不到我。

我只会在远处看着这一片烟火，听着华金·罗德里戈的《阿兰胡埃斯协奏曲》、马勒的《第九交响曲》、马斯奈的《泰伊思冥想曲》、布鲁赫的《g小调第一小提琴协奏曲》。

一曲又一曲，思念你。

岁月如水，故事苍白，我已不敢相信自己。只有一件事是确定的，那就是——我们一定会重逢。

也许在山楂树下，那时也许我们已白发苍苍，不过那都不重要了，我们什么都不需要了，只需要一曲贝多芬的《月光》。

一切之初，简单，纯洁。

推荐欣赏：

周文矩《合乐图》，五代十国，美国芝加哥艺术学院收藏。

仇珠《女乐图》，明，北京故宫博物院收藏。

杰拉德·冯·洪托斯特《阳台上的乐队》，1622年，美国洛杉矶盖蒂中心收藏。

布歇《吹风笛的牧童》，1754年，美国波士顿美术馆收藏。

但丁·加百利·罗塞蒂《爱的致意》，1861年，美国伊莎贝拉嘉纳艺术博物馆收藏。

塞尚《弹钢琴的女孩》，1869年，俄罗斯圣彼得堡艾尔米塔什博物馆收藏。

爱德华·伯恩·琼斯《爱之歌》，1868年，美国纽约大都会艺术博物馆收藏。

西尔维斯特·莱加《斯托内罗之歌》，约1868年，意大利佛罗伦萨皮蒂宫美术馆收藏。

波尔蒂尼《弹钢琴的女人》，1870年，私人收藏。

埃米尔·劳《小夜曲》，1937年。

雷诺阿《弹钢琴的少女》，1865年，美国芝加哥艺术博物馆收藏。

朱莉·德兰斯·费加德《钢琴课》，19世纪后期。

威廉·亨特《觉醒的良知》，1853年，英国伦敦泰特美术馆收藏。

梵高《弹钢琴的玛格丽特·加歇》，1890年，瑞士巴塞尔美术馆收藏。

托马斯·杜因《钢琴》，1891年，美国弗利尔美术馆收藏。

马蒂斯《钢琴课》，1916年，美国纽约现代艺术博物馆收藏。

卡尔·拉森《布里塔钢琴》，1896年，瑞典。

马克斯·恩斯特《圣塞西莉亚》，1923年，德国斯图加特州立美术馆收藏。

伯莎·韦格曼《窗前的钢琴》，19世纪末，丹麦。

雷内·马格里特《弹钢琴的乔吉特》，1923年，比利时布鲁塞尔伯萧画廊收藏。

奥斯曼·哈姆迪·贝《两个女音乐家》，1880年。

安东尼奥·东希《歌曲》，1934年，意大利。

柏辽兹《幻想交响曲》。

齐柏林飞艇乐队 *Rock and Roll*。

甜甜圈

甜甜圈是条白色的比熊，只能听懂两句话："下楼。""吃饭。"

不管任何时候，不管声音多么细微，只要你说"下楼"，它都会激灵一下支起耳朵、抬起右腿、瞪大眼睛，仿佛被闪电击中。

充满期待，充满好奇，是真的吗？幸福得要晕过去。

每次开门的瞬间激动得头都被夹住，仍然不管不顾地挣出去，闷着头拉着你疾跑，对这条走了上千回的路始终保持着宛如初见的热情。

它的力气很大，如果买辆车套上，拉着我在小区里跑两圈应该没有问题。每天这样空跑实在有点儿浪费它澎湃的动能。

如果碰到同类，它就大声嘶吼着往前扑。如果对方同样大吼，它就迅速熄火，低头走自己的路。

转够了，回家倒头就睡，鼾声不止。

这时你轻轻说一声"吃饭吧？"它骨碌一下就站起来，整个世界都安静了。

我从来没有见过比甜甜圈更吃嘴的吃货。不管你往盆里倒什么都秒光，就是扔进去一只袜子也会被毫不犹豫地吞下去。

如果是酸奶和火腿肠就疯了。

接受一切条件：让坐就坐，让握手就握手，让作揖就作揖。挤眉弄眼，可甜可咸。

可能因为吃得不错，发情比较频繁。

一整天一整天地在屋里转来转去，眼神空洞，烦躁不安。有时候跳上飘窗对着天空仰天长啸，有时候站在门口望眼欲穿。

有次朋友出门，送来一只机灵的小母狗托管。

甜甜圈追着小母狗跑了一下午，人家快它也快，人家慢它也慢，追上了就一脸蒙不知如何是好。

小母狗冲它吼、挠它脸，它眯着眼一脸贱相一动不动，任由它欺负。

吃饭也变得扭捏，站在旁边看着人家先吃，之前都没有这样乖过。

小母狗被接走后甜甜圈的情绪明显变得恶劣，喊它装着没听见，经常独自站在角落里生闷气，还把抽屉把手咬掉一块。

一天中午我刚要睡觉，听见客厅咣当咣当响。我起来一看，甜甜圈叼着自己的水盆在地上摔来摔去。

原来是忘了给它倒水，它气坏了。看见我出来摔得更响。

这时候我的脑海里就涌现出很多和狗有关的词语。

你这条走狗、狗腿子、狗血喷头、偷鸡摸狗、狗仗人势、落水狗、狗急跳墙、狗眼看人低、狐朋狗友、狼心狗肺、关门打狗……

我一直想不通，这么多人喜欢养狗，为什么和狗有关的词语大都是贬义的呢？

随着年龄的增长，甜甜圈越来越稳重了。

吃东西不再狼吞虎咽了，也不抢了，你舀一勺狗粮它不急着吃，等你舀第二勺。

生活日益有规律。吃饭，下楼遛弯儿，遇到熟狗不远不近地打个招呼,下午坐到飘窗上晒晒太阳,看看花椒树上的斑鸠。

什么事儿都不操心,不着急。

它仿佛已经与自己和解,安静地享受着似乎幸福的狗生。

推荐欣赏:

周昉《簪花仕女图》,唐,辽宁省博物馆收藏。

李迪《猎犬图》,南宋,北京故宫博物院收藏。

毛益《萱草游狗图》,南宋,日本大和文华馆收藏。

沈振麟《狗图》,清,台北故宫博物院收藏。

赵福《犹图》,唐,日本东京国立博物馆收藏。

佚名《秋葵犬蝶图》,南宋,辽宁省博物馆收藏。

佚名《空林坐狗图》,南宋,美国克里夫兰艺术博物馆收藏。

佚名《秋庭乳犬图》,宋,上海博物馆收藏。

佚名《犬戏图》,宋,美国纽约大都会艺术博物馆收藏。

刘亿《仙犬图》,清,台北故宫博物院收藏。

赵佶《鹰犬图》,北宋,台北故宫博物院收藏。

郎世宁《十骏犬图》,清,台北故宫博物院收藏。

卡耶博特《欧洲大桥》,1876年,法国巴黎小皇宫美术馆收藏。

毕加索《女人与狗》,1962年,私人收藏。

费利斯·卡索拉蒂《贝多芬》,1928年,意大利。

约翰·辛格·萨金特《比阿特丽斯·汤森小姐》,约1882年。

戈雅《狗》,1819年,西班牙马德里普拉多博物馆收藏。

谢洛夫《费利克斯·尤苏波夫肖像》,1903年,俄罗斯博物馆收藏。

亨丽埃特·隆纳·克尼普"狗"系列,荷兰阿姆斯特丹国家博物馆和英国国家美术馆收藏。

蒙克《狗头》,1930年,挪威蒙克博物馆收藏。

阿尔弗雷德·雅各布·米勒《蛇印第安人和他的狗》,约1860年。

彼罗夫《最后的旅程》《三套车》，1865年，俄罗斯莫斯科特列恰科夫美术博物馆收藏。

雅各布·巴萨诺《两只绑在树桩上的猎犬》，约1550年。

马奈《查尔斯国王的猎犬》，约1866年，美国国家美术馆收藏。

约翰·查尔斯·多尔曼《狗狗之家》，1860年，英国沃克美术馆收藏。

让·巴蒂斯特·奥德里《狗和鹧鸪》，约1735年，阿根廷布宜诺斯艾利斯国家美术馆收藏。

特罗荣《走狗》，1853年，俄罗斯普希金博物馆收藏。

高更《静物与三只狗》，1888年。

圣-桑《g小调第二钢琴协奏曲》。

小约翰·施特劳斯《狩猎快速波尔卡》。

肖邦《小狗圆舞曲》。

九连真人乐队《莫欺少年穷》。

男和女

　　1425年,意大利文艺复兴绘画的奠基人马萨乔,受邀在意大利佛罗伦萨卡尔米内教堂创作了著名的湿壁画《失乐园》。

　　这幅画描绘了圣经故事,亚当和夏娃偷吃禁果后被上帝逐出伊甸园的情景。

　　他们掩面悲号,开启了红尘男女爱恨纠缠的终极宿命——苦乐相随。

　　一千年前,初秋,中国唐朝,洛阳城东。大诗人杜牧挑帘踏入酒馆,竟意外重逢了张好好。

　　这位自己曾经倾慕不已、名震一时的歌姬,不过数年,已沦为饱经沧桑的卖酒之女。

　　曾几何时年少,醒来世事难料。

　　窗外斜日衰柳,秋意凉风拂面。

　　杜牧感旧伤怀,手书一卷长歌——《张好好诗》相赠。

　　"洛城重相见,婷婷为当垆。"

　　"洒尽满襟泪,短歌聊一书。"

　　那年,杜牧33岁,张好好18岁。

　　以"十年一觉扬州梦,赢得青楼薄幸名"自嘲的杜牧,诗文皆负盛名,率真风流。

　　张好好出嫁时,亦曾留诗一首:

　　"孤灯残月伴闲愁,几度凄然几度秋。哪得哀情酬旧约,从今而后谢风流。"

据说杜牧死后,张好好赶到长安,自尽于杜牧坟前。

问世间情为何物,直教人生死相许!

这是杜牧仅存墨迹,也是稀见的唐代名人书法作品之一,现收藏在北京故宫博物院。

北京故宫博物院还有一幅明代画家吴伟的《武陵春图》。

江南名妓武陵春与傅生相爱,后傅生获罪入狱,她倾其资财营救不得,竟忧伤成疾而逝。

徐霖写《武陵春传》,吴伟据此成画。

此画案上有琴,琴却无弦。盆景有梅花,却空了一边。

睹物思情,唯有锦书一卷,为爱痴狂,你敢不敢?

吴伟少年成名,受诏入宫,深感束缚,称病返乡,定居于南京秦淮河畔。

三百多年后,爱尔兰画家弗雷德里克·威廉·伯顿爵士根据丹麦民谣创作了《在塔楼楼梯上相遇》。

公主海乐丽爱上了侍卫希尔德布兰德,他们在上下塔楼时相遇,侍卫拉过她的胳膊深情地一吻。

他知道,这一次擦肩而过即是永别。盛怒的国王已经发出了必杀令。

这幅画被爱尔兰人评为最喜爱的绘画作品,因为这是史上最动人的擦肩而过!

后来,德国表现主义画家马克斯·贝克曼创作了名画《鱼背上的旅行》,一幅如此奇特、令人印象深刻的绘画。

一对情侣紧紧地绑在大鱼身上。

他们互相拿着对方的面具。

大鱼跃出水面,但马上又将坠入黑暗的海底。

男子的面具似乎在微笑，也似乎在哭泣。

鱼的眼睛睁得很大，却没有表情。

看似荒诞，但我们似乎都要经历这个时刻。

没有选择，命运早已将我们捆绑。

红尘滚滚，物是人非，命运交错，徒叹奈何？

庄子说："相濡以沫，不如相忘于江湖。"

苏轼中年时夜来幽梦忽返乡，看到妻子王弗"小轩窗，正梳妆"。

清晨的阳光照着16岁的你的脸庞。

梦中宛如初见，十年生死两茫茫，相顾无言，唯有泪千行。

多么动人的不能相忘。

推荐欣赏：

杜牧《张好好诗》，唐，北京故宫博物院收藏。

吴伟《武陵春图》，明，北京故宫博物院收藏。

费丹旭《风月秋声》，清，法国国家图书馆收藏。

张茂《鸳鸯图》，南宋，北京故宫博物院收藏。

陈洪绶《荷花鸳鸯图》，明，北京故宫博物院收藏。

苏汉臣《靓妆仕女图》，北宋，美国波士顿美术馆收藏。

马萨乔《失乐园》，1425年，意大利圣玛利亚大教堂布兰卡西礼拜堂收藏。

弗雷德里克·威廉·伯顿爵士《在塔楼楼梯上相遇》，1864年，爱尔兰国家美术馆收藏。

马克斯·贝克曼《鱼背上的旅行》，1934年，德国斯图加特国立美术馆收藏。

拉斐尔《亚历山大的圣凯瑟琳》，约1508年，英国国家美术馆收藏。

洛德·莱顿《画家的蜜月》，1864年，美国波士顿美术馆收藏。
夏尔·格莱尔《萨福的长沙发椅》，1867年，法国。
克里姆特《吻》，1907—1908年，奥地利美景宫美术馆收藏。
弗兰克·狄克西《罗密欧与朱丽叶》，1884年，英国南安普顿市美术馆收藏。
波提切利《维纳斯和战神》，1485年，英国国家美术馆收藏。
安格尔《拉斐尔和弗娜里娜》，1814年，美国哈佛大学福格艺术博物馆收藏。
弗拉戈纳尔《秋千》，1766年，英国华莱士收藏馆收藏。
夏加尔《献给过去》，1945年。
巴斯蒂昂·勒帕热《垛草》，1878年，法国巴黎奥赛博物馆收藏。
弗拉戈纳尔《门闩》，约1777年，法国巴黎卢浮宫博物馆收藏。
雅姆·蒂索《十月》，1877年；《拿伞的牛顿夫人》，约1879年。
格瑞兹《破水壶》，18世纪，法国巴黎卢浮宫博物馆收藏。
爱德华·埃尔加《e小调大提琴协奏曲》。
肖邦《f小调第二钢琴协奏曲》，第二乐章。
古琴曲《长相思》。
琴歌《关雎》。
新裤子乐队《生活因你而火热》。

兄弟

一年冬天,贾鲁河边的一只流浪狗生下四只小狗。

不知道它们怎么熬过了那两场大雪,反正到春天的时候,已经生龙活虎了。

它们在明媚的春光里追逐、扭打、嬉戏,累了就并排趴在草地上,看波光粼粼的河水和对岸拔地而起的传媒中心。

看着它们亲密无间的样子,我想起元代画家任仁发绘制的《五王醉归图》。

图画生动地描绘了李隆基五兄弟游玩饮宴后骑马归来的情景。

乍一看这样安排很合理,没毛病,但细究历史上的帝王之家,哪有这么简单?

明争暗斗,刀光剑影,步步杀机。情同手足,这大概只是童年时的短暂欢乐吧。

身着红衣的李隆基在最前面,坐骑为"照夜白"。

他已经醉得趴在马背上,需二人搀扶。

宽厚稳重的宋王李宪虽然也喝得醉眼迷离,但还是紧跟其后,一步也不离开李隆基。

接着是顾前盼后的岐王和薛王。

最后面骑花马的申王同样醉得伏在马背上。

任仁发生动地描绘了历史上的一个不经意的瞬间,兄弟之间情同手足的美好令人动容,也有助于我们理解"万国趋河洛"的开元盛世的更多细节。

古罗马时期，也有几个好兄弟——荷拉斯三兄弟。

由于罗马人和伊特鲁里亚人经常发生战争，为了避免更多伤亡，双方决定分别选出三位勇士来进行决斗。

勇敢的荷拉斯三兄弟被选中了，父亲亲手将宝剑分给他们，他们最终取得了胜利。

1784年，法国画家雅克·路易·大卫据此创作了著名的《荷拉斯兄弟之誓》，现收藏在法国巴黎卢浮宫博物馆。

画中三兄弟面向父亲手中的宝剑宣誓——他们的勇气、坚毅和必胜的信念呼之欲出。

这幅画的感染力是毋庸置疑的。几年后，巴黎市民涌上街头，法国大革命爆发。

中国历史上有两个著名的兄弟——伯夷、叔齐。

他们是商末孤竹君的两位王子，伯夷为长子，叔齐为三子。

孤竹君遗命立三子叔齐为君，孤竹君死后，叔齐让位给伯夷，伯夷不受。于是他们都放弃了王位，出游周国。

武王灭商后，他们耻食周粟，采薇而食，饿死于首阳山。

首阳山，是邙山山脉的最高峰。

南宋画家李唐据此创作了《采薇图》，伯夷、叔齐坐在山洞前、松树下、溪水旁，促膝相谈，轻松自在。

不知为何，近来我常常被这样的场景打动。

听说，我的姥爷在临终前平静地讲述了自己的一生。他说自己还有一个哥哥，打仗时被抓走了，再也没有见过。

我不知道，那是怎样一种想念。他们小时候，一定会一起捉鸟捕鱼吧，会一起打架逃课吧，会一起放牛爬树吧……

我羡慕这样的想念，因为我体会不到。

我记得我小学的班里有26个同学，都是独生子女，中国第一代独生子女。

我们在相当长的时期里为这个身份骄傲并忽视了那隐藏的自私、自负、自我和缺乏宽容、受不了失败。

这都是可以修正的，但修正不了的，是那突然袭来的猛烈的孤单。

推荐欣赏：

任仁发《五王醉归图》，元，上海龙美术馆收藏。

李唐《采薇图》，南宋，北京故宫博物院收藏。

叶芳林、方士庶《九日行庵文宴图》，清，美国克利夫兰艺术博物馆收藏。

刘敏叔《三夫子像》，元，美国弗利尔美术馆收藏。

周文矩《重屏会棋图》，五代十国，北京故宫博物院收藏。

韩干《照夜白图》，唐，美国纽约大都会艺术博物馆收藏。

阎次平《四季牧牛图》，南宋，南京博物院收藏。

钱选《蹴鞠图》，元，上海博物馆收藏。

雅克·路易·大卫《荷拉斯兄弟之誓》，1784年，法国巴黎卢浮宫博物馆收藏。

丢勒《祈祷之手》，1508年，奥地利阿尔贝蒂娜博物馆收藏。

特卡乔夫兄弟《海边的两兄弟》。

埃贡·席勒《兄弟》，1911年，私人收藏。

布格罗《兄弟之爱》，1851年，美国波士顿美术馆收藏。

勒南兄弟《农民一家》，1642年，法国巴黎卢浮宫博物馆收藏。

庚斯博罗《追蝴蝶的画家之女》，1759年，英国国家美术馆收藏。
肖邦《升c小调圆舞曲》。
勃拉姆斯《G大调小提琴奏鸣曲》第三乐章。
杭盖乐队《轮回》。

夏天

  白杨树的叶子在风中飞舞的时候,我认为,那就是夏天。

  那年夏天,我第二次坐在高考的教室里,唯一的印象就是窗外的白杨树。

  数不清的树叶在明晃晃的校园里,在一阵一阵的风中,"哗哗"地响。

  考完试,我在一家杂货店打工。

  每天吃过午饭,我就坐在柜台后面削铅笔,然后一根一根地摆在玻璃柜台上。

  杂货店的对面是车管所。

  要不了多久,就有人陆陆续续地从车管所出来,穿过一排绿油油的白杨树,来店里买铅笔。

  我不知道他们为什么买铅笔,只知道这个杂货店里,铅笔是利润最高的。

  其次是汽水、扑克、香烟。

  利润最低的是盐。

  杂货店的左边是法院,经常有人来店里复印材料。右边是一个军供粮站,隔几天就有部队的卡车来拉面拉油。

  那些精干的战士看着和我年龄差不多。

  店老板留着小胡子,很能吹牛。有时候他到店里,看看没人就拉着我喝啤酒。

  基本上一瓶下去就开始吹胡子瞪眼,讲他如何一个打八个，两瓶后就指着钱箱说："老弟，需要就拿！"

面红耳赤的时候，老板娘突然进门，他马上胡子都耷拉下来，只赔笑不说话。

老板娘白净且凌厉，上学时成绩很好，但一到考试就发挥失常，两次高考失利后就放弃了。

结婚后他们开了这个小店，养了两个孩子。

我收到大学录取通知书那天，他们俩很正式地给了我一个红包。

D开着一辆黄色的面的停在杨树下，伸出头喊我去"快活"。

路上他兴高采烈地告诉我："厂里动员下岗，这还用动员吗？咱啥都落后，这次可算争了个第一！"

我刚考上大学，而他已经历了接班当工人和下岗。

我们照例去文化宫合作"快打二代"，久疏战阵的我靠着他让血而一路闯关。

打完游戏我们去喝了酒，之后去医院找他的护士女友。

在医院的走廊上，他已经醉得躺在长椅上，嘴里不停地喊着女友的名字。

终于我看见那个柳眉倒竖的漂亮姑娘，端着一盆水走过来，倒在了D的头上。

我不知道，那盆水是否浇醒了D。

我不知道，他是否能过这一关。

后来的事，我已醉得记不清楚了。

那个夏天，我也快记不起来了。

大学的暑假我依然去打工，并认识了文君。文君的父亲是物理教授，留苏的博士。

晚饭的时候他喜欢喝一点儿酒，兴致到了就在阳台上拉大提琴。

阳台外面是一排白杨树，树叶在晚风中"哗哗"作响。

他拉的总是同一首曲子，神秘、诱惑，让人想起夏天的森林，森林深处的盛会，人们举着亮晶晶的酒杯，翩翩起舞。

这时候，阳台上的他，夏夜里的他，身上仿佛披着一层光辉。

文君是个聪明、要强的女孩，但是她的光芒还要等到很多年以后。

在那之前，我们选择了分手。

后来，我慢慢经历了失业、奋斗、自负、膨胀、打压，无依无靠的迷茫、自我安慰的妥协、若有若无的领悟。

白杨树的叶子绿了又黄，抖落一身繁华，来年又在枝头翻飞闪烁。

多少个夏天过去了，我才明白，人生就像游戏厅里的"快打二代"，你拼尽全力地过关，不过是另一关的开始。

只是，我的身边，再也没有D。

好在，我曾经认为必过不可的关已没那么重要了。

我更迷恋一些细节，比如那首令我欲罢不能的曲子，我终于找到了它——肖斯塔科维奇的《第二圆舞曲》。

在2022年的夏天，我再次听到这首熟悉的旋律响起，我想：那些过关的、没过关的，那些飞扬的、飘落的，那些清晰的、徘徊的，那些亲密的、疏离的，总有一天，都会在夏天的白杨树下相遇，都会举起酒杯相互问好、相互拥抱、相互微笑。

那是夏日终曲，是注定的所有的结局。

推荐欣赏：

王蒙《夏山隐居图》，元，美国弗利尔美术馆收藏。

仇英《蕉阴结夏图》，明，台北故宫博物院收藏。

黄公望《夏山图》，元，美国克利夫兰艺术博物馆收藏。

赵令穰《湖庄清夏图》，北宋，美国波士顿美术馆收藏。

佚名《宫乐图》，唐，台北故宫博物院收藏。

雪舟《四季山水图（夏）》，日本东京国立博物馆收藏。

大卫·霍克尼《大水花》，1967年，英国。

乔治·英尼斯《九月下午》，美国伍斯特艺术博物馆收藏。

列维坦《夏天的傍晚》，1899—1900年，俄罗斯莫斯科特列恰柯夫美术馆收藏。

雷诺阿《煎饼磨坊的舞会》，1876年，法国巴黎奥赛博物馆收藏。

理查德·埃米尔·米勒《夏天的幻想》，1914年，美国底特律美术学院收藏。

安德斯·佐恩《仲夏之夜》，1897年，瑞典斯德哥尔摩国家美术馆收藏。

亨利·卢梭《狂欢节的夜晚》，1886年，美国费城艺术博物馆收藏。

夏凡纳《海边少女》，1879年，法国巴黎奥赛博物馆收藏。

伊迪丝·海拉《夏天的阵雨》，1883年，美国福布斯杂志社收藏。

亨利·马丁《恋人》，1952年，法国巴黎小皇宫美术馆收藏。

高更《阿韦·玛利亚》，1891年，美国纽约大都会艺术博物馆收藏。

安德斯·佐恩《水波轻拍》，1887年，丹麦哥本哈根国家美术博物馆收藏。

彼得·西维林·克多耶《斯卡曼海滩的夏夜：艺术家夫妇》，1899年，丹麦希施斯普隆美术馆收藏。

亨利·莱巴斯克《拿扇子的女士》，1924年，法国。

马吕斯·博吉奥《带Cat的内部》，1918年；《到达》，1920年。
波提切利《年轻女子像》，1485年，德国施泰德艺术馆收藏。
列宾《准备考试》，1864年，俄罗斯博物馆收藏。
肖斯塔科维奇《第二圆舞曲》。
鲍罗丁《波罗维茨舞曲》(《鞑靼人之舞》)。
唐朝乐队《太阳》。

房子

我有一座老房子，在太行山上。

房子后面挨着山坡，两边山脉环绕起伏，对面是一条大河。

我想把它卖掉，问村里表叔价格，他想了想告诉我："松松（轻松，容易）卖五万。"

河边是公路，一直通到郑州，只有1.5小时的车程。

我想，不如改造。

房子是石头砌成的，院墙也是石头垒的。

青蓝的石条严丝合缝、坚固无比。

屋顶是黑蓝的瓦，屋檐下有燕子的巢，屋脊偶尔走过一只猫。

我想，檐角一定要挂上黄铜风铃才行。

下雨时雨水要顺着瓦片流下，在窗前挂上雨帘。冬天屋檐垂下冰柱，春天慢慢融化。

院门是铁门，已锈迹斑斑，声音刺耳，要换掉。

换两扇厚厚的木门吧，推门要有吱吱呀呀的响声，门上要贴两张威武门神，后面装两根结实的门闩。

门前放两个石墩，也许以后我会坐在这里吃饭，看公鸡打架、蚂蚁运粮，也许会有路人休息，谁知道呢？

门口装一盏灯，夜里要长明，也许有人需要。

从门外看，墙头一定要露出半树桃花。墙头伸出来的桃花是最美的桃花。

院子里要种一棵枣树。秋天用竹竿打枣，红枣噼噼啪啪落地的声音，动听、喜悦。

留一小块菜园，种一些应季的蔬菜。靠墙种上梅豆，就为了看那紫色的小花。

菜园旁边打一口压水井，要有长长的铁柄。北方的山上水比较珍贵。

沿着一侧墙，建成半开放式的厨房，要有足够的柴火和粮食。

厨房的顶上是露台，可以装上细细的绿色的栏杆，铺上松木的地板，可以看见四周的山和不远处的河。

河边有一棵很大的核桃树。

秋高气爽的日子，我们可以在树下放一张桌子，铺上干净的桌布。

我们可以喝茶，也可以喝酒。如果有威士忌和冰镇的苏打水，那就聊到落日残霞，飞鸿影下，烟村牧笛……

如果是夏天，我们可以躺在河水的浅处。河底铺满了被时间磨圆的石头，挤挤挨挨，一团和气，只剩下舒服。

抬头可见满天繁星，仿佛一张星图就在眼前展开。

星光璀璨，如此耀眼，我们像是躺在宇宙的边缘，清凉的河水哗哗流淌，载着我们在星际游荡。

哪一颗星，会是人类的第二故乡？如果有单程的远航，我一定会报名前往。

远处几声犬吠，把我们拉回太行。"杏花村里旧生涯，瘦竹疏梅处士家。"虽是深山荒村，却也有明月小楼，红炉暖阁。

我们围在煤炉边烤火，吃一碗汤面，一觉睡到天亮。

山里的清晨，才是清晨。

在窗台上放一盘小米麦粒，看山雀跳跃啄食。

生火煮一锅清香的米粥，煎两个金黄的鸡蛋。

我们可以上山砍柴，镇上割肉，河中泛舟撒网。

我们可以学习手风琴，开手扶拖拉机，去河边的小学教书。

我们可以养一匹马，可以骑马过河，也可以套上车去看大篷车戏班表演。

我们可以学习木工、瓦工、园艺，一点点修理这座老房子。

我们可以买一口大缸，埋在院子里，酿满葡萄酒。等到秋风桂子香时，携村酒，大树下，迎远朋，看野花。

周齐秦汉也罢，是非成败也罢，爱恨恩仇也罢，相逢一笑不管它。

推荐欣赏：

赵葵《杜甫诗意图》，宋，上海博物馆收藏。
赵孟頫《乔木高斋图》，元，台北故宫博物院收藏。
米芾《云山图》，宋，美国弗利尔美术馆收藏。
佚名《山林会友图》，明，美国弗利尔美术馆收藏。
谢环《香山九老图》，明，美国克利夫兰艺术博物馆收藏。
唐寅《梦仙草堂图》，明，美国弗利尔美术馆收藏。
夏圭《溪山清远图》，南宋，台北故宫博物院收藏。
李公麟《渊明归隐图》，北宋，美国弗利尔美术馆收藏。
马麟《夕阳秋色图》，南宋，日本根津美术馆收藏。
钱选《归去来辞图》，元，美国纽约大都会艺术博物馆收藏。
刘松年《溪山雪意图》，南宋，美国纽约大都会艺术博物馆收藏。
赵大亨《薇省黄昏图》，南宋，辽宁省博物馆收藏。
余省《种秋花图》，清，北京故宫博物院收藏。

梵高《黄房子》，1888年，荷兰梵高博物馆收藏。

莫奈《玫瑰中的房子》，1925年，西班牙提森-博内米萨博物馆收藏。

埃贡·席勒《河上古镇的房子》，1915年，西班牙提森-博内米萨博物馆收藏。

詹姆斯·恩索尔《奥斯坦德的屋顶》，19世纪末，比利时。

毕沙罗《哈格尼农民的房子》，1887年，澳大利亚新南威尔士艺术画廊收藏。

克里姆特《阿特湖旁的房子》《魏森巴赫的守林人小屋》《阿特湖旁农舍》《阿特湖上的卡默尔城堡》等，1916年，奥地利。

蒙克《冬天的房屋和红色的天空风景》，1881年，私人收藏。

弗拉曼克《塞纳河畔的房子》，1910年，法国。

弗里茨·陶洛《河边积雪的房子》，1890年，挪威。

海顿《D大调第二号大提琴协奏曲》。

维尼亚夫斯基《d小调第二小提琴协奏曲》。

郑钧《无为》。

月光

　　九月的一天夜晚,我从写字楼里出来,站在空空荡荡的博体路大街上,抬头望见一轮明月。

　　我垂着双手,哑然望着那个月亮,挂在郑州西环的天际线上,一步也挪不开。

　　多年来紧绷的身体、争分夺秒的焦虑,突然就停滞了。

　　而记忆,像低空掠过的轰炸机,火球沿着贾鲁河一个一个炸开。

　　我看到柔软的河边,追逐嬉闹的同伴,热烈欢乐的篝火。

　　她在人群中沉默,双眸闪烁着深情,似乎在望向我。

　　我不知该做什么,只是手足无措。

　　总有些过往,不懂得如何跨过。只好看着河上的明月,在夜空、在云间,悄悄潜行。

　　然后,时间带着我们的骄傲和遗憾,流淌了一年又一年。

　　今天,她也会看到同样的月亮吗?

　　她圆了年少时的梦了吗?

　　我看着夜色中的海湾,停歇的渔船。

　　你倚着栏杆,入神地盯着海面,说感觉自己像在船上,飞快地航行。

　　海上明月当空,光芒铺满水面。荡漾、闪烁,像一万只你的眼。

你说以前觉得月亮很美，后来发现它的虚伪，现在又觉得它很美。

你说以前觉得山高海阔，后来发现江湖险恶，现在心安淡泊。

你说海水会说话，听久了，就懂了。

我披着一身月光，听着海浪，只是沉默。

我看到蓝色的山谷、清亮的小溪，山谷上方的黑色和黄色。

父亲坐在洒满月光的院子里，教我拉着二胡。

那时的父亲，头发还是黑色，看起来像一个有理想的、热情的年轻人。

他也唱歌，写信，一条腿蹲下来健身，把竹帘拆开做风筝。

九月的桂花在角落里竞相开放，香气袭人。

母亲炸的麻叶端上饭桌，香味诱人。

十五的月亮挂在山上，月色撩人。

撩动青春的燥热，我只想飞向远方。

我在远方飞了那么久，竟像没有离开一样。

我看到宁静的月光里，那么多的人，那么多的生灵，那么多的欢笑，那么多的哭泣。

花草树木，山河原野，都满足了吗？各自安好吗？

是谁月下浣纱？

是谁乘月归途？

是谁花间独酌？

是谁朱阁无眠？

是谁醉不成欢？

是谁春宵苦短？

是谁独上西楼？

是谁夜泊酒家？

是谁快乐地凝视？

是谁摆脱了嫉妒？

是谁陶醉于纯真？

我看到一切欢乐，一切痛苦，一切美好，一切丑陋，一切欲望，一切追逐，一切嬉笑，一切愤怒，一切善良，一切勇敢，一切懦弱，一切选择，一切孤独，一切寻觅。

我看到一切秩序井然，一切又分崩离析。一切来来往往，一切在往复轮回。

我无法分辨这纷繁万象，我总是不知该说什么，我知道心魔还没有消散，像薄雾遮蔽着双眼。

唯有这月光，她不远不近，不离不弃，不悲不喜，不明不暗。

她在天上微笑，她在人间倾听。

她永不凋谢，温润宁静，散发着永恒的光芒，看着一切发生。

推荐欣赏：

刘世儒《月梅图》，明，日本东京国立博物馆收藏。

董邦达《松溪泛月图》，清，台北故宫博物院收藏。

马远《举杯邀月图》，南宋，美国克利夫兰艺术博物馆收藏。

夏圭《松溪泛月图》，南宋，北京故宫博物院收藏。

佚名《月夜归庄图》，明，美国弗利尔美术馆收藏。

袁耀《汉宫秋月图》，清，北京故宫博物院收藏。

佚名《赏月空山图》，宋，台北故宫博物院收藏。

张路《拾得笑月图》，明，美国弗利尔美术馆收藏。

赵令穰《舟月图》，宋，英国伦敦大英博物馆收藏。

马麟《楼台夜月图》，南宋，上海博物馆收藏。

盛懋《松溪泛月图》，元，台北故宫博物院收藏。

牧溪《洞庭秋月图》，南宋，日本德川美术馆收藏。

中林竹洞《芳园醉月图》，美国纽约大都会艺术博物馆收藏。

约翰·阿特金森·格里姆肖《月光下》。

夏加尔《月光下的恋人》，1926年。

柯罗《月光下的船》，1871年。

约翰·阿特金森·格里姆肖《月光下的小巷》，1874年。

约瑟夫·赖特《月光下的湖》，1870年，美国耶鲁大学英国艺术中心收藏。

亨利·法瑞尔《月光下的冬景》，1869年，美国纽约大都会艺术博物馆收藏。

亨利·卢梭《狂欢节的夜晚》，1886年，美国费城艺术博物馆收藏。

梵高《星月夜》，1889年。

温斯洛·霍默《亲吻月亮》，1904年，艾迪生美国艺术美术馆收藏。

艾科斯伯格《月光》，1821年，丹麦尼瓦美术博物馆收藏。

路易斯·杜泽特"月光"系列，德国。

巴赫《众望喜悦》。

贝多芬《月光》。

亨德尔《绿树成荫》，选自歌剧《塞尔斯》。

唐朝乐队《月梦》。

理发

2022年，工作的原因，我们提着铺盖住进单位，转眼已近半月。

一天，同事提议合影留念，众人赞同。

小左虽然长得黑，但没想到还挺重视仪表，当即跑进洗手间梳头、刮脸、换了身衣服，出来时还摸着头自言自语："要能理个发就好了。"

我正用剪刀修理绿萝，回头弱弱地接了一句："我试试？"

"你——可以吗？"他说得更弱，充满疑惑，还有点儿期待。

"应该可以。"我稍微加强了语气。"疼了你就说，别不好意思。"

"没事，不出血就行。"他横下一条心。

于是，我把他按在椅子上，用纯净水桶的塑料薄膜套住他的脖子，平息了一下狂乱的心，开始操作。

第一次把剪刀放在人头上，我暗自祈祷：这可不是绿萝呀！

先剪鬓角。

贴着头皮小心翼翼地一路剪上去，快到拐弯处边打边撤，没有问题。

再剪后面。

用梳子把头发挑起来，一层一层剪，围观群众说像梯田。

再横扫一遍，说像释迦牟尼。

又对着白墙修理凹凸之处，差不多得了。

转战头顶。

用手指把头发夹起来（这样感觉专业多了），从前到后留下寸许。

好多油啊！

最后处理拐弯处和边缘地带。我显然已经度过了青涩期，剪得越来越熟练。

正在兴头上，小左突然问我："你听过那个用冬瓜学剃头的故事吗？"

"你放心，现在的剪刀都没有尖儿，想插也插不进去！"

这时已经有同事开始叫好了。

"哇，年轻了十岁啊！"

"托尼老师啊！"

"不得了啊，纯手工活儿啊！"

"还有这一手啊，你以前是干什么的？"

"能给我修修刘海儿吗？"

"咱开个理发店吧，这楼上有不少人呢。"

"门口挂个转灯吧。"

"再挂个牌子——营业中。"

"要办卡吗？"

同事们纷纷坐上椅子，一个个咧着嘴，笑得牙跟电打了一样。

小张，小刘，楼上下来俩小王，一口气我剪了五个，胳膊都酸了。

很快，微信上开始预约排队。

难怪街上这么多理发店，需求如此旺盛啊！

随着顾客的增多，我的技艺也不断精进，下刀直击痛点，主题明确，不断修正，心手合一。

随着剪刀的游走，我才发现那些平时看着大同小异的人头，摸上手时每一颗都是如此不同。

有的圆，有的方；有的平坦，有的崎岖；有的高耸，有的低洼；有的绵软，有的刚硬……

差别如此之大，只能顺势而为。

可是，为什么以前我看不到这些呢？为什么我们总是期望他们一样呢？

得不到想要的结果，原来错不在别人啊。

可惜，只有部分同事在单位，已经被我剪得差不多了。

当你走近一个人，当你为别人做了点儿什么，当他露出纯真的笑容，那种感觉，真好啊。

推荐欣赏：

周昉《簪花仕女图》，唐，辽宁省博物馆收藏。
周昉《挥扇仕女图》，唐，北京故宫博物院收藏。
周朗《杜秋图》，元，北京故宫博物院收藏。
俞明《仕女图》，清，私人收藏。
李廷薰《仕女图册》，清，英国伦敦大英博物馆收藏。
顾见龙《贵妃出浴图》，清，美国克利夫兰艺术博物馆收藏。
苏汉臣《靓妆仕女图》，北宋，美国波士顿美术馆收藏。
拉利昂诺夫《军官的理发师》，1909年。
毕加索《理发师》，1911年，法国巴黎现代艺术博物馆收藏。
莫里斯·勒卢瓦尔《在理发店》，法国。

彼得罗·隆吉《理发师》，文艺复兴时期，意大利雷佐尼科宫收藏。

米尔顿·艾弗里《理发店》，1936年，美国。

贝尔特·莫里索《理发师》，1894年，阿根廷国家美术馆收藏。

梵奥斯塔德《乡村理发师》，1637年，奥地利维也纳艺术史博物馆收藏。

阿德里安·布鲁维尔《乡村理发店》，1631年，德国老绘画陈列馆收藏。

埃德加·德加《梳理头发》，1895—1896年，英国国家美术馆收藏。

上村松园《工笔花园仕女图》，日本。

卡萨特《整理头发的女孩》，1886年，美国国家美术馆收藏。

毕沙罗《年轻的农妇在修头发》，1891年，法国。

约翰·威廉·格维得《维纳斯扎着她的头发》，1897年，英国。

海顿《降E大调小号协奏曲》。

舒曼《a小调大提琴协奏曲》。

五条人乐队《梦幻丽莎发廊》。

访谈

2011年夏,我对建业集团董事局主席胡葆森先生做了一期访谈。

他的书柜上方挂着一幅画:一只羊站在空旷的荒野上。他对此画的解读是"孤独的守望",我将原话写进了那篇文章。

后来我和报社的老总编吃饭时聊起这幅画,他告诉了我这幅画的另外一层含义——领头羊。

从那时到现在,情商一直都是我的短板。

对于胡葆森这一代企业家来说,用"领头羊"来称呼是不夸张的。

在那之前的20年里,他们最早嗅到了春风里的开放气息,毅然投身商海:

1987年,复员军人任正非创立"华为"。

1989年,郑州二院副院长陈泽民借款1.5万元创办"三全"。

1991年,俞敏洪离开北大,并于两年后创办"新东方";同年,离开深圳大学下海创业的史玉柱成立了"巨人"。

1992年,39岁的田源下海,后成为"中国期货业教父";朱新礼放弃"铁饭碗"创办"汇源";胡葆森离开河南省外经贸委创办"建业"……

同样离开体制,先后创办"嘉德拍卖""宅急送"和"泰康人寿"的陈东升给这一批人起了个名字——"92派"。

他们的人生和中国这艘巨轮都怀着极大的勇气开启了崭新的航程。

他们注定要站上历史的舞台，但时代的聚光灯会不断地调整方向。

1998年，我们还在用201电话卡拨号上网，那吱吱啦啦的神秘声音幽灵般地彻夜回荡在大学宿舍，仿佛深邃时空中响起了一支金色的号角。那声音令人战栗，令人迷醉，令人向往。

一个前所未有的新时代呼啸而来，以不容反抗的姿态强势地把数千年的人类历史从物理空间拉入虚拟空间。

张朝阳、丁磊、马化腾、张一鸣……一代拥有更高学历、以学霸、海归为底色的企业家被时代的聚光灯照亮。

"搜狗"创始人、天才少年王小川在一次访谈中说："我的人生一直都是确定的、可以解释的、无须选择的。"

但是谈到区块链，他也意识到了矛盾：区块链的底层逻辑是去中心化的，发展得越充分效率越低，甚至瘫痪。

面对重大决策，技术并不能解释一切。怎么办？

16世纪初，达·芬奇在生命的最后几年创作了《施洗者圣约翰》，画中的施洗者圣约翰手指天空，留下神秘的永恒之问。达·芬奇一直把这幅画带在身边，直到离去。

18世纪末，穷困潦倒的莫扎特在《g小调第四十交响曲》里写满了他对命运的不甘与叩问。

19世纪末，中年的高更厌倦了文明社会，逃离繁华，遁迹蛮荒，在太平洋上的塔希提岛创作了《我们从哪里来？我们是谁？我们到哪里去？》

第二次世界大战结束17年后,21岁的鲍勃·迪伦写下了传唱世界的《答案在风中飘扬》。

时间进入21世纪,我们热切期待的21世纪,眨眼又过去了20年。

83岁的北大中文系资深教授钱理群坐在小区的长椅上,看树叶在傍晚的微风中翻动。

他说,去掉知识的介入,看着树叶,此刻,就很好。

时代的聚光灯,又一次开始在人文学科的大师身上扫过。

…………

这是属于我们的时代,如此喧嚣,又如此沉默;如此热烈,又如此疏离。

我们在生命的大部分时间里被巨大的不确定性包围着。

可能,这就是访谈的意义。

所以,我们不停追问。

推荐欣赏:

李唐《归去来兮图》,南宋,美国克利夫兰艺术博物馆收藏。

马远《松荫观鹿图》,南宋,美国克利夫兰艺术博物馆收藏。

石锐《轩辕问道图卷》,明,台北故宫博物院收藏。

巨然《秋山问道图》,五代十国,台北故宫博物院收藏。

钱选《石勒问道图》,元。

梁楷《八高僧图》,南宋,上海博物馆收藏。

戴进《达摩六代祖师图》,明,辽宁省博物馆收藏。

商喜《老子出关》,明,日本MOA美术馆收藏。

马麟《坐看云起图》,南宋,美国克利夫兰艺术博物馆收藏。

达·芬奇《施洗者圣约翰》,1513—1516年,法国巴黎卢浮宫博物馆收藏。

高更《我们从哪里来？我们是谁？我们到哪里去？》，1897年，美国波士顿美术馆收藏。

米开朗琪罗《德尔菲的女卜者》，1509年，梵蒂冈博物馆（西斯汀礼拜堂）收藏。

拉斐尔《雅典学院》，1511年，梵蒂冈博物馆收藏。

乔尔乔内《三位哲学家》，1508年，奥地利维也纳艺术史博物馆收藏。

扬·凡·艾克《圣母面见大臣鲁林》，1435年，法国巴黎卢浮宫博物馆收藏。

亨利·雷本《滑冰的牧师》，1784年，英国苏格兰国立美术馆收藏。

莫罗《俄狄浦斯和斯芬克斯》，1864年，美国纽约大都会艺术博物馆收藏。

热里柯《梅杜萨之筏》，1819年，法国巴黎卢浮宫博物馆收藏。

《米斯特克世界树》，约1350年，奥地利国家图书馆收藏。

《花园里的黑天神和拉达》，美国纽约大都会艺术博物馆收藏。

巴赫、古诺《圣母颂》。

巴赫《大提琴组曲》。

鲍勃·迪伦 *Blowing in the Wind*。

散步

报社新大楼在2022年特殊时期还可以下楼散步。

一次向东行。

有一个不大不小的土坡，走上去才发现甚为开阔，难怪平时总有市民在这里露营。

建一个标准足球场完全没有问题，还可建若干网球场、篮球场、羽毛球场。那些斜坡可以练习滑板、单车。

城市绿化已经很不错了，若有更多的运动设施该多好。

土坡的西北角有一棵两百年的老槐树。

电台的大姐说，她小时候就住在这棵槐树旁边，没想到这里现在建成了电台的新大楼。

土坡翻过去是一座新桥，桥下有一座小型的水坝，桥上可以听见水流声。

桥头的树林红黄一片，正是深秋。

乌桕树上星星点点挂着白色的果实，像爆开的米花。

树林里有一座火神庙，顺着庙后曲折的小径来到南水北调干渠边。

隔着护栏看见一渠清水缓缓北流，渠上有一座简易桥，桥那边是白云观。

火神庙的南边还有一座小庙，庙后边居然藏着几块小小的菜地。

生菜、小葱、红薯、萝卜、香菜和小白菜，水灵灵的，绿意盎然。旁边居然还放着铁锹、锄头和一把钉耙。

返回时天色已晚，一只大鸟在土坡上空盘旋哀鸣，久久不去。

是它的孩子或者伴侣没有回来吗？

我们伫立仰望，不知道该怎么帮它。

次日向南行。

穿过陇海高架是常庄水库。

水库里没有水，已成为草塘。深秋的、夕阳下的草塘，很美。一脚踏进去蚂蚱四下奔逃，一只受惊的野鸡扑棱棱地飞起来。

同事惊呼这真是郑州吗？

水库西北角和东侧水坝处有大片的白杨树林。

高耸的白杨树上，叶子已金黄，摇晃着阳光，散发着迷人的清香。

此外，全是构桃树。构桃树的生命力如此强大，没有人类干预的地方，全是它。

水库东边是几个拆掉的村庄，田地还在，几块地里的麦苗已经长了出来。

此外，全是蔬菜！

那么多白菜和露出地面一大截的萝卜，一排一排的葱，摘不完的红辣椒……

我们简直像发现了宝藏！

菜地的东边是贾鲁河，北边水库大坝的一侧有一个马术俱乐部。

马厩里有十几匹良驹，腿真长啊！像电影里的马。

其中一匹高大的纯黑马独自沿着林间小路散步，威风凛凛，迎面而来，宛如通灵。

我们侧立一旁给它让路，暗自赞叹。

林间有一片木瓜树，树上挂满了大颗的、金黄的、油润的木瓜，由于没有人摘，树下也落了一地。

硕果累累是这样来的吗？

捡一个木瓜放在床头，一整晚都飘着一股幽香。

俱乐部门口的大树上蹲着两只老猴子，见人也不动。

只是默默地注视着这一方土地，仿佛已经很久、很久。

离开水库的时候，两只黑色的小狗犹豫着跑上前来要吃的，它们一定饿坏了。

可我们什么都没有带啊，只能抱歉而返。

我回到单位才看到鞋上沾了两只苍耳。

这两次秋日漫步非常愉悦，我喜欢这些新奇的小径。可能是因为并没有什么路可走，需要一点儿小小的冒险。

但在那些看似荒芜的角落，你总能发现有微小的生命在努力地活着。

这是2022年10月的郑州，城市静悄悄的。

我在郊野中想到汝河小区的杏仁茶，穿过金水河和郑大到桃源路的麻辣串儿，从交通路的鸡血汤到永安街的烤豆腐，从清真寺迂回到工二街的烧鹅、马鲛鱼……

无论经历了什么，都挡不住我们期盼再一次漫步在烟火人间。

推荐欣赏：

夏圭《冒雨寻庄图》，南宋，美国纽约大都会艺术博物馆收藏。

张宏《石屑山图》，明，台北故宫博物院收藏。
范宽《雪山萧寺图》，北宋，台北故宫博物院收藏。
王翚《岩栖高士图》，清，北京故宫博物院收藏。
马远《高士观瀑图》，南宋，美国纽约大都会艺术博物馆收藏。
王蒙《青卞隐居图》，元，上海博物馆收藏。
马轼《春坞村居图》，明，台北故宫博物院收藏。
王蒙《葛稚川移居图》，元，北京故宫博物院收藏。
佚名《秋山红树图》，宋，北京故宫博物院收藏。
戴进《松岩萧寺图》，明，日本大阪市立美术馆收藏。
姚廷美《雪山行旅图》，元，美国纽约大都会艺术博物馆收藏。
查士标《曳杖过桥图》，清，安徽省博物馆收藏。
梁楷《泽畔行吟图》，南宋，美国纽约大都会艺术博物馆收藏。
盛懋《秋林萧散图》，元，台北故宫博物院收藏。
巨然《杖藜秋爽图》，五代十国，台北故宫博物院收藏。
沈周《青山红树图》，明，天津博物馆收藏。
陈淳《烟树板桥图》，明，美国克利夫兰艺术博物馆收藏。
李成《松下高士图》，北宋，美国弗利尔美术馆收藏。
唐寅《采菊图》，明，台北故宫博物院收藏。
赵孟頫《画渊明归去来辞卷》，元，台北故宫博物院收藏。
石涛《横塘曳履图》，清，北京故宫博物院收藏。
罗聘《观瀑图》，清，美国克利夫兰艺术博物馆收藏。
文徵明《绝壑高闲图》，明，台北故宫博物院收藏。
马麟《坐看云起图》，南宋，美国克利夫兰艺术博物馆收藏。
仇英《春游晚归图》，明，台北故宫博物院收藏。
斯美塔那《伏尔塔瓦河》。
罗西尼《威廉·退尔序曲》。
崔健《假行僧》。

灯火

苏联电影《莫斯科不相信眼泪》的结尾是这样的：

卡捷琳娜坐在桌前，托着下巴看着果沙喝红菜汤。

果沙抬头问她："怎么了？"

她说："我找你找了好久。"

…………

忧伤又温暖的片尾曲《亚历山德拉》响起，镜头拉开。

他们的小屋亮着黄色的灯光，随着镜头的移动，隐入莫斯科河两岸的万家灯火。

每一盏灯下，都是单一而又抽象的一致的命运。

那是战后的莫斯科，那是一代人的青春之歌。

我记不得看了多少次这个片尾，每次都是同样的痴醉，平静又激动，感慨万千、不知所措。

那夜幕下的盏盏灯火，无声，却蕴藏着猛烈的情感。

我小时候和母亲住在工厂，也是苏式的红砖楼。

家里的电灯是拉绳的，为了方便睡觉时关灯，母亲把灯绳斜着拉过来拴在我的床头。

没想到家里的小猫很快就学会了，跳上去一压，灯亮了，再一压，灯就灭了。

有一天半夜里小猫兴致勃勃地玩起了开关灯，气得我抹了一点儿风油精在它嘴上。

它疯了一样在屋子里跑，跳上桌子顶着单卡收音机猛蹭。

收音机旁有一盏铁皮的台灯,装着一支细长的白炽灯管。

这个刷着绿漆的小台灯陪伴了我六年,有一红一白两个按钮。

在这一团白色的灯光里,我阅读了《杜里特航海记》《神秘的木刻人》《林间水滴》《地心游记》……

独自一人的时候,最好的伙伴就是一盏台灯。

直到现在,我仍然喜欢坐在台灯下,读顾城的诗,听肖邦的夜曲,喝喜欢的酒,神游发呆……

当一个人开始在台灯下安静下来的时候,他就开始了丰盈的人生。

不过最盼望的还是元宵节的彩灯。

天一擦黑,我急忙扒拉完最后一口饭,点着蜡烛,把折叠的纸灯笼拉开,用一截细木棍挑着,小跑下楼,汇入各个楼洞跑出来的伙伴中。

我们先去小学的操场上放炮,然后去工会猜灯谜,最后出厂上大街,淹没在元宵节的灯海中……

满街的花灯啊!

纸灯、纱灯,长灯、圆灯,旋转的走马灯,路中间的大型彩灯。

有一年,我们厂里的师傅们扎了一个八仙过海的彩灯,用解放卡车拉着参展,我们心里觉得特别骄傲。

过年是吃,元宵是玩。

晚上看灯,白天舞龙。远远看见踩高跷的队伍过来,街上的人已经挤不动了。

打鼓的,敲锣的,一条长龙上下飞舞,突然队伍中的红脸大汉举起一支黑铁,"轰"的一声摧肝裂胆!

这真是无限期待的一天啊,这不是中国的狂欢节、嘉年华吗?

"东风夜放花千树。更吹落,星如雨。宝马雕车香满路。凤箫声动,玉壶光转,一夜鱼龙舞。"

如此美好的节日,怎么感觉快要消失了?

如果每个城市和乡村,都恢复这个全民参与的盛大派对,那该多好。

人们应该在一起,在街上,在阁楼的酒桌上,在一轮圆月下,欣赏表演和满城的灯火,在人群中两两相望……

念都城放夜,望千门如昼。

我们应该这样开启新年的盼望。

推荐欣赏:

赵之琛、顾驺《元宵婴戏图》,清。

李嵩《观灯图》,南宋,台北故宫博物院收藏。

佚名《上元灯彩图》,明,南京博物馆收藏。

佚名《明宪宗元宵行乐图》,明,中国国家博物馆收藏。

周昉《人物卷》,唐,台北故宫博物院收藏。

佚名《十二月月令图(一月)》,清,台北故宫博物院收藏。

佚名《升平乐事图》,清,台北故宫博物院收藏。

马远《华灯侍宴图》,南宋,台北故宫博物院收藏。

郎世宁《乾隆帝元宵行乐图》,清,北京故宫博物院收藏。

海梅·科尔森《默朗格舞》,1937年。

维克多·曼努埃尔·加西亚《狂欢节》,20世纪中期,私人收藏。

阿奇博尔德·莫特利《布鲁斯》,1929年,私人收藏。

佚名《雍正十二月行乐图》,清,北京故宫博物院收藏。

梵高《罗纳河上的星夜》,1888年,法国巴黎奥赛博物馆收藏。

透纳《月光下的煤港》，1835年，美国国家美术馆收藏。

毕沙罗《蒙马特大街的夜晚》，1898年，英国国家美术馆收藏。

埃里克·特里格林《城市的夜》，瑞典。

格雷姆肖《泰晤士河畔的思考》，1880年，英国利兹美术馆收藏。

夏加尔《灯》，1951年。

卡萨特《台灯下》，1890年，美国芝加哥艺术博物馆收藏。

皮埃尔·波纳尔《灯下少女》，1900年，法国。

约翰·阿特金森·格里姆肖《野猪巷，灯光下的利兹》，1881年，英国利兹美术馆收藏。

保罗·德尔沃《所有的灯》，1962年，比利时。

加斯顿·拉·图什《欢乐的节日》，19世纪末，法国。

勃拉姆斯《第四交响曲》第二乐章。

门德尔松《e小调小提琴协奏曲》。

巴赫《大提琴组曲》。

流水账

2022年在单位值守月余,除了工作,做了以下事情。

1.阅读

泛读了许倬云的《万古江河》、余华的《文城》、卡夫卡的《城堡》。

陀思妥耶夫斯基的《卡拉马佐夫兄弟》读了第一、二部。

尼采的《查拉图斯特拉如是说》和蒋勋的《蒋勋说唐诗》当作近期的枕边书,随时翻阅。

"我必须学会用更加谦卑的方式向你靠近。""我的全部漫游与攀登,都是迫不得已,是笨拙者的一种权宜之计。"

2.散步

报社新大楼坐落在郑州西三环和四环之间,向东是贾鲁河,向南是常庄水库,向西是奥体中心和植物园,南水北调的丹江水沿东北方向环绕而过。

饭后分别向着四个方向散步,红叶漫坡遍野,河水碧波荡漾,群鸟飞起飞落。

树林里散落着四座小庙,分别供奉着各路神仙。

3.做饭

有同事从四环购得白菜一棵,欢天喜地地回来。

从食堂借了盆,我找了一把水果刀横着切丝,切了满满一大盆。

办公室有盐、醋和辣椒油，又去食堂要了生抽、白糖、香油。搅拌均匀，清脆甘凉。众人赞不绝口，风卷残云。

一日起风，树叶沙沙，突然想起银杏熟了。叫上同事下楼，捡了几袋。

剥好洗净晾干，和盐混在一起用微波炉烘烤，幽明如胶，芬芳清奇。

同事说，第一次知道身边有这么多银杏，第一次知道银杏可以这么吃。

善哉善哉。

4.理发

心血来潮，为同事理发。有不怕的，昂首试刀。

忐忑剪完第一个，效果居然还不错。于是剪了第二个、第三个……

边试边改，不断修正，推陈出新。

楼上其他单位开始有人下来。在楼道里居然有人问我："下午营业吗？"

一把梳子，一把剪刀，竟完成了23个。

一天，在电梯里看见4个我剪过的头，感觉很神奇啊。

这个特殊时期居然学会了理发，不得不感慨生命的馈赠就是这样出其不意、始料未及。

5.内务

剪绿萝就容易多了。

办公大厅里有21盆绿萝，剪掉所有的枯枝败叶，浇上清水。

第二天，所有绵软低垂的枝叶充盈向上，姿态挺拔，精神饱满。

然后清理桌子。

52张绿色的小办公桌和电脑、键盘、鼠标,全部擦洗一遍,电脑后面都是灰啊。

桌上的小零碎统统放进抽屉,放不进去的摆放整齐,整个办公室焕然一新。

有人在桌子下面放了小鞋柜,鞋子摆放得整整齐齐。

有人的抽屉里又放了置物盒,小物件归类井然有序。

等到一切恢复如昨,希望大家又看到一个洁净明亮的办公室。

6. 写信

给狱中的朋友写一封书信。

提笔竟不知写什么,"知足常乐,平淡是真""让一切都过去",这些话多么苍白,如果你理解一个中年男人的困顿。

我们只能等待,等待每一颗心自己平静下来。

7.煮茶

十月底气温骤降,突然想起柜子里还有一块朋友寄来的黑茶。

十年的老茶砖,撬开满堂金星。

用茶包装了放在水壶里煮,渐成红酒色。

与同事分享,经过时间过滤后的醇。

8. 其他

看了一年一度的喜剧大赛,这么多有才华又努力的年轻人啊!

听了一次线上讲座。

《只是喜欢》新写了四篇,分别是《银杏》《理发》《散步》《流水账》。

忘了从什么时候,我开始喜欢诸如捡银杏、清理书桌、修剪绿萝、打扫小区的积雪、看树上等待伴侣的天牛、帮田里的大姐收割芝麻之类的小事。

当我的注意力集中到这些微小的事物上时，我更能感受到生命的欣喜与丰盈。

9.补充

11月17日去采访复工复产情况，一个企业负责人指着面貌一新的工厂说："平时没有时间，这期间正好组织员工整理内务，所有的树都修剪了一遍，清理了道路、花坛、仓库，还开垦了一块菜地，你们看是不是焕然一新？员工也感觉很精神！"

深有同感。

我们掌控不了很多事，但我们总可以把自己的事做好。

推荐欣赏：

陈洪绶《饮酒读书图轴》，明，上海博物馆收藏。
夏圭《梅下读书图》，南宋。
马远《江荫读书图》，南宋。
马远《山径春行图》，南宋，台北故宫博物院收藏。
佚名《雪山行骑图》，南宋，北京故宫博物院收藏。
许道宁《松下曳杖图》，北宋，台北故宫博物院收藏。
马麟《郊原曳杖图》，南宋，上海博物馆收藏。
长安韦氏墓壁画《野宴图》，北京故宫博物院收藏。
钱选《卢仝烹茶图》，元，台北故宫博物院收藏。
王蒙《煮茶图》，元，私人收藏。
佚名《饮茶图》，南宋，美国弗利尔美术馆收藏。
唐寅《斗茶图》，明，台北故宫博物院收藏。
居节《品茶图》，明，台北故宫博物院收藏。
巴尔蒂斯《卡提亚读书》，1968年，法国。

维米尔《绘画的艺术》，1666年，奥地利维也纳艺术史博物馆收藏。

韦登《读书的马格达莱纳的玛利亚》，1435年，尼德兰。

布龙吉诺《拉瓦拉·巴提斐利肖像》，1560年，意大利。

乔尔乔·德·契里柯《孩子的大脑》，意大利。

彼得·艾尔特森《在炉子前做饭》，16世纪，荷兰。

爱德华·霍普《女士餐桌》。

小大卫·特尼尔斯《老农在马厩里调戏厨娘》，1650年，英国伦敦国家美术馆收藏。

梵高《农妇在壁炉旁做饭》。

尼德兰画师《吗哪的主人》，1470年，法国杜维查特兹博物馆收藏。

马奈《花瓶里的百叶玫瑰》，1882年，美国克拉克艺术学院收藏。

梵高《花瓶里的十五朵向日葵》，英国国家美术馆收藏。

扬·凡·海瑟姆《陶土花瓶里的花》，1736年，英国国家美术馆收藏。

梵高《花瓶中的夹竹桃与书》，1888年，美国纽约大都会艺术博物馆收藏。

亨利·纪尧姆·施莱辛格《破碎的花瓶》，19世纪。

维米尔《写信的女主人与女佣》，1670年，爱尔兰国家美术馆收藏。

加布里埃尔·梅特苏《写信的人》，爱尔兰国家美术馆收藏。

弗雷《西西里舞曲》，长笛。

弗朗西斯·普朗克《爱之小径》。

刺猬乐队《生之响往》。

1990年的暑假,我经常一个人背着相机在南太行的深山里转悠。

顺着山坡下到谷底,再爬上另一个山坡;沿着小溪钻进深山,看到巨大的瀑布;坐在悬崖边上扔下去一个易拉罐,又看着那个空罐子被山谷里的风卷着送回手边……

那年我上初一,喜欢呼朋唤友,也喜欢独来独往。

我背着一台海鸥120相机,拍过挑着山楂汽水上山的农夫,柿子树下眺望远方的少女,围坐在银杏树下烤火的僧人,草丛中一只东张西望的松鼠。

山谷里有一座废弃的水坝,水坝下面躺着一块有凹槽的巨石,凹槽里有清水,像一个浴缸。

我躺在里面,看着四周连绵的群山和上方无尽的苍穹,仿佛世界只剩下我自己。

当长时间地看着天空的时候,你会慢慢发现天空并不只是蓝色,云朵也并不只是白色。

那里面会有一点儿紫色,一点儿绯红,一点儿亮黄,一点儿青绿,缤纷斑斓。

不知什么时候,一只色彩奇异的小毛毛虫顺着石头爬到我眼前。

我刚一触碰它,手指就刺痛不已,红肿起来。

方知自然界里每一个存活下来的生命,都绝非等闲之辈。

好吧，领教了，胶卷用完了，太阳也下山了，我也该收工回家了。

那时候，出门时兜里装着足够多的胶卷是一种多么巨大的满足啊！

回到家时天已黄昏，我把窗帘拉得严严实实，用一块红布把手电筒包住，我的小房间就成了简易的暗室。

冲洗胶卷是个技术活。

要把胶卷一圈一圈缠在卷轴上，每一圈之间要有间隔，一旦粘连就报废了。

然后装入不锈钢的密封罐子，倒入药水，缓缓转动。

洗好的胶卷夹在院子里的铁丝上，一条条在微风中晾干。

洗照片的设备很简单：一个自制的曝光箱，百货大楼买的药水和相纸，最豪华的是一台舅舅送我的放大机。

120的底片不需要放大机，直接和裁好的相纸叠在一起曝光，然后把相纸放在显影液里，用竹夹夹着轻轻晃动，看着图像一点一点浮现出来，再放到定影液里定影。

刚洗出来的照片湿漉漉的、软绵绵的，需要贴在玻璃上晒干。

如果有烘干机就方便许多，不仅可以快速烘干，还可以使照片更有光泽。

最后一步就是裁剪了。把照片四边修剪整齐，可以剪成小波浪的水纹状，还可以在底部留一些空间写字。

那一年夏天，我冲洗了数不清的照片。

我选了其中一些，在A3纸上完成了暑假作业——一份手抄报。

那是一份全部工序都由我手工完成的报纸啊。

我用水彩笔勾勒了主标题"我们是跨世纪的一代",并把树下女孩的照片裁剪后作为配图。

开学后,这张小报被贴在展板上,放在教学楼前最显眼的位置整整一周。

那时候,我没有想到,21世纪拍照如此简单,分别不再伤感。

那时候,我没有想到,21世纪比想象的丰富,也比想象的单调。

那时候,我没有想到,所有人,谁也不会改变。

那时候,我还不懂得珍惜,没有想到21世纪的我,是如此怀念那台再也找不回来的海鸥相机和我的第一张手工小报。

推荐欣赏:

宋摹本《杨子华北齐校书图》,宋,美国波士顿美术馆收藏。

陈洪绶《校书图》,明。

王齐翰《勘书图》,五代十国,南京大学收藏。

王蒙《琴书自娱图》,元,台北故宫博物院收藏。

黄筌《勘书图》,五代十国,台北故宫博物院收藏。

佚名《勘书图》,南宋,台北故宫博物院收藏。

佚名《十八学士图之书》,宋,台北故宫博物院收藏。

黄慎《牛角挂书图》,清,美国弗利尔美术馆收藏。

胡安·格里斯《水果碟子、书籍和报纸》,1916年,私人收藏。

塞尚《读报纸的父亲像》,1866年。

威廉·莱布尔《乡村政治家》,1877年,瑞士奥斯卡·莱因哈特收藏馆收藏。

威廉·莱布尔《读报的人》,1891年,德国弗柯望博物馆收藏。

雷诺阿《读报的克劳德·莫奈》,1872年。

夏加尔《斯摩棱斯克日报》，1914年。

夏加尔《报贩》，1914年。

拉图尔《木匠圣约瑟》，1634年，法国巴黎卢浮宫博物馆收藏。

奥托·迪克斯《新闻工作者西尔维亚·冯·哈登女士的画像》，1926年，法国巴黎现代艺术博物馆收藏。

莫扎特《微风轻轻吹拂的时光》，《费加罗的婚礼》第三幕，咏叹调。

小约翰·施特劳斯《维也纳森林的故事圆舞曲》。

普契尼《今夜星光灿烂》，《托斯卡》第三幕，咏叹调。

麻园诗人乐队《晚安》。

十七岁的单车

我的第一辆单车，是大姑送的，剑鱼牌，它是一辆天蓝色的神气小车。

那是小学四年级，有了单车助力，我的周末就像插上了翅膀。

我和朋友们在夏天的河堤上比赛，骑得最快的"傻大个儿"一头扎进沟里；我们沿着河堤骑很远很远，发现一大片西瓜地，以及驻扎在河边的汽车连，空地上还有一架直升机；我们骑到中同街，用粮票换币打"捉虫敢死队"和"一九四三"。

"大头"在操场上表演大撒把，结果摔了个嘴啃泥，牙齿在水泥地上磨掉了半个，天天咬着牙往外蹿风。

到了中学，我的同桌是个高挑开朗的女生。我们都读汪国真，放学经常结伴骑车去文化宫吃雪花酪。

但有一阵那个女孩突然莫名其妙地生气，我费尽周折才搞明白：人家骑车带女朋友都是坐横梁上的。

这样啊，天哪，我们这是在谈恋爱吗？

那就坐横梁上吧。

只是她的个子有点儿高，还总是昂着头挡住我的视线，左顾右盼全然不顾危险，这让我大为气恼。

不过很快她就转学了，我们大部分时间只能互相写信，把收信人和寄信人地址反过来写，这样就可以不贴邮票。

高考前我们约好在牧野公园见面。

她穿了一件黄色的连衣裙，骑了一辆雅白色的单车。

停车时那辆单车倒了，她看都没看，就在明媚的阳光里笑盈盈地向我跑来。

那一年我们十七岁。

那时没有网络，没有手机，我们仅凭书信，去赴每一次约。

我们骑着单车穿过树林，穿过阳光，穿过风，穿过雨，我们可以一直骑到三十千米外的苏门山下。

当时谁在乎这些呢？直到二十年后，才会在一些夜晚被曾经的纯真侵袭，一点点扎心地疼痛。

那样简单的世界，竟然再也没有回来。

在大学里，有一次课后我发现车没了。过了几天，我看到一辆车没有锁，就骑走了。

我从来没有锁过这辆墨绿色的单车，随意停在教学楼边、食堂门前、宿舍楼下，然而它的主人却仿佛消失了，再也没有出现。

那时我就想，校园里所有的单车都不要锁，谁需要就骑，骑完就放回原地。

多么伟大的创意啊！可惜那时的网络，还处在拨号上网的阶段。可惜我，从来都不是一个创业者。

想象中的我，要比现实中的我完美太多。要等到在社会中被重锤过，才明白行动胜过千言万语。

那已经是很久以后了，好在人生何时上路都不晚。

在那之前，我骑着单车跑遍了新乡，跑遍了郑州，跑遍了上海。

我在火车站碰到一辆出租车，被那个胳膊上文着青龙的大汉讹走五十块钱；我在烈日下骑得汗流浃背，坐在桥头一个小摊前要了一碗凉粉，不知为何摊主阿姨坚决不收我的钱；我在傍晚的苏州河边，坐在单车上看斜阳晚照，不知去留，进退两难。

在那之后，日子密得像雨，快得像风，单车已经从我的生活中消失。

直到有一天，我在郊外偶然看到堆积如山的共享单车，想起我那曾经每天反复擦拭、给链条上油、调节闸线、扛着上楼、因车铃被偷和看车人大吵一架的单车，如今像垃圾一样跟其他废弃车一起密密麻麻地堆在荒郊野外，才猛然意识到这些年我们经历了多么巨大的变化！

珍贵、低廉、巨大、渺小……不经意间已完全转变，如此魔幻。

但我并不想回到过去，虽然十七岁的单车还会在梦中响起清脆的铃声，但我已没有力气、没有勇气，再来一次。

推荐欣赏：

周文矩《观舞仕女图》，五代十国，美国弗利尔美术馆收藏。
唐寅《红叶题诗仕女图》，明，私人收藏。
佚名《执瓶仕女图》，清。
吴湘《树下停阮图》，明，旅顺博物馆收藏。
费丹旭《探梅仕女图》，清，旅顺博物馆收藏。
杜尚《自行车轮》，1913年，美国纽约现代艺术博物馆收藏。
翁贝托·博乔尼《骑自行车者的活力》，1913年，意大利。
梅金杰《在自行车赛道上》，1912年，法国。
费宁格《自行车赛》，20世纪初。
纳塔莉亚·冈察洛娃《骑自行车》，1913年，俄罗斯。

罗伯特·梅德利《周末的自行车聚会》。

威廉·德·库宁《女人与自行车》，1953年，惠特尼美国艺术博物馆收藏。

埃德蒙·布莱尔·莱顿《特里斯坦与伊索尔德》，维多利亚时期，英国。

夏加尔《歌剧院》，1954年。

狩野长信《花下游乐图屏风》，日本东京国立博物馆收藏。

詹姆斯·格恩《穿着黄色连衣裙的波琳》，1944年，英国哈里斯博物馆收藏。

雷诺阿《女人半身像》，1883年。

查尔斯·爱德华·佩鲁吉尼《黄色连衣裙的女士》《一个年轻的意大利女孩》，1870年。

丢勒《奥斯沃特·卡尔的肖像》，1499，德国老绘画陈列馆收藏。

肖邦《降E大调第二号夜曲》。

肖邦《第一号钢琴协奏曲》，a小调枯木练习曲。

勃拉姆斯《d小调第三小提琴奏鸣曲》。

枪花乐队 *Paradise City*。

父亲的汽车

每天堵在陇海高架上,我对开车已无半点兴趣,Q博士却兴奋得摇头晃脑。

他就喜欢堵。

每次从加拿大回来,他就开车拉着我满郑州跑,哪条路导航显示红色就走哪条路。

晚上不回家,泡澡堂。也不开房间,睡大厅。

"躺在人堆儿里,睡得香,"他侧身对我说,"在温哥华睡不着,家里掉根针都能听见,实在受不了。"

我看着他满足的样子,依稀和出国前相同,一晃已经十五年了。

十五年前,我开着父亲留下的那辆老福特,在初秋的夜里,穿过一千千米的团雾,一路奔驰到海边。

海滩上挤满了装着牡蛎的木船。

一辆辆拖拉机轰鸣着,来来回回把船拖进海中。

硕大的红日从海面上升起,船上的渔民成为红日的剪影,把一袋袋牡蛎抛入大海。

那一年我没有工作,开着随时抛锚的破车从南到北,从白到黑。

沿着海岸线看数量惊人的待售的房子;穿过一望无际的草原,看满载木材的火车;在婺源看树下、流水、人家;在浔阳踏寻枫叶、荻花、琵琶;在太行深处看繁星、小米、山楂;在丹江边的千年古寺里,抽了一支"身披紫金袍"的红签;发现一棵唐朝种植的银杏树；穿过无数忽明忽暗的山洞；在奉节遭遇了一次小规模的泥石流，然后那辆老福特，就彻底地挂了。

那一刻我已释然——想象的人生，就此封存。

我在奉节坐上一条游船顺江而下，内心静如止水。

回到郑州，我开始卖报生涯。

每天凌晨三点，我开着一辆老款切诺基，在空空荡荡的城市里穿行。

我看到过灯火通明的印刷厂，排着长队的送报车，争吵不休的零售站，生火做饭的中年夫妇，还有一位打着花伞、穿着旗袍、涂着红脸蛋的女子……

没想到这熟悉的城市里，还有这么多陌生的角落。

城市里一点点亮起来的时候，我的工作就结束了。

开着切诺基到郊区一个废弃的工厂门口，爬到后排座睡觉。

有时候我躺在车里，看着榆树的树冠，听着清晨的鸟叫，会想起我的父亲。

他曾经有一辆三排座的小卡车，每年大年初二，拉着一家人去姥姥家。

农村总是在那时候浇地，路上有很多挖开引水的沟。

卡车每年都会陷进去，父亲就从车斗里拿出铁锹挖沟，我们下来推车。

一家人说说笑笑，总是在晌午头赶到姥姥家，放一挂鞭炮，然后开始喝酒吃饭。

后来父亲买了一辆新款的伏尔加轿车，那是他一生中最高光的时刻。

他是多么喜欢那辆车，每天擦洗得一尘不染，每天开车送我上学。

他从没有问过我的成绩，但我几乎是在他毫不妥协的意志里考上了大学。

他不知道，我坐在伏尔加轿车里，从没想过人生还需要奋斗。

我觉得一切都是顺理成章的，都在等着我。

可我不知道，一切那么快地就急转直下，钱没了，车没了，父亲也衰老了。

等着我的，是一片空白。

多年后，我躺在切诺基的后座上，无数次默默发誓，要给父亲买一辆车。

今天，我躺在澡堂里，看着满意睡去的Q博士。

他可能不知道，那辆老福特陪我告别了青春。

他可能不知道，这十几年来，我唯一坚持下来的事，就是像我的父亲那样，每天开车送女儿上学。

他可能不知道，我已经有能力给父亲买很好的车。

但是，我永远没有机会了。

推荐欣赏：

张浃《寒山盘车图》，宋，私人收藏。

江参《盘车图》，宋，美国弗利尔美术馆收藏。

佚名《盘车图》，宋，北京故宫博物院收藏。

朱锐《雪涧盘车图》，宋，台北故宫博物院收藏。

佚名《雪栈牛车图》，金，台北故宫博物院收藏。

朱锐《溪山行旅图页》，宋，上海博物馆收藏。

张齐翰《秉烛夜游图》，宋，台北故宫博物院收藏。

顾恺之《洛神赋图》，东晋。

菲利普·库巴列夫《父亲的伏尔加轿车》。

约翰·康斯太勃尔《干草车》，1821年，英国国家美术馆收藏。

博斯《干草车》，1516年，西班牙马德里普拉多博物馆收藏。

威廉·格拉肯斯《绿色汽车》，1910年，美国纽约大都会艺术博物馆收藏。

莫奈《让·莫奈骑在木马自行车上》，1872年，美国纽约大都会艺术博物馆收藏。

德加《赛马场的马车》，1872年，美国波士顿美术馆收藏。

皮埃尔·波纳尔《马车》，1895年，美国国家美术馆收藏。

彼得·勃鲁盖尔《风车下的马车》《风车和马车》，16世纪。

斯米尔诺夫·维克托尔·伊瓦诺维奇《马车》。

亨利·卢梭《工厂前面的马车》，19世纪，法国。

马克斯·爱德华·吉斯《午后的黄马车》，19世纪，德国。

拉蒙·卡萨斯《马车房》，1907年，西班牙。

莫奈《隆弗洛尔雪天的马车》，1867年，法国巴黎奥赛博物馆收藏。

鲁本斯《夕阳下的马车风景》，1635年。

狩野山乐《车争图屏风》，日本东京国立博物馆收藏。

柴可夫斯基《D大调小提琴协奏曲》。

肖斯塔科维奇《d小调第五交响曲》。

巴赫《C大调前奏曲》。

崔健《红旗下的蛋》。

八月的火车

八月的火车，像我那喝醉了的父亲，慢悠悠地摇晃着，在华北平原上。

母亲拉着我，紧跑着来到简陋的站台，年轻的女售票员正趴在桌子上看小说。

法桐树的果球正在开裂，金色的小伞像下雨一样。

白色的槐花也飘落一地，微微泛黄。

池子里的小鱼在水面上拖拖扯扯。

一只大红蚁，举着晒干的甲虫飞快地奔向池边。

还有一个黑蚁小分队，拖着一只蜜蜂，手忙脚乱地旋转。

一切都是明亮的、温暖的，等待着即将到来的立秋。

小华坐在郑州东站附近的小酒馆里，为我讲述他第一次坐火车的情景。

这一年，他四十五岁。距离他第一次坐火车，已经过去了近四十年。

但那些微小的细节仿佛更加清晰。

那一天，他和母亲，坐着八月的火车，永远地，离开了故乡。

这一别，就是半生。

他并不憧憬远方，却为何一次次启程？

他从窗口爬进沙丁鱼罐头一样的车厢去上海。

一个谢顶的中年人在去北京的夜车上向他讲外星人的故事，一直到天亮。

他在穿越呼伦贝尔的闷热车厢里看完了《银河铁道999》。

但生活里没有外星人，也没有金刚不坏之身。

生活把他带上高加索的列车，漫长的旅途让他的脚肿得连皮鞋都穿不上。

他不会俄语，就举着计算器讨价还价，竟赚得盆满钵满。

他在莫斯科有整整一层楼的办公室，买最豪华的沙发和汽车。

他坐着蒸汽火车穿过阿尔卑斯山脉。

他在拉斯维加斯决定投身网络。

他在随后的互联网泡沫中蒸发了所有。

小华讲这些的时候并没有表现出遗憾，虽然他的两鬓已斑白，但眼睛仍然闪光。

他说现在的中国到处都是机会，只是他已没有从前那种紧迫感了。

钱嘛，其实也不缺，没完没了地忙这个事，就没意思了。

那什么有意思呢？他也不知道，需要想一想，不着急。

和那些意义相比，他更能想起一些小事。

比如酒馆门口的几株蜀葵花，花瓣里怎么没有螳螂呢？从前，那里总是藏着一两只绿色的小螳螂啊。

比如八月时梦幻般美丽的合欢花，为什么都在郊外呢？城市里为什么没有合欢树呢？

比如商场里那些漂亮的毛衣，他至今无法接受毛衣竟然可以买，毛衣不都是手工织的吗？怎么能买呢？

比如那些每天学习到深夜的孩子，他们不应该是到树林里去观察天牛和蚂蚁，去操场上踢球奔跑吗？

比如他曾经非常讨厌，现在却无比怀念的喝醉酒的父亲，中年的夜晚，难道不需要一杯酒吗？

比如他曾经以为会终老一生的故乡，没想到至今都没有回去过，那个故乡还存在吗？

他离开故乡的那一天，那明亮的站台和满载着木材与粮食的火车，驶入黑夜的北方的火车，为什么再也没有出现过？

从那一天开始，以及此后的每一天，看似平淡无奇，其实全是始料未及。

下一站会发生什么呢？

2022年8月的一个下午，小华冲我挥挥手，轻松地笑着，踏上下一列火车。

推荐欣赏：

高小华《赶火车》，1981年，私人收藏。

施尔德·哈森《穿越芝加哥的夜曲铁路》，1892—1893年。

爱德华·拉姆森·亨利《火车将至》，1880年，美国托莱多艺术博物馆收藏。

莫奈"圣·拉扎尔火车站"系列，1877年，法国巴黎奥赛博物馆收藏；《雪地里的火车》，1875年，法国玛摩丹美术馆收藏。

蒙克《蒸汽火车》，20世纪初，挪威。

马奈《铁路》，1873年，美国国家美术馆收藏。

透纳《雨、蒸汽和速度——西部大铁路》，1844年，英国国家美术馆收藏。

梵高《带车厢和火车的景观》，1890年，俄罗斯普希金博物馆收藏。

弗兰克·韦斯顿·本森《早晨的火车》。

乔治·拜耳罗斯《宾夕法尼亚火车站施工》，1908年，美国布鲁克林博物馆收藏。

威廉·鲍威尔·弗里思《火车站》，1862年，英国皇家霍洛威学院收藏。

埃德蒙·布莱尔·莱顿《金色列车》。

大卫·塔特维勒《蒸汽火车》。

阿曼·吉约曼《跨越铁路的高架渠》，1869年，美国芝加哥艺术博物馆收藏。

爱德华·霍普《铁路旁的房子》，1925年，美国纽约现代艺术博物馆收藏。

阿道夫·门采尔《柏林波茨坦铁路》，1847年，德国柏林国家博物馆-阿尔特国家美术馆收藏。

阿道夫·门采尔《在月光下俯瞰安哈尔特车站》，1845年，瑞士温特图尔美术馆收藏。

奥古斯塔斯·艾格《旅伴》，1862年，英国伯明翰博物馆和美术馆收藏。

达里奥·德·雷戈约斯·瓦尔德斯《卡斯蒂利亚的耶稣受难日》，1904年，西班牙毕尔包美术馆收藏。

塞尚《圣维克多山和阿克尔河谷的高架桥》，1882—1885年，美国纽约大都会艺术博物馆收藏。

康定斯基《穆尔瑙的火车与城堡风景》，1909年。

保罗·德尔沃《周边》，1959年。

吉诺·塞维里尼《驶过村庄的红十字会火车》，1915年，所罗门·古根汉基金会收藏。

李斯特《第三号安慰曲》。

德彪西《水中倒影》。

刺猬乐队《火车驶向云外，梦安魂于九霄》。

爱情前奏曲（两则）

不会失败的表白

我是暑假在桃源路一家服装店打工的时候碰到她的。

她进来挑了两条裙子，一条黄色的，一条蓝色的，看来看去拿不定主意，于是征求我的意见。

我说选黄色的那条。

她突然说："下午要穿着新裙子去约会，将向心仪已久的男生表白，所以很重要。不过，如果失败了呢，你就做我的男朋友好不好？"

那时一束初夏的阳光透过窗户照在她明朗的脸上，我突然就很心动。

于是我说："裙子送给你了。如果成功呢，就当作朋友的祝福；如果失败呢，就当作男朋友的礼物。"

然后她就在阳光里转了一圈，欢天喜地地跑出去了。

那一天剩下的时间里我一直很兴奋，晚上回宿舍向室友详细地讲述了这次意外。

大家听后大致形成了三种观点：

第一种问我是不是傻。

第二种说这个女孩就是冲我去的，不过怎么看我也不值得呀！

第三种最叵测，她不会是冲裙子去的吧？

我听着各种分析愈加兴奋，心里默念着她临走时留下的名字——文君。

第一次约会

上大课的时候室友暗恋上了一位学姐。

学姐可能练过芭蕾，举手投足尽显优雅，走路有点儿外八字。

每次上课她的发型都不一样，有时候扎一条马尾，有时候是两条麻花辫，有时候盘头，发卡、皮筋儿之类的也换来换去。

室友常常坐在阶梯教室的后排啧啧称赞："看人家，你看人家……"

他一边欣赏一边在空白的名片上用铅笔画学姐的背影。

画的有点儿意思，尤其是她盘头的侧面，确实令人向往。

哪天在路上堵住她，说："同学，你的东西掉了。"然后把扔在地上的画片捡起来，递给她，并附上一封情书，一定会成功的。

在大家的怂恿下，室友把画片拿到校门口的打印店过塑，又点着蜡烛在宿舍里彻夜写情书。

写了很多都不满意，最后只剩下一句话："下午放学，南门口金水河边见。"

将纸条和画片塞进信封，装在衣服口袋里，随时准备实施计划。

很快，机会来了。

一天中午我们刚出食堂，室友突然使劲拽我，原来学姐正从水房走出来。

"你、你、你……你去！"

室友把信封塞给我，语无伦次，呼吸急促，脖子都红了。

至于吗?

我正要拒绝,他竟然消失了,一下子跑个没影儿。

没办法,我只好迎上去,把信封递给她。她有一点儿欲拒还迎的疑惑,最后还是接住了。

她的眼睛一眨一眨的,真的好看。

一进宿舍室友就像胶布一样缠住了我:"你说,快说,详细说。""再说一遍?!""猪啊,你怎么没有扔地上再捡起来呢?"

然后他就开始忙碌起来:洗脸、刷牙、梳头、换衣服、研究路线、借钱……

折腾到下午五点,突然一头倒在床上,他看着上铺说:"我不去了。"

我们抱头、拽胳膊、推背,他死死搂住上下铺的钢管,反而更加坚决。

我急了:"你这头猪啊!信让我送,也不留名字,你这头猪啊!"

"那你去呗!"他突然抬起头看着我,坚定地说,"我真的不去。"

于是,1996年的夏天,我看着室友十八岁的脸庞,思索良久,去金水河边完成他的第一次约会。

推荐欣赏:

费丹旭《探梅仕女图》,清,旅顺博物馆收藏。
周昉《簪花仕女图》,唐,辽宁省博物馆收藏。
周文矩《观舞仕女图》,五代十国,美国弗利尔美术馆收藏。
佚名《杏花鸳鸯图》,元,上海博物馆收藏。

佚名《桃花鸳鸯图》，南宋，南京博物院收藏。

米开朗琪罗《德尔菲的女卜者》，1509年，梵蒂冈博物馆（西斯汀礼拜堂）收藏。

莫奈《普维尔的日落》，1882年。

雷诺阿《穿黄色连衣裙的女子》，1883年。

拉斐尔《披纱巾的少女》，1516年，意大利皮蒂宫收藏。

克林姆特《梅达·普莉玛维希》，1912年，美国纽约大都会艺术博物馆收藏。

雷诺阿《海边》，1883年，美国纽约大都会艺术博物馆收藏。

毕加索《拿烟斗的男孩》，1905年，私人收藏。

莫奈《圣阿德雷花园》，1867年，美国纽约大都会艺术博物馆收藏。

乔尔乔内《乔尔乔内与提香画像》，1502年。

维托雷·卡巴乔《圣乌苏拉之梦》，1498年，意大利威尼斯油漆艺术画廊收藏。

高更《早安！高更先生》，1889年，捷克布拉格国家美术馆收藏。

巴尔蒂斯《特瑞丝》，1938年，美国纽约大都会艺术博物馆收藏；《窗边的少女》，1955年，美国纽约大都会艺术博物馆收藏。

马蒂斯《金莲花与作品"舞蹈"》，1912年，美国纽约大都会艺术博物馆收藏。

玛丽·丹妮斯·维莱《夏洛特·蒂怀尔·德尼尔丝》，1801年，美国纽约大都会艺术博物馆收藏。

提香·韦切利奥《圣爱与俗爱》，1514年，意大利博尔盖塞博物馆收藏。

巴达捷夫斯卡《少女的祈祷》，钢琴曲。

莫扎特《G大调第十三号小夜曲》，第一乐章。

西贝柳斯《浪漫曲》，大提琴。

Roxette *The Look*。

琼·杰特 *I Hate Myself for Loving You*。

张楚《孤独的人是可耻的》。

一个春天

早上七点去网球场,天还有点儿寒,打了一盘才敢脱外套。

运动的人逐渐多了起来,去年的各种不敢、小心翼翼,恍如隔世。

发球技术似乎有所提升,可能是看了一些教学视频,捕捉到了一些动作细节所致。

看来,暂停有时候也不是坏事。

我九点出发去新密,在路边的一个仓库里采访了"95后"姑娘李转转。

这个仓库是她们的直播间。

2020年,她们的豫剧团断了生意,无奈转战线上,继而柳暗花明,竟然发展壮大,硬是撑起了一个近二十人的戏班!

她的粉丝团有个响亮的名字——转家军。

当天中午直播的是《罗秃子拜寿》。报完幕,二胡刚一拉起来,直播间竟瞬间涌入一万多名观众看戏。

你仿佛看见金水河边、公园凉亭、村庄路口,那随处可见的票友戏迷。

你可以想象,在中原大地,豫剧有多么强的生命力。

那才是带着露珠的、冒着热气的、生生不息的。

转转和我们聊着聊着,移步就进了直播画面,插科打诨，引导情绪。

两个世界，一般丝滑。

我在咫尺之间，看着她们表演，为年轻人闯出了一条自己的路而啧啧称赞。

虽然她们并没有和我聊戏曲艺术、传统文化之类的话题，显然她们还顾不上、来不及想这些。

但她们在做了。

能做下去比说什么都重要。

我相信有一天，她们会发现自己所做的真正价值，也就是意义。

那个我们曾经不屑的，却最终为之痛苦的——意义。

找到它，让我们摆脱功利，摆脱焦虑。

采访结束已经下午一点，吃了新密的鲜花饼，刚炸出来的，香！甜！

想起早上母亲炸了菜角，我吃了五个。今天怎么都是炸的东西？

哦，今天是"二月二，龙抬头"啊。我火速往回赶，不少同事在等着我理发呢。

自从学会了理发，慢慢开始有回头客了，有上门生意了，开始预约了！

设备也升级了，开始时只有一把剪刀和梳子，现在有推子了，有镜子了，还有吹风机。

只是，推子的加持并没有方便多少，反而一不留神，把修齐的平面打开一个缺口。

太快了，一时掌握不住分寸。

还要练。

一下练到下午四点多，腰酸得有点儿站不住了，站了一整天啊。

整理材料，下班回家。

路过菜市场门口的名画杂货店，问老板有没有小钉子，老板拿出一个储物盒，说自己翻吧，不一定有。

但我还真找到了几个，问多少钱，老板挥挥手说："不要钱，不要钱。"

进小区发现忘带门禁卡，就在一边等着。

一会儿，路对面过来一个大姐，笑着刷开了门。

我抬腿刚要进门，却发现她反身又要走回路对面。

原来是专门来帮我开门的啊！

哎呀！社会现在都这么进步了吗！

唯有挥手致谢啊。

进了小区，我下意识地瞥了一眼隐藏在枇杷树后面的小桑树，还没有发芽。

回家赶紧把去年的两大张蚕卵找了出来，把家里所有的信封、过年的红包都找了出来，把蚕卵小心翼翼地分开装进信封或红包里。

有同事找我要了几次了，老是忘。

只是我不确定，这比小米还小的黑黑的蚕卵真的能孵化吗？

睡前手机上推送了枪花乐队的 *Don't Cry*，纽约演唱会的现场。

我看着舞台上的艾克索·罗斯，他的眼睛那么纯真，他的身体那么疯狂。

那是1991年的一天,他29岁,大红大紫。

推荐欣赏:

邹复雷《春消息图》,元,美国弗利尔美术馆收藏。
佚名《万花春睡图》,南宋,私人收藏。
徐扬《京师生春诗意图》,清,北京故宫博物院收藏。
吕焕成《春夜宴桃李园图》,清,旅顺博物馆收藏。
顾懿德《春绮图》,明,台北故宫博物院收藏。
燕肃《春山图》,北宋,北京故宫博物院收藏。
华嵒《寻春图》,清,安徽博物院收藏。
李迪《春郊牧羊图》,南宋,美国纽约大都会艺术博物馆收藏。
马轼《春坞村居图》,明,台北故宫博物院收藏。
拉斐尔《宾多·阿托维蒂》,1515年,美国国家美术馆收藏。
赫伯特·詹姆斯·德雷珀《森林仙女》,维多利亚时代,英国。
埃米尔·贝尔纳《玛德琳在树林里》,1888年,法国巴黎奥赛博物馆收藏。
埃德蒙·查尔斯·塔贝尔《在果园里》,1891年,美国。
哥川广重《岚山满花》,19世纪。
莫里斯·普雷德加斯特《春光》,1907年。
华特·克蓝《春日的使者》,1872年,英国伯明翰博物馆和美术馆收藏。
弗里德里克·卡尔摩根《春日》,英国。
玛丽·劳伦奇《法式之吻》,1927年,法国。
拉斐尔《自画像》,1506年,意大利佛罗伦萨乌菲齐美术馆收藏。
雅克·埃米尔·布兰奇《身着路易十六服装的巴伦画像》,1893年,法国。

约翰·柯里尔《森林女神》（春天），英国。

尤金·冯·布拉斯《期待》，1911年，意大利。

爱德华·维拉德《伊万娜在椅子上的春天》，1919年，法国。

维托里奥·蒙蒂《查尔达什舞曲》。

舒曼《a小调钢琴协奏曲》。

枪花乐队 *Sweet Child O' Mine*。

郊游

黄河边有个村子叫赵村,我是根据手机上推送的庙会信息来到这里的。

一路上,我满脑子都是炒凉粉,多想在农村的庙会上吃一碗焦黄烫嘴的炒凉粉啊!

但是从头找到尾都没有,我满眼失望。

只遇到一个从上街赶过来卖粉浆面条的大姐。面条味道一般,不够酸。

小吃乏善可陈,庙会的成色就差了大半。

不过,村里的戏台上锣鼓喧天的,在进行表彰大会。

据说会后要舞狮唱戏,因此小广场上挤满了乡亲。

村子挺大,顺路走走,竟然看见几座明清时期的老宅,还有几棵三百年以上的大槐树,蔚为壮观。

三百年前,谁种了这些树呢?他们从哪儿来?

那年的春天,也有庙会吗?他们吃了炒凉粉吗?

大槐树会知道吧,它们看着那么多人到来,又看着那么多人离开。

它们不占有,夏来则繁华,冬至则舍去。

它们不说话,看着一切发生。

赵村往西,路边沟壑旁立着一块雍正年间的石碑,上面刻着三个大字——虎牢关。

再看沟壑,方觉"一夫当关,万夫莫开"之意。可惜如今这里已不是关口要塞,只留下几户人家。

这里曾经真的有老虎吗?

郑州市区有关虎屯,新密有打虎亭,有这么多老虎吗?

我想沿着斜铺的土路上去看看,却窜出一条柴犬横路狂吠。

我虽恼怒,却端的不敢再进半步。

想西周时,卫士高奔戎在此擒虎献穆王,真乃勇士也!

为什么我们进化得越来越弱呢?竟奈何不得一只小狗!

惭愧啊。

那种简单、淳朴、高贵的英雄气概,在历史的烟尘中一点一点消散了。

西楚霸王,终有过不去的鸿沟。

楚河汉界,也不过是权宜之计。

徒叹,奈何。

虎牢关往西,是汜水河。汜水蜿蜒至此,汇入黄河,豁然开阔。

这便是玉门古渡。

从秦汉到清末民初,这里都是重要的水运要道。

粮草,商贸,熙熙攘攘,南腔北调。

如今,只剩下一片苍茫寥廓,斜阳孤鸿,不闻渔歌。

渡口边还有一处酒家。柜台里的姑娘放下手机,笑问客从何处来。

饭毕,我沿着春日的黄河漫步,累了索性在松软的草丛中睡下。

洁白的芦苇在风中摇曳,黄河水在耳边汩汩流过。

千百年来,可曾有哪位将士、商贾、渔夫、书生,在此休憩呢?

他们登船，或者上岸，又将去往何处呢？

河的对面，一马平川，良田阡陌，一直到太行山。

我生在那里，却住在彼岸。

我的生命中，无数次跨过黄河，却从来没有坐过船，从来没有认真地接近过她，也从来没有像今天这样，感觉到如此的安详和亲近。

又一个春天开始了，兴国寺的梅花就要开了，去年的蚕卵快要孵化了，让一切生动起来吧！

推荐欣赏：

马远《山水舟游图》，南宋，英国伦敦大英博物馆收藏。

马琬《春江待渡图》，元，美国弗利尔美术馆收藏。

马和之《柳溪春舫图》，南宋，台北故宫博物院收藏。

牧溪《虎图》，南宋，美国印第安纳波利斯艺术博物馆收藏。

朱端《弘农渡虎图》，明，北京故宫博物院收藏。

关良《伏虎罗汉》，1980年，江苏省美术馆收藏。

佚名《春郊游骑图》，唐，台北故宫博物院收藏。

马蒂斯《拿蝴蝶网的男孩》，1907年，美国明尼阿波利斯美术馆收藏。

莫奈《春天》，1872年，美国沃尔特艺术博物馆收藏。

约翰·康斯太勃尔《汉普斯特荒野》，1820年，英国菲茨威廉美术馆收藏。

皮埃尔·波纳尔《塞纳河畔的花园》，1912年，法国。

艾米丽·卡尔《海港窗口》，1931年，加拿大国立美术馆收藏。

阿尔巴尼《海洋寓言》，1635年，法国枫丹白露宫收藏。

米哈伊尔·涅斯捷罗夫《春》，1933年，俄罗斯博物馆收藏。

米哈伊尔·涅斯捷罗夫《路人，超越伏尔加河》，1922年，俄罗斯。

高尔曼《躺在草地上的农家小伙子》，1830年，奥地利。

安德烈·洛特《在荒野中漫步》，1918年，法国。

库诺·阿米耶《睡着的布列塔尼》，1893年。

何塞·巴尔达萨诺·鲍斯《巴黎（塞纳河）》，20世纪，西班牙。

阿尼戈尼《戴珍珠项链的女士肖像》，1958年，意大利。

爱德华·拉姆森·亨利《等待渡轮》，1906年，美国。

热罗姆《虎母子》，1884年，美国纽约大都会艺术博物馆收藏。

拉赫玛尼诺夫《第二钢琴协奏曲》。

肖邦《激流练习曲》。

恐怖海峡乐队 Sultans of Swing。

一　月

蜡梅

雪后，清晨，来看嵩山饭店里的这两棵蜡梅吧——

枝干上覆盖着晶莹洁白的雪，娇小的淡黄的蜡梅花在雪被上静静绽放，那么柔弱，又那么顽强！

这是北方寒冬里的第一朵花，是春天的前奏曲，是万物复苏的信号，就像萨夫拉索夫的名画《白嘴鸦飞来了》。

红梅

一月快要结束的时候，红梅在枝头星星点点。

梅花是中国文人画的重要题材，踏雪寻梅、月下赏梅，表现士人的高洁。

荥阳兴国寺前种植了大片的梅树。

一月底二月初，渐成红海。

二　月

迎春花

迎春花是北方春天的密码，第一朵小花的绽放是令人惊喜的，那是一种不期而遇的天然的喜悦。

它貌不惊人、极易被忽略的枝条，经历了如此漫长的冬季，一次又一次地，焕然一新。

赵富海老师居住的小区，专门为他开辟了一个

郑州的花

盆景园。他养的迎春花，昂然、傲然！

玉兰花

玉兰花那么大朵，像挂在蓝天里的音符，那是贝多芬的《F大调第五号小提琴奏鸣曲》，欢乐、喜悦，充满活力。

二砂老厂区，曾经有很多极其高大壮观的玉兰树。

山桃花

山桃花是桃花的前奏，颜色略白，花形略小，急急忙忙地开满一树。

梨花

梨花的白，是白色中的白色，是最美的白，让人忍不住驻足欣赏。

如果窗户正对着一树梨花，那该是一个多好的春天啊！

樱花

樱花过于浪漫，空气中都是爱的味道，没有选择，我们必须恋爱。

桃花

桃花是二月的王者，院墙里探出的桃花最美，这该是多么幸福的人家。

游完泳出来，坐在桃树下晒晒太阳，暖暖的春风吹拂，粉粉的花瓣飘落……

再买一碗粉浆面条吃，还有比这更美的事吗？

紫荆花

紫荆花自带一分贵气，只可远观，不能近玩。

紫荆山公园，以前叫东方红公园。再以前，就说到春秋时期了。郑州这片土地，故事是以千年为单位的。

在现在这个千年里，我们该怎样努力在历史的长河中发出一点儿光呢？

红叶李

红叶李，是二月里最后开放的花，紫红发亮的叶子，比花更为夺目。

三　月

连翘

很多人把它当成迎春花了吧？是啊，一样的季节，一样的形状，一样的颜色，但是仔细观察，你就会发现它们有很多不同。

迎春花是六个花瓣，连翘是四个；迎春花花瓣小，连翘花瓣大且长；迎春花枝是绿色的，连翘花枝是褐色的。

迎春花其实不如连翘开得奔放，但胜在名字起得好。名字是很重要的事呢！日本有一种草莓因颜色发白所以取名叫"淡雪"，价钱一下就比其他草莓贵了几倍！

南太行的山坡上，漫山遍野都是野生的连翘，开花的时间比郑州的晚一些，放眼望去，一片金黄。

海棠花

落英缤纷就是形容海棠花吧。

海棠花繁多且花瓣轻盈，风吹过，花瓣即在空中飞舞，飘落。树上、空中、草坪，到处都是海棠粉红、雪白的花瓣，那个情景，就只能叫"落英缤纷"啊。

李清照故居后院的小湖边有两棵很大的海棠树，海棠花瓣在春风里嗖嗖地飞离树枝，落满湖面，又随着清泉漂过青石板，汇入旁边的小河……

那么美的院子，不写诗词也难。

金水河北岸老粮院这一段，有大棵大棵的海棠树。

碧沙岗的海棠品种最多，有一种叫凯尔斯（现代海棠），12月初就开了，零零星星的，粉红的小花瓣。

绣线菊

看来绣线菊和菊花没有任何血缘关系，它们相貌差别太大。

绣线菊胜在繁多，在这万物复苏的季节，所有的生命都拼命绽放。来吧，美好的青春，为什么不释放呢？更待何时呢？

看，它引来了群蜂飞舞。

绣线菊，是优质的蜜源呢。

碧桃花

碧桃花多为红色，比桃花俗。

俗，且艳，像《过把瘾1994》里的爱。死缠烂打，亲密无间，绝不放手，知错就改，赖上你了……你敢说不爱我试试？

桐树花

农历三月三，黄帝故里拜祖大典的日子，桐树高高的树冠上就挂满了紫白色的"小喇叭"。

只有在郊外才得以欣赏梧桐花的美，一片梧桐树连在一起，像紫色的云。

常庄水库大坝下面，有很多巨大的桐树，居然还有野生的猴子。

桐树，是做琴的好材料。

楸树花

抬头看到这一树淡紫色的雅致的花才认识了这棵树——楸树。

楸树笔直、秀气、清雅，独自芬芳，与众不同。从史前时期到现在，它静静地凝视万年，看万物往复，熙熙攘攘，弹冠相庆，人走茶凉……

它的枝叶里，隐藏着多少生命的密码？

康宁街一带的路边种植了楸树，三月底开花，约两周后就换上一身绿衣，与郑州短暂的春天无声告别。

石楠花

七里河、熊儿河、东风渠两边的绿化带里，都有石楠。石楠花又小又密，一盘一盘的，开得繁复。

石楠花有一种冷腥的味道，感觉到时，猝不及防。

油菜花

常庄水库和贾鲁河之间的大片土地，都种了油菜花，是距离郑州市民最近的大面积的油菜花海。

不站在油菜花里拍张照，好像就不是春天呢。花期过后，每亩地可产约300斤油菜籽。

四 月

紫罗兰

早上打网球时发现球场旁边的绿化带里开出一片紫色的花，下意识地想这是不是紫罗兰呢？

求证——猜对了！

好美的花啊，仿佛初来乍到的贵族小姐，在榆树林中静若处子、点点相望。

东站铁路沿线、中原路、贾鲁河……越来越多的景观带里出现紫罗兰的身影。

这个城市，已经漂亮得超出我的想象。

山楂树

"哦!那茂密的山楂树呀,白花满树开放……"

来到南太行的平甸村,很难不想起苏联歌曲《山楂树》的歌词,那真的是白花满树啊!

平甸四周的山坡上,整片整片地都是山楂树林,高大茂密,这开花的季节该是多么壮观呢?挂果的季节又是多么喜人呢?

平甸村下来就是依山北上的南水北调干渠,渠里是清澈甘甜的丹江水,如果通船,一路就到郑州啦——奥体中心,美术馆,大剧院,报业大厦……

渠边大面积的绿化带里也有山楂树,四月中旬,也有歌声在水面荡漾,也有青年在树下等待张望。

他们谁更勇敢、谁更可爱?

山楂树呀山楂树,请你告诉我。

紫藤花

紫藤花是梦幻之花,遇见,就很美好。

太阳花

阳光普照时,太阳花就开放。这绯红色的小花俏丽可爱,像邻家小妹。

它不争艳,但也有脾气。太阳一走,它就撂挑子。

楝花

循着香气才发现,楝树是开花的!

四月中旬,颍河路两旁的楝树开满了紫色的星星点点的小花,奇香无比。

尤其在夜晚,在颍河路散步,你能感受到那持久的幽香,让人不忍离去。

金水河边也有很大棵的楝树,四月中旬,到树下去吧!

蔷薇

啊,蔷薇才是四月的王者,是春天里的春天。

此时的郑州,进入最美的一章。到处都是开满蔷薇的花墙,走过,驻足,观望,喜悦,心情大好,想要奔跑。

此时适宜听一曲韦伯的《f小调第一单簧管协奏曲》第三乐章,欢快的,缤纷的。

四月的蔷薇,你一定不要错过。

五 月

小蜡

立夏,小蜡树以一身白花奏响夏天的序章。花朵虽小,却如此繁复,如此热烈,如此芬芳。

爱情似乎扑面而来,已经顾不了太多。

石榴花

这是一朵喜庆的花,它意味着圆满、丰足,满满的幸福。

所以,它无处不在。

公园里,马路旁,河边,兴国寺,小区庭院,哪里没有石榴树呢?

看见它,心中就充满了喜悦,它是五月最夺目的一点猩红。

蜀葵

哇!居然还有这种花,它像乡下姑娘进了城,而且毫无违和感。

它变得洋气了,但依然健康和质朴,落落大方,不需防备。

它高高地直立着,在枝头绽放大朵大朵的五颜六色的花。

螳螂最喜欢待在蜀葵花里，尤其是刚孵化出来的小螳螂，可现在很少见了。

它的花瓣纤维分明，小时候磕破了腿，就把蜀葵花瓣分层撕开，贴在伤口上，这是天然的"创可贴"呢。

凌霄花

凌霄花总在墙头出现，大朵的橘红，像空中飞舞的彩蝶。

它开在下垂的枝条上，阳光充足的时候，花瓣朵朵向上。此心光明，夫复何求！

夹竹桃花

满树的夹竹桃花白得耀眼，那么远就能看得到。

这已不是记忆中的夹竹桃花，它仿佛经过了时间的淬炼，脱胎换骨了，雕琢成宝石了。

它远远地闪耀，你已无法靠近。

六　月

女贞花

大叶女贞在郑州广为种植，大概因为它四季常青吧。

六月里第一个开花的就是它，一簇簇的白色小花，走近则香气袭人。

紫薇

紫薇，耐得住寂寞，守得住繁华。

在漫长的时间里，它只有光滑的枝干。触摸，则轻轻晃动，我们小时候称之为"痒痒树"。

但到了六月中旬，它会开出一簇簇淡紫色的、娇羞柔美的小花，这看似柔弱的小花却有着最长的花期——一直开到秋天。是盛夏过后郑州街头为数不多的缤纷色彩。

紫薇近几年在郑州得到广泛种植，不同颜色的品种也像是多了不少，水红、粉白、浅蓝……

三所里有一棵紫薇，不知长了多少年，树干已经水桶粗了，蔚为壮观。

丁香

丁香是紫薇的妹妹吧，更加的娇柔、淡雅，惹人怜爱，像越南绘画，清新唯美得不忍染指。

可能因为名贵，所以种植不多。

六月的龙子湖畔，不要错过啊。

虎葛花

初见有点儿惊讶，它白色的花盘像小小的飞碟，隐藏在冬青身上。

那么细小，不易察觉。

小，却精致，结构复杂，一丝不苟，绝不像看起来那么简单。

仔细观察，它细细的藤蔓竟已把整棵冬青缠满！

虎葛，绝非浪得虚名啊！

哪一个难以挽回的错误，不是开始于那些微小的细节呢？

木槿花

六月最后开放的花。

木槿开花的时候，预示着缤纷的花季就要过去了。

七　月

地雷花

虽然离得很远，但我还是一眼就认出了它——地雷花。

没错，就是地雷花。

郑州居然也有地雷花。

它总是开放在角落里，清清爽爽的红艳。它看起来有些柔弱，在七月里才得以尽情开放。谁知它的身体里，竟藏着一颗"地雷"呢？

多少人因为它不起眼，而错过了它。

那些起初不起眼的机会，我们一再错过。

八　月

牵牛花

"天下谁人不识君"用来形容牵牛花可真是太合适了。谁不认识牵牛花呢？为什么它的知名度这么高呢？

如此娇柔的小花，为什么叫"牵牛"呢？真是令人费解。据说是和伏牛山有关系，和南阳黄牛有关系，这就更加匪夷所思了。

《源氏物语》里称它为"朝颜"，因为它清晨开放，夜晚闭合。

日本人取名字，总是有点儿细微、娇小、清寂、哀婉的感觉，大概是他们身居海中小岛，充满不安全感吧。

盛世美颜也好，凡尘野花也罢，一切请珍惜，一切将吹散……

茉莉花

好一朵美丽的茉莉花，真的是"香也香不过它"啊。

这怡人的芬芳入茶，真是大自然最神奇的馈赠。

九　月

桂花

桂花的香是暗香，暗香盈袖，浮荡在空气中，不经意地袭来，令人精神一振。

循着香气寻觅，才发现这小小的金黄，竟开满了一树！这是有内涵的花，越看越有料，越看越有味道，不像有些花，大而无当，美得空虚。

卖桂花糖藕的小车，该上街了吧。

榆林南路，有一排漂亮的桂花树。西四环有一棵百年桂花树，上面挂满了祈愿的红丝带。

南瓜花、丝瓜花

南瓜花、丝瓜花，这算花吗？当然算啊！角角落落里你总可以看到它们，开得热烈、开得奔放、开得泼辣。九月的阳光下，谁比它们更艳呢？

南瓜花是大朵的黄，丝瓜花是小朵的黄。看来九月的主题是黄色。

这浓郁的、纯粹的、热情的金黄，让人有一种颗粒归仓的踏实感和满足感，让人惊讶于生命力的旺盛，这是土地的赞美诗。

梅豆角花

虽然是菜花，但谁比梅豆角花更雅致呢？它的紫色让人感到宁静、安心，忍不住驻足欣赏，还有垂下来的紫色的豆荚，可以摘吗？

十 月

串串红

串串红又是一种记忆之花。

它在秋风中向我招手，仿佛从来都没有离开过。

一条黑色的火车虫从它的身后爬出来，让人惊叹于城市生态的修复，那么多记忆中的植物和昆虫，都像经过了漫长的冬眠，苏醒了。

串串红的花朵，套在一个小花托里，抽出来吮吸，有清甜的味道。

那是物质贫乏年代的味觉记忆。

菊花

国庆节时，郑州的街头摆放了很多万寿菊，没想到这五颜六色的小花朵竟一直开到了十二月！

这中间，大朵的菊花终于盛装出场了，金黄和雅白者为最佳。

对于菊花，我们总是有一种天然的亲近感，那是中国人的心灵故乡。

北宋汴京人赵令穰的《陶潜赏菊图》，多么令人向往呢。新西流湖公园有不少仿古的亭台楼榭，丘壑错落，也算山水相依，如果养一些菊花，我们也到亭子里喝茶去！

十月底，万山的山坡上开满野菊花，花虽然不大，但生机勃勃。万山也在大开发，保留一片野菊花吧，沿着陇海高架一路就到万山脚下啦！

十 一 月

枇杷花

初冬的第一波寒意中，枇杷树竟然开花了！

小小的、暧昧的白花并没有什么观赏性，但随着气温下降，枇杷花却越来越精神！

这是一种倔强的花。

阳光好的时候，也引来群蜂飞舞，仿佛看到来年酸酸甜甜的枇杷果啦！

十二月
月季花

终于到最后一个月了，郑州也确实没有什么花了。

气温开始向零度试探，花椒树的叶子已经落尽，天空在孕育着雪。

终于该月季花出场了，这是郑州的压轴之花，是中原最后的颜色。待到百花凋零，看它在寒风中怒放。

推荐欣赏：

恽寿平《燕喜鱼乐轴》，清，台北故宫博物院收藏。

恽寿平《桃花图轴》，清，北京故宫博物院收藏。

恽寿平《百花图卷》，清，美国纽约大都会艺术博物馆收藏。

赵佶《芙蓉锦鸡图》，北宋，北京故宫博物院收藏。

郑思肖《墨兰图》，元，日本大阪市立美术馆收藏。

魏之克《二十四番花图卷》，明，美国印第安纳波利斯艺术博物馆收藏。

钱选《八花图》，元，北京故宫博物院收藏。

钱选《梨花图》，元，美国纽约大都会艺术博物馆收藏。

赵昌《丝瓜花图》，北宋，美国耶鲁大学艺术博物馆收藏。

唐寅《杏花图》，明，台北故宫博物院收藏。

文俶《秋花蛱蝶图》，明，天津博物馆收藏。

佚名《踏雪寻梅》，明，美国弗利尔美术馆收藏。

黄庭坚《花气熏人帖》，北宋，台北故宫博物院收藏。

沈周《盆菊幽赏图》，明，辽宁省博物馆收藏。

徐渭《十二墨花图》，明，美国弗利尔美术馆收藏。

余省《种秋花图》，清，北京故宫博物院收藏。

赵昌《蜂花图》，北宋，美国纽约大都会艺术博物馆收藏。

陈洪绶《瓶花图》，明，英国伦敦大英博物馆收藏。

徐熙《写生栀子》，五代十国，台北故宫博物院收藏。

谷文晁《浴恩春秋两园樱花谱图卷》，日本。

梵高《花瓶里的十二朵向日葵》，1888年，德国慕尼黑新绘画陈列馆收藏。

爱德华·约翰·波因特《手捧豌豆花的姑娘》，1890年，英国。

施尔德·哈森《维利耶勒贝尔桃花》，1887—1889年，美国纽约大都会艺术博物馆收藏。

老扬·勃鲁盖尔《蛹蝶花瓶》，意大利卡拉拉学院收藏。

雷东《瓶花》，1905年，美国克里夫兰博物馆收藏。

理查德·施特劳斯《阿尔卑斯交响曲》第八段落"鲜花盛开的草地"。

德彪西《阿拉伯风格曲》，钢琴曲。

朴树《那些花儿》。

郑州的树

杨树

常庄水库西岸有一片杨树林,那百十棵杨树实在排场,笔直高大,枝叶繁茂,顶天立地。

置身其中,感受阳光斑驳摇晃,树叶沙沙翻动,喜鹊跃上枝头,真是妙不可言。

树林里的土地松软、光洁、温暖,赤脚走上一圈,全身的疲惫、不安、疼痛、负能量竟然都被土地吸走,只留下一身轻松,多么神奇!

秋天的时候,金黄的落叶在地上厚厚地铺了一层,美得醉人,总让人有忍不住躺上去的冲动。

杨树的叶子光滑洁净,烧起火来有迷人的香味。叶柄有韧性,小时候常拿来玩互相拉拽的游戏。

杨树最美的时候还是夏天,挺拔、俊朗、绿油油的枝叶在风中招展,像披着长发的巴蒂斯图塔,奔跑在阳光下,单骑破敌。

夏天的傍晚,在杨树下摆一个小方桌吃饭,岂不美哉?

如果郑州的树全部换成杨树,会不会成为网红城市?

银杏树

郑州一中门口、中原路两旁,一到深秋那成排的银杏树就美得不像话。

那是金黄中的金黄,像千万只蝴蝶在阳光里飞舞。任何一片树叶,夹在书本里都是美丽的标本。

立冬后,树上的银杏果落了满地。忽然想起某一年,南阳淅川的深山古寺,一棵千年古银杏树下,几个和尚围着一堆篝火烧银杏果吃。

遂捡了一袋,剥皮、洗净、晾干,用盐焗了,清香无比。

今年菜价飞涨,谁想到竟有这免费的美食呢?

银杏树分公母,西四环陇海路附近有一棵巨大的母树,每年可收获300斤银杏果!

测绘学院的一排银杏树也有了年头,枝繁叶茂,从陇海高架经过,瞬间被吸引。

金钱槭

金钱槭并不是郑州的主要树种,平时也不大会有人注意它,但每年供暖前一周,高大的树冠上突然挂满粉白的小灯笼,煞是喜人!

玉兰

玉兰花是郑州人迎接春天的最显著的标志,洁白、硕大,仿佛绽放在蓝天里的音符!

二砂厂区里以前有很多玉兰树,是我见过的最大棵的,改造后好像移走了不少。

桐树

桐树有两种,一种是泡桐,一种是梧桐。

泡桐树多,常见于郊外乡舍,树冠高大,开花时宛如紫色祥云。

梧桐树少,树皮为青色,叶片硕大,干净美观。

皂角树

马寨东边有一棵皂角树,粗壮笔直的树干,高耸入云的树冠,简直像天神下凡。

可惜是一棵公树,没有结果。

徒有其表,也不错啊!

碧沙岗也有一棵皂角树,没有马寨那一棵高,却有巨大的树冠,难道是母树吗?

楝树

颍河路从华山路到西四环之间,种着两排楝树。

四月中旬,这些平淡无奇的树突然开满了紫色的小小花序,散发出持久的幽香,足以惊艳到你!

金水河边、伏牛路和棉纺路的东北角,也有很大棵的楝树,四月中旬,到楝树下去吧!

榆树

榆树本来是北方很常见的树种,现在的城市里却很少见了,所以偶然看见,会有很亲切的感觉。

榆钱是我们幼时的美味,榆树叶在找不到桑叶时可以作为替代品喂蚕。

楸树

我一直以为楸树是郑州新引进的名贵树种。但到了申河,才发现到处是大棵的楸树啊,这是怎么回事呢?

原来楸树是古老的树种,2000多年前就在中原地区大量种植。

为什么一说引进的,就觉得"高大上"呢?

楸树极富韧性,以前常用来做扁担。

四月中下旬,市区的楸树花已经落了,申河的楸树花还在开。

核桃树

老粮院里有很多核桃树,挂果的季节从校医院二楼推开窗户就能摘到果子。

我问广西的同学这是什么?

他说:"不印(认)斯(识)。"

我说:"好吧,让你印斯印斯。"

于是我兴冲冲地跑到水房,又摔又揉又洗,弄得两手屎黄,半个月都没掉!

油头粉面的年纪,苦恼之极!

二砂厂区的大草坪上有两棵很大的核桃树。

第一次在郑州过年,没有亲戚要走动,就坐在这棵核桃树下,喝了两罐啤酒。太阳晒得干草坪暖洋洋的,一个人度过了安静轻松的下午。

金枝槐

你是树中的贵族吗?在这初冬的郑州,抖落一身繁华,依然有那么醒目的枝条,在蓝天里舒展。

你是一种内心丰富的树。

雪松

雪松为什么叫雪松?不得而知。但是雪后的雪松,实在是太美了。

雪松的枝叶是一层一层的,水平伸展的。厚厚的雪铺在上面,像童话世界。

如果夜里刮大风,这层次分明的树冠就抖动得比较诡异,像动画里的深山老妖。

中原路是雪松大道。

但比起碧沙岗的雪松，就显得小儿科了。那壮观的雪松林啊，走进去像进入了原始森林。

槐树

郑州的槐树，因为不够大，所以总是差了一点儿气势。但人民公园里这棵国槐却高大得撼人心魄。

它已经跨越了200年的时光，是谁栽种了它？它目睹了多少风云变幻、爱恨离合？它年复一年地舒展，年复一年地收敛，傲视群雄，虚怀若谷，宛若神灵。

每个城市，都应该有大树。不管什么树，只要能长大，就是好树。

据说，郑州树龄100年以上的古树有2900多棵。再过100年，又该是怎样的景象呢？

补充：

南水北调干渠和凯旋路交会处的东南角，又看到一棵200年的国槐，蔚为壮观。

碧沙岗有一片刺槐，约90年树龄。

法桐

法桐是郑州最普遍的行道树，树干粗壮洁净，树冠宽阔巨大，遮天蔽日。

金水路、伊河路、三所，到了夏季都有壮观的法桐林荫大道。

下午四点以后，法桐的树冠上是鸟的天堂。

推荐欣赏：

赵孟頫《万柳堂图》，元，台北故宫博物院收藏。

郭熙《乔松平远图》，北宋，日本澄怀堂文库收藏。

沈铨《松梅双鹤图》，清，北京故宫博物院收藏。

曹知白《枯树图》，元，美国纽约大都会艺术博物馆收藏。
倪瓒《岸南双树图》，元，美国普林斯顿大学艺术博物馆收藏。
杨升（传）《秋山红树图》，唐，美国弗利尔美术馆收藏。
沈周《青山红树图》，明，天津博物馆收藏。
蓝瑛《白云红树图》，明，北京故宫博物院收藏。
黎简《秋山红树图》，清，美国克利夫兰艺术博物馆收藏。
文徵明《雨余春树图》，明，台北故宫博物院收藏。
关思《白云红树图》，明，台北故宫博物院收藏。
霍廷《两棵橡树》，1941年，荷兰阿姆斯特丹国家博物馆收藏。
埃贡·席勒《四棵树》，1917年，奥地利美术馆收藏。
大卫·霍克尼《冬天的大树》。
保罗·塞鲁西埃《白奶牛》，1895年，波兰华沙国家博物馆收藏。
维亚尔《紫丁香树》，1890年。
埃贡·席勒《深秋的小树》，1911年，奥地利立奥波德博物馆收藏。
亨利·马丁《开花的树》，20世纪初，法国。
希施金《在遥远的北方》，1891年，俄罗斯莫斯科特列恰科夫美术博物馆收藏。
塞尚《圣维克多山》，法国。
透纳《河边的树，中间有桥》，1806年，英国伦敦泰特不列颠美术馆收藏。
希涅克《平面树》，1893年，美国卡内基艺术博物馆收藏。
卡尔·拉森《老人和新树》，1883年，瑞典国立博物馆收藏。
梵高《盛开的杏花》，1890年，荷兰梵高博物馆收藏。
维瓦尔第《四季》，小提琴协奏曲。
雷斯皮基"罗马三部曲"之《罗马之松》。
甲壳虫乐队《挪威的森林》。

有些人，某一刻，你会发现他的身上突然发出光来……

文化产业大厦的保洁阿姨

一天上班，我看到办公桌上放着一张抽纸和一百块钱，上面写着——

您好：

花架下面捡到100元，请收好！

保洁

印象中，那个保洁阿姨干完活后，总是在水房的微波炉里热一个烧饼，就着一点儿咸菜。见人来则抱歉地笑笑，并给让位置。

我从来没有和她说过话，不知道她为什么要抱歉，也不知道她的名字，她从哪里来，为什么在这里工作……

我只是在看到那张写着字的抽纸时，突然觉得她的身上发出光来。

同事小刘

去年夏天，我开车和同事小刘出去办事。在路边我看到两个车位，刚准备倒进去，后面来的一辆车直接扎进去了。

我一下子就火了，正准备下车理论，小刘按住了我的右手,说:"别急,让他停好。"

大概有一秒钟的停滞,然后我就突然发现他的身上发出光来。

我和小刘打交道不多,他一直都是公司里默默无闻的人,你甚至可以忽略他的存在。但这个家伙,道行在我之上啊!

我一直标榜目标、原则、制度,却从来没有考虑过怎么让别人舒服。

下车后才知道那是个女司机,她头伸出车窗一脸歉意,她不知道我们要停车。我忙摆摆手说:"没事没事,你停好。"

说完转身离开时,突然觉得自己进步了。

赵老师

赵老师年逾古稀了,著作等身,郑州活字典,任何关于郑州的典故,从他嘴里出来立马就鲜活生动。

黄河文化月期间,他微信发给我一张照片:他身穿枣红色呢子外套,戴一顶黑色圆帽,几个小姑娘围着他整理衣服。他双手插在兜里,嘴里叼着一支烟,一脸愤青的样子!

"您这是准备出镜吗?"

"央视非要采访我。"

"哎哟,您厉害了。"

"给我捯饬半天了,真麻烦!"

"您配合一下,好好发挥哈。"

"直接给他们侃晕!"

…………

我忘了帮他做了一个什么事,他微信发给我一张茅台的图片。

"你喝过黄飘带的茅台吗?"

"噫，还真没有。"

"今天你来，咱把它喝了。"

"这么好的酒，您留着吧。改天我请您。"

"不！不！不！不！不！"

…………

赵老师时时刻刻都在发光，应接不暇，因为他有一颗按捺不住的童心。

毕老

别人送我一张话剧《风华绝代》的票，刘晓庆主演。我没时间去，再送给谁好呢？我突然想起毕老。

毕老八十岁时，大家问他这辈子最难忘的事是什么。

他沉吟片刻说："那一年我握住了刘晓庆的手！"

…………

拿到票后毕老果然十分开心，趴在我耳边小声说："有一阵儿我挺烦她，事儿多，不过很快就过去啦！"

周六下午，我正忙着，看到毕老发来的微信："小张啊，我在省人民会堂等候多时啦，晓庆同志还没有到啊。"

我赶紧查看演出信息，然后打通他的电话："毕老，是周日的演出啊！"

…………

有一阵子我犹豫着想辞职，毕老给我讲了个故事：

"你看啊，地里蹿出一只兔子，大家撂下手里的活，都去逮兔子；村里大摇大摆走过一头牛，却没人抓。为什么？兔子身上就那二两肉，为什么都去抓兔子没人抓牛？牛是村东头老张家的，它有主，它有根。"

我遂放弃了跳槽的想法。

毕老至今体格健硕，才思敏捷，自带光芒，因为他一直保持着火热的心。

兔肉王

同学的父亲姓王，卖兔肉，自称"兔肉王"。兔肉王精瘦、矮小，手指像干枯的树枝。他自制的名片上写着："要想瘦，吃兔肉。欲品兔肉香，请找兔肉王。"

晚上，太行山里的农户来送货。那些活蹦乱跳的兔子到他手上，只被食指在头上轻轻弹两下，就落在地上纹丝不动，死了。

早上，兔子挂上木桩。

兔肉王手里捏着一把黑亮的小刀，轻描淡写地划过。不一会儿，剥好的兔子就在铁丝上挂了一排。兔肉王迎着晨光看了看，很满足地眯着眼。

随即他手腕一抖，看也不看，小刀即飞向右侧的墙壁，"嗖"的一声插入墙上的一处缝隙，然后他就背着手回屋了。

那柄小刀还在晨光中微微地颤动着……

前几年碰到老同学，才知道兔肉王已经不在了。他这辈子可能也没什么值得骄傲的事，但是只要兔子一上手，就是他生命中最高光的时刻。

乡村响器班

南太行的夜，清澈冷冽。守灵的亲戚和无事的村民围着篝火，看响器班表演。

中等身材的红脸汉子唱的是豫剧，那一嗓子喊出来似平地起惊雷，不是嗓门儿大，是华丽，是恣意，是酣畅，整个山村都惊艳了！有点儿华阴老腔那样的撕心裂肺、死去活来，这不是摇滚乐的前身吗？

吹笙的小伙子鼓着腮帮子，一把笙吹出千军万马，百转千回。

拉二胡的胡子大叔显然是操盘手，掌控着全场的节奏。琴弦拉起，整个班子就进入无人之境，尽情演绎……

天哪，这几位深山老林里的民间艺人，比那电视里的流量小生不知强了多少倍去！

虽然只是几百块钱的营生，但他们在这个平凡的夜晚浑身都在发光！

口琴乐队

口琴乐队仿佛是从天上掉下来的乐队：

男士身着花衬衣，戴着白色的礼帽，女士穿着花团锦簇的旗袍。他们如此光彩又优雅地出现在一中对面的槐树林里，一道阳光穿过枝叶洒在他们身上，悦耳的琴声在空气中飘荡。

他们在吹口琴，每个人的口琴都不一样。有长的，有短的，有大的，有小的，居然有这多种口琴！

每一种口琴都在恰好的位置加入，为乐曲增添新的韵味，旋律愈加美妙、和谐、动听……被琴声吸引而来的人们禁不住鼓起掌来！

他们看起来有些年龄了，不知是否退休或是从事着不同的工作，那都不重要了，重要的是此刻他们陶醉在音乐里，像德加笔下的舞女，认真、专注、忘我……

看着他们我才知道，热爱生活的人身上就会发光。

（是叫宏伟口琴乐团吗？）

鸡蛋饼夫妇

男人手持长长的夹子，把面饼撑开一个小口，另一只手抄起旁边的小碗，将碗中的蛋液飞快地倒入开口，随即夹住面饼翻了个面，然后开始烙下一张饼。

女人此时已经把下一碗蛋液打好放在男人的手边，同时麻利地把烤好的鸡蛋饼抹上酱，加上辣萝卜丁、生菜，对折起来，递给冷风中来回跺着脚、搓着手的顾客。

他家的鸡蛋饼酥脆、软嫩、色泽金黄、口口爆香！

他们的小摊前永远排着长长的队。

他们在马路边的时候，他们在胡同里的时候，他们在电缆厂家属院里的时候……

他们的小摊前，永远排着长长的队。

从我搬到这里就看见他们摆摊，已经20年了。

这两口子衣着整洁，人也白净。听说他们以前都是电缆厂的职工，下岗后就靠这个鸡蛋饼摊又撑起一片天……

他们像勤劳的小蜜蜂，为我们开启着每个清晨的第一缕滋味，他们是清晨的艺术家。

二虎

二虎一身牛仔装，双手插在裤兜里，斜倚在红砖墙上。

院里几个孩子围着看他吹泡泡。这是二虎的绝技，他不用肥皂，不用圆珠笔管，用嘴就能直接吹出来泡泡！

春天的阳光照着他光洁的脸庞,和暖的春风吹拂着他蓬松的卷发。

他的眼睛明亮,他的大腿粗壮,他像古希腊的雕像一样健美。

1995年的春风已经彻底吹动了他的青春,他浑身散发着按捺不住的光芒。

年轻真好,年轻真好啊!

图书馆女孩

女孩每天都在相同的时间来省图书馆,每天都坐在相同的位置上。

她的个子不高,但比例很好,从窗外走过来的时候像晨光中挺拔的小树苗。

她的衣服每天都不一样,不管什么颜色、哪种款式,都那么合身。

她有时化妆,有时不化妆,"淡妆浓抹总相宜",看见她就一下子具体化了。

她的发型有很多变化,披肩、马尾、两根辫子、盘头……有一天竟然变成短发!是双胞胎吗?还是说戴的假发?

无论真假,都是如此怡人。

尤其是她盘头的时候,露出细长洁白的脖颈,优雅精致得像《碧叶绣羽图》里那只神气的小鸟。

女孩相貌并不出众,但是她的出现总是令人赏心悦目,身心愉悦。

认真打扮的女孩,身上有光。

阁楼画家

学校的阁楼上住进来一个画家,穿牛仔裤,留着披肩发——那可是1985年。

他似乎没什么朋友,整天一个人关在屋子里画画。

有时候,天不亮他就背着画夹出去,还有人说看见他背着铁锹。

我们偷偷趴在门缝上看他的屋子,只有靠墙的一张床,中间一张大桌子,上面放着一个骷髅头。

午后的阳光从玻璃窗上照进来,那个骷髅头亮闪闪的,并不恐怖。

那一年我参加新乡市六一儿童画展,画了一幅《海底世界》。校长看了很满意,晚上领着我敲开了画家的门。

画家把我的画放在桌子上,看了看,拿起一支毛笔,在右下角寥寥数笔,就多了一丛水草,和一条若隐若现的鱼。

然后他拿了一团篮球网一样的东西,在绿色的颜料里浸湿,拧干,用尺子压住画,在边缘摔打了一圈,就出现了简直像印刷出来一样的画框!

那天晚上我站在桌子旁边,屋顶垂下来一盏灯照着画家、校长、我和桌上的骷髅头。

校长什么样子我竟然想不起来了,但我清晰地记着画家的脸和手,他身上一直散发着独特的光。

认真生活,每个人都是一束光。

推荐欣赏:

雷诺阿《康达维斯小姐的画像》,又名《小艾琳》,1880年,瑞士苏黎世伯勒藏品基金会收藏。

约翰·辛格·萨金特《X夫人》,1884年,美国纽约大都会艺术博物馆收藏。

马奈《女神游乐厅的吧台》,1882年,英国伦敦大学科陶德艺术学院收藏。

莫罗《俄狄浦斯和斯芬克斯》,1864年,美国纽约大都会艺术博物馆收藏。

米勒《喂食》,1872年,法国巴黎卢浮宫博物馆收藏。

索莫夫《狂欢节上的科伦宾娜》,1913年。

梵高《戴帽子的年轻人》,1888年。

穆里罗《饮酒的年轻人》。

克拉姆斯柯依《无名女郎》,1883年,俄罗斯莫斯科特列恰科夫美术博物馆收藏。

阿莱索·巴尔多维内蒂《黄衣女士像》,约1465年,英国国家美术馆收藏。

多米尼克·吉兰达约《乔凡娜·托纳博尼像》,1488年,西班牙提森-博内米萨国家博物馆收藏。

波提切利《理想化的女人肖像》,1475年,德国法兰克福施泰德艺术馆收藏。

波提切利《美女西蒙纳塔》,1478年,意大利皮蒂宫收藏。

柯罗《珍珠女郎》,1868年,法国巴黎卢浮宫博物馆收藏。

鲁本斯《海伦娜·弗尔曼肖像》,1625年,英国国家美术馆收藏。

拉斐尔《拉斐尔自画像》,1506年,意大利佛罗伦萨乌菲齐美术馆收藏。

小汉斯·荷尔拜因《伊拉斯谟肖像》,1523年,法国巴黎卢浮宫博物馆收藏。

乔尔乔内《沉睡的维纳斯》,1510年,德国德累斯顿历代大师画廊收藏。

布龙齐诺《一名年轻人的肖像》，1530年，美国纽约大都会艺术博物馆收藏。

安格尔《大宫女》，1814年，法国巴黎卢浮宫博物馆收藏。

圭多·雷尼《慈善》，1628年，美国纽约大都会艺术博物馆收藏。

科塔画师《拉达和黑天神走在花开果林》，1720年，美国纽约大都会艺术博物馆收藏。

菲利波·利比《圣母子和天使》，1465年，意大利佛罗伦萨乌菲齐美术馆收藏。

庞培奥·巴托尼《戴安娜与丘比特》，1761年，美国纽约大都会艺术博物馆收藏。

乔治·比才《卡门》第三乐章间奏曲，管弦乐。

柴可夫斯基《如歌的行板》。

木马乐队《她是黯淡星》。

养蚕日记（38天全记录）

第一天/2022年4月18日，晴

今天有意外之喜。

在中原万达金街，有个小姑娘摆摊卖蚕。一块钱三只，盒子五块钱一个。

由于我是她的第一个顾客，她很开心生意开张，多给了我几只，还换上了新鲜的桑叶，我也很开心。

去年在小区里发现了一棵桑树，当时就想来年要养蚕。

家里的小狗看到这些蠕动的小东西大为吃惊，狂吠不已，又不敢触碰，急得乱吠。

我把蚕盒放到床头柜上，蚕已经长到一厘米多点，沙沙地专心啃食。

突然飘来一阵熟悉的味道，瞬间连通了幼时的记忆。

第二天/2022年4月19日，夜

加班，回家天已擦黑，进小区时我猛然想起蚕忘了喂！

快步走到桑树前，傻了——秃树一棵啊，桑叶呢？原来瞄上这棵桑树的不光是我一人啊。

找了半天，总算在几乎够不着的位置摘下来两片叶子，如获至宝般轻轻握着回家。

那些蚕已经饿傻了，一个个昂着头，像《少年派的奇幻漂流》里的狐獴。

第三天/2022年4月20日，降温，阴天

早上打网球崴了脚，但比崴脚更痛苦的是找桑叶啊。

每天盯着那棵小桑树，和尚未露面的邻居比赛着摘桑叶。

大家心照不宣地留着那些刚长出来的小叶片，我每天祈祷它们快快长大。

我还想实在不行就把蚕放树上，看看谁快。明代文俶的《春蚕食叶图》，不就是在树上养吗？

又想起小时候也是天天一放学就四处找桑叶，最后所有的桑树都捋光了，只好喂榆树叶、莴笋叶。

也吃，就是拉稀。

第四天/2022年4月21日，有风

上午去申河村采访，一路盯着路边的树。

申河的树真多，榆树、柳树、核桃树、槭树、楸树、青桐树、梧桐树、松树、构树……满山满谷，就是不见桑树。

山沟里楸树正开花，一树华贵的紫。桐树高高的树冠上挂满了紫白的小喇叭。

槭树下居然捡到了几块红色的陶片，难道是仰韶时期的遗迹？

同事小赵说她们小区好像有桑树，我叮嘱了一路让她找桑叶。

第五天/2022年4月22日，大风

小赵果然带了一包桑叶！

回家老妈也摘了一包桑叶，她在二砂发现一棵桑树。

突然有点儿土豪的感觉，像是过年往家拉了半扇猪肉。

大多数蚕很懒。

你把新摘的桑叶放进去，它们很少会爬上去，而是找个好位置就开吃。

都是原地抬头，仰着脖子吃，扭着脖子吃，倒垂着头吃。

它们从蚕卵里出来，一辈子也不说话，只是吃，吃饱了就昂着头发呆。

接到邮政快递的电话，问我："是不是驾驶证该换了？有一个交警队的快递，应该是通知你换驾照的，知道了那就不送了啊。"

无语。我断然拒绝。

他们怎么知道函件内容？

第六天/2022年4月23日，晴

周六休息，早上不到六点就醒了。平时睡不醒，周末睡不着。

楼下邻居养了一只鸡，可能还没学会打鸣，叫得实在可笑。

蚕一只只昂着头，已经在等着喂了，我赶快放了几片桑叶进去。

一周时间，它们已经明显地长大了。吃得多的，长得最长。最能吃的已经快三厘米了，一天到晚不停地吃。有的几乎没有什么变化，总是躲在一边不动嘴。

若按此道理，我这么能吃，为什么长不高呢？

第七天/2022年4月24日，阴

清晨上班，看见小区里的枇杷树、无花果树已经结满了青

色的果子，苗圃里月季花争奇斗艳，一片紫罗兰也优雅绽放，物业员工在修理草坪。

华山路边的海桐开满了黄色、白色的小花。这去年栽种的植物，如果不是开花，实在谈不上好看。

蔷薇又一次开满了围栏，这才是郑州四月的当家花旦。

夜晚，颍河路上香气袭人，楝树也开花了，繁繁密密一条街。

路上爬出来不少蚯蚓，还有小甲虫，看来要下雨。

路口两位大姐吵架，居然吵了一个小时，真厉害。

第八天/2022年4月25日，阴，闷热

早上起来，发现蚕长大了，母亲已经换了一个大纸盒。终于看清楚蚕有14只脚，一条小尾巴，朝上。

最大的那只尾部突然掉出来一粒黑屎，顺着桑叶滚落。

记得在雁荡山旅游时买过一罐茶，就是把蚕放到茶树上，让蚕吃茶叶再拉出来。当时觉得很神奇，但买回来谁也不喝。

雨还没下，我先去打球。天亮得早，奥体中心的网球场人越来越多了。

上班后开了一个长会，会后发现股市时隔14年后再次跌破3000点，妈呀！

第九天/2022年4月26日，晴

雨终究没下。

单位楼下，粉红的石竹、紫色的马鞭草在晴日里生机勃勃，白色的大滨菊开得像一群小太阳。

还有一棵200年的老槐树,又换了一身新叶,蔚为壮观。

单位招聘新人,参加面试的全是女孩,都很优秀,态度积极,准备充分。

大致有这么几类:考研没过;考公务员没过;在北京、上海工作几年后感觉留不住最终决定回来。

男孩都去哪儿了?

蚕已经长得白白胖胖,身体两侧分别整齐排列着九个黑色的小圆点。

第十天/2022年4月27日,阵雨,风

早上睡醒,看到蚕全部昂着头,翘首以待,我赶紧拿了几片桑叶放进去。

蚕开始狼吞虎咽。

没几分钟,三条蚕就把一片叶子啃掉大半,还有几条蚕从叶子下面飞快地咬出一个小洞,再沿着洞口一圈一圈地吃。

早饭后我赶去电视台当评委,一路看到几家银色理发店都关门了,我在他们家充的会员卡上还有2000多块钱呢。

健身卡也屡屡碰到这种情况。

这样的企业老板都应该被列入失信名单。契约精神,不是仅仅提倡就可以。

电视台的食堂不错,午餐三元钱,品种丰富。

晚上降温,大风。

第十一天/2022年4月28日,中雨

蚕的视力应该都不太好,脾气也拗,只知道伸着脖子往前找叶子。

和十年前的我一样,不知道退一步海阔天空啊。

看着让人着急。

中午在单位打羽毛球。自从弄了一块羽毛球场,员工上下班就不用打卡了,都是早来晚归,比上班积极。

球场增加到三个。

雨一直下,不要耽误明天早上打网球啊。

下午我去中原区政务服务中心换驾照,预约的是下午三点,非常顺利。

流程便捷,服务周到,环境美观,不到十分钟就完成了排号、体检、验证、打印,新的驾照办好了!

唯一的不足是,为什么只能用支付宝呢?这个排他性的设置不应该吧。

第十二天/2022年4月29日,冷

最大的几只蚕已经长到五厘米了,胜利在望啊。

早上打网球,同事高估了气温,只穿了一条短裤,跑动异常积极。

上午去荥阳汜水镇南屯村参加植树活动,我种了一棵紫薇、一棵桂花树。

大河、良田、桑竹、菜园、繁花,阡陌交通,秩序井然,鸡犬相闻,怡然自乐。

南屯,是黄河岸边的美丽乡村。

晚上喝了一杯明石,一杯百龄坛,不错。

凌晨一点,女儿房间的灯还亮着。高三真苦啊。

第十三天/2022年4月30日，大风

去菜场，看到打鱼的老张来了，我买了四条黄骨鱼，活蹦乱跳的。

突然看见他还带了几只大公鸡，站在小卡车上，精神抖擞，漂亮！

洗车店门口的石阶上，总是坐着一个矮胖的小伙儿，靠着一台空调低着头看手机。

不知道他叫什么，老家在哪儿，未来有什么打算。

听说过年的时候他总是最后走，那几天洗车都涨到八十块钱一次，多的钱老板也不要，都算他的。

回小区竟然又发现一棵桑树，在一个小土坡上的树林里，枝繁叶茂！

睡前看蚕已经很大了，有几只身体发青，是要准备吐丝了吗？

我感到一阵兴奋。

第十四天/2022年5月1日，晴

石榴开花了，点点橘红。小蜡树也开花了，串串白。

花椒树结出一簇簇小米一样的胚芽。阳光充足的枝头枇杷果已经泛黄。

菜场里新蒜上市，白胖饱满，看着喜人。

抓娃娃店里挤满了人，完全不理解，完全不理解。

商场、饭店、购物街，人头攒动，一派盛世景象。

在串店吃饭，看到上海朋友表示羡慕的微信，唉，祝福他们早日恢复正常。

书店的台阶上、吧台边，到处坐满了看书学习的孩子，让

人觉得未来充满希望。

翻看一本夏加尔的画册，越看越喜欢。

第十五天/2022年5月2日，晴

早上把蚕盒清理了一下，开始为它们结茧做准备了。

蚕的背部非常光滑，手感不错，头部却皱得像个老头儿。表皮下有一条清晰的裂痕，随着呼吸一张一合，什么鬼？

我给蚕换了一大把新鲜的桑叶，加油吃吧。

下午女儿学习累了，我们开车去古玩城裱了一张画。

出来顺便吃了交通路的王全兴鸡血汤，保全街的粉浆面条，永安街的煎豆腐、螺蛳粉、烤鸭肠、糍粑冰粉、面鱼儿，庆丰街的炒酸奶。

火车头体育场门口有四川凉面、烤牛肉串，保全街上还有炸鹌鹑、烤鱼、炙子烤肉……都想吃啊，但实在吃不下了！

呵，这烟火人间，实在喜欢。

第十六天/2022年5月3日，晴

早上遛狗，小狗看到木瓜树下的黑猫，努力想挣脱绳子上前找碴儿。

黑猫动都不动完全忽略小狗，目不转睛地盯着树上的麻雀。

麻雀左顾右盼，看着树上的蚂蚁。蚂蚁上上下下，不知在忙着搬运什么。

一个小姑娘端着一个小盒子，原来也是在养蚕。刚刚一厘米长，蚕的孵化不是同时期吗？

朋友邀请我去他家里的露台烧烤包浆豆腐，我送了他家小

朋友四条蚕。

晚上回来在小区门口按摩，技师说女人来一般都按肚子，因为女人爱生气，肚子上有气穴，按按就不生气了。

噫，长知识。

第十七天/2022年5月4日，青年节，晴

草坪上的菊科小黄花开得神采奕奕，白粉蝶飞舞其间。

我去单位处理工作，一路空空荡荡，阳光大好。

蚕已经胖得无话可说了，为什么还不吐丝呢？

第十八天/2022年5月5日，晴，热

奥体运动场关门，在单位打了会儿羽毛球，感觉膝盖疼。

我们在单位新大楼未装修区域自建的这块羽毛球场，是郑州现在唯一开放的羽毛球场吗？

蚕终于吐丝了！

家里人都来拍视频，弄得这几只蚕都不会干活了，扭来扭去不成型。

小区里遛娃遛狗的扎堆儿了。

蜀葵快开花了，木瓜已经有鸽子蛋那么大，花椒成型，月季怒放。

半夜突然发现蚕拉稀，这是怎么回事？这是吐丝的关键时刻啊。我赶快查了一下，说是正常现象，这才稍稍心安。

不过，为什么一动不动呢？

第十九天/2022年5月6日，晴

第一个蚕茧已经成型了，本来杂乱无章，渐渐成了漂亮的

椭圆形。

那么大一只蚕，为什么蚕茧那么小？它是怎么把自己装进去的？

我们能不能把自己封闭起来，切断一切网络，去完成生命的蜕化？

忽然发现一个重要的问题，蚕分公母吗？未来产卵是不是需要交配？我是不是需要把公母尽量放在一起？

网络上有分辨公母的方法，但是我睁大眼睛看了再看，根本看不出来啊！

楼下开了一片牵牛花。

晚上在单位值夜班，长夜漫漫，大风降温，想念蚕。

第二十天/2022年5月7日，大风

凌晨回家，发现已经结了十个蚕茧，进度不一。还有八条蚕不知道昂着头在想什么，没有好的位置？行动啊！

蚕在结茧前会拉出一些稀水，这是它一辈子唯一一次排尿，排泄掉这些身体里的废物，就开始专心吐丝，身体一点点萎缩成蛹。

又想到一个问题，蚕破茧而出的时间肯定不一样，先出来的怎么办？怎么交配呢？需要把它罩起来吗？

第二十一天/2022年5月8日，降温

只剩下两条蚕没有结茧了。其中一条已经扭来扭去找了一天位置，有一个窝都快做成了又放弃重新寻找，真痛苦啊！

差不多得了，你的丝够用吗？

进度太慢,到时候别人都交配完了你还没出来怎么办?

女儿被封闭在学校。接送了十几年,突然就这样中止了。

多出来大把的时间干什么呢?

几本新书,一会儿就翻完了。现在的书,包装好,能量少。

桑树的生命力堪称神奇,养蚕期一结束,马上又枝叶繁茂起来。前几天我还怀疑这几棵桑树会不会死掉。

桑葚也红了,清新、微酸。

卖鱼的董大姐说:"今天没有鱼泡给你,因为没人买鱼。"鲈鱼也涨价了,23元一斤,我买了一条,一共53元。

路过熟的摊位,依次买了豆芽、土豆、黄瓜、蘑菇、萝卜、苋菜、香菜、猪血、芹菜、菠菜、香蕉。

其实家里已经有很多菜了,但是看着冷冷清清的菜场,就算照顾一下他们的生意吧。

朱屯米粉竟然还开着,我果断买了一包鲜米粉、酸豆角和辣萝卜丁。

第二十二天/2022年5月9日,小雨

蚕茧终于全部结完了,18个,洁白的椭圆形的蚕茧,安静地躺在纸盒里。

最后一只蚕,躲在一片桑叶下面,默默地完成了自己的工作。

同事们都尽量克服各自的困难,集结在单位、深入到社区,进行着新闻的制作发布,没有人抱怨,令人感动。

我是1977年出生的,回望这40多年,可以浓缩为以下关键词:

独生子女、分房子、粮票取消、家用电器、卡拉OK、保险、家用电话、百货大楼、出租车、双轨制、商品房、医疗改革、互

联网，双向选择，应聘，传呼机，超市，社交，网恋，合租，手机，买房，买车，共享，大数据，流量，移动支付，宅……

时代洪流，气象万千，奔涌向前。

在这特殊的时期，生活和工作都令人焦虑。但回首过往，哪一个阶段不是充满焦虑呢？

也许它蕴含着积极的因素，它促使我们思考：未来的意义，人生的意义，社会的意义，帮助的意义。

行动是重要的，思考也是重要的。

生命中除了个人的奋斗，要多一份付出，对社会，对他人。

蚕的一辈子都在吃桑叶，不停地吃，急促地长大。

现在，它们安静地躺在蚕茧里，看似静止，却在进行着生命中神奇的蜕变。

你仔细地想，就会忍不住为这生命的演变啧啧称赞。

也许，我们都需要这个过程，去完成自己的意义。

第二十三天~第三十四天/2022年5月10日—2022年5月21日

静默期……

第三十五天/2022年5月22日，星期日，晴

一大早起来，母亲告诉我："蚕蛾出来了。"

两只刚钻出来的蚕蛾，高频地扇动着翅膀。还有两只已经安静下来，趴在蚕茧上发呆，似乎在思考自己的前世。

蚕蛾是亚白色的，比印象中看起来漂亮、舒服，没有蛾子那种不适感。

它们的身体上覆盖着柔软细密的绒毛，不知是眉毛还是胡

子，像水牛角一样强悍地弯曲，威风凛凛。

它们的肚子很大，里边都是蚕卵吗？

小区里石榴花开得热烈，枇杷橙黄满树，海棠结出袖珍的"小苹果"。

青皮松挂上了绿色的松塔，木瓜和桃子也缀满了树枝。

太阳花和菊科的小黄花在草地上星星点点，紫红和粉红的蜀葵在阳光下盛开。

以前看到蜀葵花，总是下意识地去花瓣里找小螳螂，现在已经没有了。

几张蜘蛛网在阳光下亮晶晶的，有一张网竟然竖立在低矮的龙爪槐树上，原来它从路对面的栾树上拉过来一条丝，足足有十米长！

它是怎么做到的？

自从养蚕开始，我在小区里先后发现了五棵桑树。

我在这个小区已经居住了二十年，直到现在竟还没有看完所有的树！

难道真的像胡塞尔说的，世界源于主观意识和体验，不是因为有苹果才看到苹果，而是因为看到苹果所以有苹果？

市场里一位卖菜的兄弟告诉我，他女儿大学毕业应聘到一家公司，月薪只有3000块钱。"比我这个卖菜的老爸差远啦！"

这位兄弟比我小一岁。

我1996年来郑州，上大学；他1997年来郑州，卖菜。

我有一个女儿，再过半个月就要参加高考。而他已经养了四个孩子啦！

他想让大女儿也来市场卖菜，但大女儿不愿意。我说：

"你放心，你有四个孩子，总有一个会接你的班。"

　　他遗憾地摇摇头说："估计不会啊。"

　　晚上八点零六分，一只蚕蛾开始产卵了，比小米还小一些，淡淡的乳黄色。

　　交配完的雄蛾躲在角落里，它的使命已经完成。

　　还有两只正在交配。

　　今天出来的四只蚕蛾正好是两对，多么神奇啊！

第三十六天/2022年5月23日，晴

　　单位楼下新种的乌桕树看起来已经成活了，枝繁叶茂。

　　大街小巷的树木、花草，随着夏天的来到都是一片欣欣向荣的景象。

　　流浪猫、蜘蛛、灰喜鹊、青虫等动物也显得生机勃勃。

　　为什么人类创造了如此巨大的财富（比100年前、1000年前增加了许多倍）却依然辛劳忙碌？从不敢停下匆忙的脚步，甚至不敢承受一点儿退步？

　　什么地方出了错？

　　我们对世界、对未来的认知，看起来还有很长的路要走。

　　愿所有人平安、如愿。

　　蚕蛾又出来一只，还有一个蚕茧突然晃动起来……

第三十七天/2022年5月24日，晴

　　早上蚕蛾又出来五只，目测雌多雄少，雄的黑瘦，雌的白胖。

　　雄蛾有的兴奋地扑动着翅膀忙得死去活来，有的翅膀耷拉下来蔫得像脱水的茄子。

星期日产的第一批卵已经变成褐色。

上班的时候,一只黑猫在路边的草地上扑蝴蝶,看到我立即停下来,观察我是不是有吃的给它。

我总是忘带吃的。

小区里有一位女士,每天下午六点半准时到小广场上喂猫,牵着一只老得快走不动的大金毛。

有一次我看到那位女士在厉声训斥大金毛,打它的头。

原来大金毛趁女士不注意抢了一只猫的食物,它趴在地上,任女士打骂,一声不吭。

我七点半到单位,已经有几位同事在打球了。自从单位组织员工运动以来,不少同事瘦了十斤以上!

部门之间的合作也更加顺畅了。团队活力进入了一个新的阶段。

晚上在小区门口的打印店,看到墙上贴着一张纸条:"离婚协议(自行填写),8元/3份。"

现在这个业务这么火吗?

第三十八天/2022年5月25日,大风

第一张宣纸上已经产满了蚕卵,我又换了一张新的。

时隔三十五年,养蚕又圆满收官。

等到蚕卵稳定后,我准备把宣纸裁开,分送给有兴趣的亲友同事。

明年他们可以从蚕卵的孵化开始,观察体会蚕的一生。

蚕蛾产下卵,很快就死掉了。

它的一生,就是孵化、不停地吃、结茧、变蛹、成蛾、产

卵、死亡。

如此短暂的一生，意义是什么呢？

其实"短暂"，不是一个科学的词语。比起只有一天生命的蜉蝣，蚕的生命可算漫长。

如果把时间轴拉长，人的生命也是弹指一挥间。

但是生命，总是有一部分传递下去的，那一个未知的部分，也许就是永恒。

推荐欣赏：

文俶《春蚕食叶图》，明，台北故宫博物院收藏。
梁楷《蚕织图卷》，宋，日本东京国立博物馆收藏。
梁楷（传）《亲蚕图》，宋，美国克利夫兰艺术博物馆收藏。
刘松年（传）《蚕事图》，宋，台北故宫博物院收藏。
陈士俊《绘高宗御书范成大照田蚕行》，清，台北故宫博物院收藏。
佚名《桑枝黄鸟图》，宋，台北故宫博物院收藏。
陈枚《耕织图册》，清，台北故宫博物院收藏。
孙艾《蚕桑图》，明，北京故宫博物院收藏。
佚名《蚕织图》，宋，黑龙江省博物馆收藏。
蓝瑛《蚕丛飞雪图》，明。
海顿《C大调第一号大提琴协奏曲》。
拉威尔《水之嬉戏》。
万能青年旅店乐队《山雀》。

（本书原载于中原网《只是喜欢》专栏）